1/10

P9-DWQ-458

DATE DUE

BESTSELLER

Javier Sierra (Teruel, 1971) navega con igual acierto por las aguas de la narrativa, el periodismo escrito, la televisión y la radio. Con siete libros en el mercado, sus relatos —afirma el autor— esconden sus esfuerzos por resolver algunos de los grandes enigmas que nos ha legado la historia. *La dama azul* (1998), *Las puertas templarias* (2000) o *El secreto egipcio de Napoleón* (2002) ya pusieron de relieve su pasión por los arcanos de épocas pretéritas, y lo sitúan a la vanguardia de un estilo narrativo que mezcla admirablemente el rigor documental con la intriga y el *thriller*. Su última novela, *La Cena Secreta* (2004), finalista del III Premio de Novela Ciudad de Torrevieja, supone su consagración como novelista y su paso más firme hacia lo que él llama «narrativa de investigación». Sus obras se publican en más de treinta países.

Visite la web del autor en <u>www.javiersierra.com</u>

Biblioteca

JAVIER SIERRA

La Cena Secreta

Esta obra quedó finalista del
**III PREMIO DE NOVELA
CIUDAD DE TORREVIEJA
2004**

otorgado el 30 de septiembre de 2004
en Torrevieja (Alicante), por el siguiente jurado:
José Manuel Caballero Bonald (presidente),
Ana María Moix, J.J. Armas Marcelo,
Núria Tey (directora editorial de Plaza & Janés)
y Eduardo Dolón (concejal de Cultura
del Excmo. Ayuntamiento de Torrevieja),
actuando como secretario David Trías.

DeBOLSILLO

Diseño de la portada: Departamento de diseño de Random
    House Mondadori
Ilustración de la portada: Estudio de *La última cena*, de Leo-
    nardo da Vinci

Primera edición en U.S.A.: enero, 2006

© 2004, Javier Sierra
© 2004, Random House Mondadori, S. A.
    Travessera de Gràcia, 47-49. 08021 Barcelona

Printed in Spain – Impreso en España

ISBN: 0-307-34800-8

Distributed by Random House, Inc.

A Eva,
que ha iluminado el camino
de este navegante, ofreciéndole
siempre su santuario

1. Tribuna
2. Refectorio
3. *La Última Cena,* Leonardo da Vinci

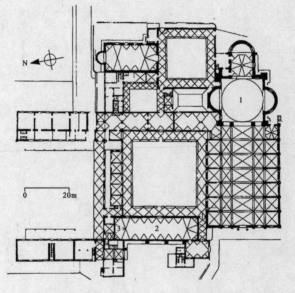

Plano del convento e iglesia de Santa Maria delle Grazie en la actualidad.
Milán.

Exordium

En la Edad Media y el Renacimiento, Europa aún conservaba intacta su capacidad para entender símbolos e iconos ancestrales. Sus gentes sabían cuándo y cómo interpretar un capitel, un rasgo en un cuadro o una señal en el camino, pese a que sólo una minoría de ellos había aprendido a leer y escribir.

Con la llegada del racionalismo, aquella capacidad de interpretación se perdió, y con ella buena parte de la riqueza que nos legaron nuestros antepasados.

Este libro recoge muchos de esos símbolos tal y como fueron concebidos. Pero también intenta devolvernos nuestra capacidad para comprenderlos y beneficiarnos de su infinito saber.

1

No recuerdo acertijo más enrevesado y peligroso que el que me tocó resolver aquel Año Nuevo de 1497, mientras los Estados pontificios observaban cómo el ducado de Ludovico el Moro se estremecía de dolor.

El mundo era entonces un lugar hostil, cambiante, un infierno de arenas movedizas en el que quince siglos de cultura y fe amenazaban con derrumbarse bajo la avalancha de nuevas ideas importadas de Oriente. De la noche a la mañana, la Grecia de Platón, el Egipto de Cleopatra o las extravagancias de la China explorada por Marco Polo merecían más aplausos que nuestra propia historia bíblica.

Aquéllos fueron días convulsos para la cristiandad. Teníamos un Papa simoníaco —un diablo español coronado bajo el nombre de Alejandro VI que había comprado con descaro su tiara en el último cónclave—, unos príncipes subyugados por la belleza de lo pagano y una marea de turcos armados hasta los dientes a la espera de una buena oportunidad para invadir el Mediterráneo occidental y convertirnos a todos al islam. Bien

13

podía decirse que jamás nuestra fe había estado tan indefensa en sus casi mil quinientos años de historia.

Y allí se encontraba este siervo de Dios que os escribe. Apurando un siglo de cambios, una época en la que el mundo ensanchaba a diario sus fronteras y nos exigía un esfuerzo de adaptación sin precedentes. Era como si cada día que pasaba, la Tierra se hiciera más y más grande, forzándonos a una actualización permanente de nuestros conocimientos geográficos. Los clérigos ya intuíamos que no íbamos a dar abasto para predicar a un mundo poblado por millones de almas que jamás habían oído hablar de Cristo, y los más escépticos vaticinábamos un periodo de caos inminente, que traería la llegada a Europa de una nueva horda de paganos.

Pese a todo, fueron años excitantes. Años que contemplo con cierta nostalgia en mi vejez, desde este exilio que devora poco a poco mi salud y mis recuerdos. Las manos ya casi no me responden, la vista me flaquea, el cegador sol del sur de Egipto turba mi mente y sólo en las horas que preceden al alba soy capaz de ordenar mis pensamientos y reflexionar sobre la clase de destino que me ha traído hasta aquí. Un destino al que ni Platón, ni Alejandro VI, ni los paganos son ajenos.

Pero no adelantaré acontecimientos.

Baste decir que ahora, al fin, estoy solo. De los secretarios que un día tuve no queda ya ninguno, y hoy apenas Abdul, un joven que no habla mi idioma y que me cree un santón excéntrico que ha venido a morir a su tierra, atiende mis necesidades más elementales. Malvivo aislado en esta antigua tum-

14

ba excavada en la roca, rodeado de polvo y arena, amenazado por los escorpiones y casi impedido de las dos piernas. Cada día, el fiel Abdul sube hasta este cubículo una torta ázima y lo que buenamente sobra en su casa. Él es como el cuervo que durante sesenta años llevó en su pico media onza de pan a Pablo el Ermitaño, que murió con más de cien años en estas mismas tierras. Abdul, a diferencia de aquel pájaro de buen agüero, sonríe cuando me lo entrega, sin saber bien qué más hacer. Es suficiente. Para alguien que ha pecado tanto como yo, toda contemplación se convierte en un premio inesperado del Creador.

Pero además de soledad, también la lástima ha terminado por corroer mi alma. Me apena que Abdul nunca sepa qué me trajo a su aldea. No sabría explicárselo por señas. Tampoco podrá leer jamás estas líneas, y aun en el remoto caso de que las encuentre tras mi muerte y las venda a algún camellero, dudo que sirvan para algo más que para avivar una hoguera en las frías noches del desierto. Nadie aquí entiende el latín ni lengua romance alguna. Y cada vez que Abdul me encuentra frente a estos pliegos se encoge de hombros, atónito, a sabiendas de estar perdiéndose algo importante.

Esa idea me mortifica día a día. La certeza íntima de que ningún cristiano llegará jamás a leer estas páginas atolondra mi lucidez y llena mis ojos de lágrimas. Cuando termine de redactarlas, pediré que las entierren junto a mis despojos, esperando que el Ángel de la Muerte se acuerde de recogerlas y llevarlas ante el Padre Eterno cuando se celebre el juicio por mi alma.

Triste es la historia: los secretos más grandes son los que nunca emergen a la luz.

¿Lo conseguirá el mío?

Lo dudo.

Aquí, en las cuevas que llaman de Yabal al-Tarif, a pocos pasos de este gran Nilo que bendice con sus aguas un desierto inhóspito y vacío, sólo ruego a Dios que me dé el tiempo suficiente para justificar por escrito mis actos. Estoy tan lejos de los privilegios que un día tuve en Roma, que aunque el nuevo Papa me perdonara sé que ya no sería capaz de regresar al redil de Dios. No soportaría dejar de escuchar los lejanos lamentos de los muecines desde sus minaretes, y la añoranza de esta tierra que me ha acogido con tanta generosidad torturaría mis últimos días.

Mi consuelo es ordenar aquellos sucesos tal y como acontecieron. Algunos los viví en mis carnes. De otros, en cambio, tuve noticia mucho tiempo después de ocurridos. Sin embargo, puestos los unos tras los otros, os darán, hipotético lector, una idea de la magnitud del enigma que alteró mi existencia.

No. No puedo dar más la espalda al destino. Y ahora que he reflexionado sobre cuanto han visto mis ojos, me veo en la obligación de contarlo... aunque a nadie le sirva.

2

Este acertijo arranca la noche del 2 de enero de 1497, lejos, muy lejos de Egipto. Aquel invierno de hace cuatro décadas fue el más frío que recuerdan las crónicas. Había nevado copiosamente y toda la Lombardía estaba cubierta bajo un espeso manto blanco. Los conventos de San Ambrosio, San Lorenzo y San Eustorgio, e incluso los pináculos de la catedral, habían desaparecido bajo la niebla. Los carros de leña eran lo único que se movía en las calles, y media Milán dormitaba envuelta en un silencio que parecía llevar instalado allí siglos.

Fue a eso de las once de la noche del segundo día del año. Un aullido de mujer, desgarrador, rompió la helada paz del castillo de los Sforza. Al grito pronto le siguió un sollozo, y a éstos los agudos llantos de las plañideras de palacio. El último estertor de la serenísima Beatrice d'Este, una joven en la flor de la vida, la bella esposa del dux de Milán, había destruido para siempre los sueños de gloria del reino. Santo Dios. La duquesa murió con los ojos abiertos de par en par. Furiosa. Maldiciendo a Cristo y a todos los santos por llevársela tan pronto a su lado y agarrada con fuerza a los hábitos de su horrorizado confesor.

Sí. Definitivamente, ahí empezó todo.

Tenía cuarenta y cinco años cuando leí por primera vez el informe de lo ocurrido aquella jornada. Era un relato estremecedor. Betania, según su costumbre, lo había solicitado por conducto *secretissimus* al capellán de la corte del Moro, y éste, sin perder un solo día, lo había enviado a Roma a toda velocidad. Los oídos y los ojos de los Estados pontificios funcionaban así. Eran rápidos y eficaces como los de ningún otro país. Y mucho antes de que llegara a la oficina diplomática del Santo Padre el anuncio oficial de la muerte de la princesa, nuestros hermanos tenían ya todos los detalles en su poder.

Por aquel entonces, mi responsabilidad dentro de la compleja estructura de Betania era la de adlátere del maestro general de la Orden de Santo Domingo. Nuestra organización sobrevivía dentro de los estrechos márgenes de la confidencialidad. En un tiempo marcado por las intrigas palaciegas, el asesinato con veneno y las traiciones de familia, la Iglesia necesitaba un servicio de información que le permitiera saber dónde podía poner sus pies. Éramos una orden secreta, fiel sólo al Papa y a la cabeza visible de los dominicos. Por eso, de cara al exterior casi nadie oyó hablar nunca de nosotros. Nos escondíamos tras el amplio manto de la Secretaría de Claves de los Estados pontificios, un organismo neutro, marginal, de escasa presencia pública y con competencias muy limitadas. Sin embargo, de puertas para adentro funcionábamos como una *congregatio* de secretos. Una especie de comisión permanente para el examen de asuntos de gobierno que pudieran permitir al Santo Padre adelantarse a los movimientos de sus múltiples enemigos. Cualquier noticia, por pequeña que fuera, que pudiera afectar al statu quo de la Iglesia pasaba inmediatamente por nuestras manos, se valoraba y se transmitía a la autoridad pertinente. Ésa era nuestra única misión.

En ese marco accedí al informe de la muerte de nuestra adversaria, *donna* Beatrice d'Este. Aún puedo ver las caras de los hermanos celebrando la noticia. Necios. Pensaban que la naturaleza nos había ahorrado el trabajo de tener que matarla. Sus mentes eran así de simples. Funcionaban a golpe de cadalso, de condena del Santo Oficio o de verdugo a sueldo. Pero ése no era mi caso. A diferencia de aquéllos, yo no estaba tan seguro de que la marcha de la duquesa de Milán significara el final de la larga cadena de irregularidades, conspiraciones y amenazas contra la fe que parecían esconderse en la corte del Moro y que llevaban meses alertando a nuestra red de información.

De hecho, bastaba con citar su nombre en alguno de los capítulos generales de Betania para que los rumores dominaran el resto de la reunión. Todos la conocían. Todos sabían de sus actividades poco cristianas, pero nadie se había atrevido jamás a denunciarla. Tal era el temor que *donna* Beatrice inspiraba en Roma, que ni siquiera el informe que recibimos del capellán del dux, que era además fiel abad de nuestro nuevo monasterio de Santa Maria delle Grazie, se pronunciaba al respecto de sus andanzas poco ortodoxas. A fray Vicenzo Bandello, reputado teólogo y sabio conductor de los dominicos milaneses, le bastó con describirnos lo sucedido, manteniéndose alejado de cuestiones políticas que pudieran comprometerle.

Tampoco nadie en Roma le recriminó su prudencia.

Según el informe firmado por el abad Bandello, todo estuvo en orden hasta las vísperas de la tragedia. Antes de ese momento, la joven Beatrice lo tenía todo: un marido poderoso, una vitalidad desbordante y un bebé en ciernes que pronto perpetuaría el noble apellido del padre. Ebria de felicidad, había pasado su última tarde bailando de sala en sala, jugando con su dama de compañía favorita en el palacio Rochetta. La duquesa vivía ajena a las preocupaciones de cualquier madre de sus territorios. Ni siquiera amamantaría al bebé para no estropear sus pechos menudos y delicados; un ama seleccionada con cuidado se encargaría de tutelar el crecimiento de la criatura, le enseñaría a caminar, a comer y madrugaría para levantarla y lavarla con agua y paños calientes. Ambos —bebé e institutriz— vivirían en Rochetta, en una estancia que Beatrice había decorado con interés. Para ella, la maternidad era un benéfico e inesperado juego, exento de responsabilidades e incertidumbres.

Pero fue precisamente allí, en el pequeño paraíso que había imaginado para su vástago, donde le sobrevino la desgracia. Según fray Vicenzo, antes del anochecer de san Basilio, *donna* Beatrice cayó desmayada sobre uno de los camastros de la estancia. Al volver en sí, se sintió mal. La cabeza le daba vueltas, al tiempo que el estómago luchaba por vaciarse entre arcadas largas y estériles. Sin saber qué clase de dolencia la aquejaba, al vómito pronto le siguieron fuertes contracciones en el bajo vientre que anunciaban lo peor. El hijo del Moro había decidido adelantar su llegada al mundo sin que nadie hubiera previsto esa contingencia. Beatrice, por primera vez, se asustó.

Aquel día los médicos tardaron más de la cuenta en llegar a palacio. Hubo de buscarse a la partera extramuros de la ciudad, y cuando el personal necesario para asistir a la princesa estuvo por fin a su lado, ya era demasiado tarde. El cordón umbilical que alimentaba al futuro Leon Maria Sforza se había enredado alrededor del frágil cuello del niño. Poco a poco, con la precisión de una soga, éste fue apretando su pequeña garganta hasta asfixiarlo. Beatrice notó enseguida que algo iba mal. Su hijo, que un segundo antes pujaba con fuerza por salir de sus entrañas, se detuvo en seco. Primero se agitó con violencia y luego, como si el esfuerzo le hubiera marchitado, languideció hasta expirar. Al notarlo, los galenos sajaron de lado a lado a la madre, que se retorcía de dolor y desesperación apretando un paño bañado en vinagre entre los dientes. Fue inútil. Desesperados, dieron sólo con un bebé azulado y muerto, con sus ojitos claros ya vidriosos, ahorcado en el seno materno.

Y fue así como, rota de dolor, sin tiempo para aceptar el duro revés que acababa de darle la vida, la propia Beatrice decidió extinguirse horas más tarde.

En su informe, el abad Bandello decía que llegó a tiempo de verla agonizar. Ensangrentada, con las tripas al aire y bañada en una pestilencia insoportable, deliraba de dolor, pidiendo a gritos confesarse y comulgar. Pero, por suerte para nuestro hermano, Beatrice d'Este murió antes de recibir sacramento alguno…

Y digo bien: por suerte.

La duquesa tenía sólo veintidós años cuando dejó nuestro mundo. Betania sabía que había llevado una vida pecaminosa. Desde los tiempos de Inocencio VIII yo mismo había tenido ocasión de estudiar y archivar muchos documentos al respecto. Los mil ojos de la Secretaría de Claves de los Estados pontificios conocían bien la clase de persona que había sido la hija del duque de Ferrara. Allí dentro, en nuestro cuartel general del monte Aventino, podíamos presumir de que ningún documento importante generado en las cortes europeas era ajeno a nuestra institución. En la Casa de la Verdad decenas de lectores examinaban a diario escritos en todos los idiomas, algunos encriptados con las artimañas más impensables. Nosotros los descifrábamos, los clasificábamos por prioridades y los archivábamos. Aunque no todos. Los referentes a Beatrice d'Este llevaban tiempo ocupando un lugar prioritario en nuestro trabajo y se almacenaban en una habitación a la que pocos teníamos acceso. Tan inequívocos documentos mostraban a una Beatrice poseída por el demonio del ocultismo. Y lo que era aún peor, muchos aludían a ella como la principal impulsora de las artes mágicas en la corte del Moro. En una tierra tradicionalmente permeable a las herejías más siniestras, aquel dato debería haberse tenido muy en cuenta. Pero nadie lo hizo a tiempo.

Los dominicos de Milán —entre ellos el padre Bandello— tuvieron varias veces a su alcance pruebas que demostraban que tanto *donna* Beatrice como su hermana Isabella, en Mantua, coleccionaban amuletos e ídolos paganos, y que ambas profesaban veneración desmedida a los vaticinios de astrólogos y charlatanes de todo pelaje. Y nunca hicieron nada. Las influencias que recibió Beatrice de aquéllos fueron tan nefastas, que la pobre pasó sus últimos días convencida de que nuestra Santa Madre Iglesia se extinguiría muy pronto. A menudo decía que la curia sería llevada a rastras hasta el Juicio Final y que allí, entre arcángeles, santos y hombres puros, el Padre Eterno nos condenaría a todos sin piedad.

Nadie en Roma conocía mejor que yo las actividades de la duquesa de Milán. Leyendo los informes que llegaban sobre ella, aprendí cuán sibilinas pueden llegar a ser las mujeres, y descubrí lo mucho que *donna* Beatrice había cambiado los hábitos y objetivos de su poderoso marido en apenas cuatro años de matrimonio. Su personalidad llegó a fascinarme. Crédula, entregada a lecturas profanas y seducida por cuantas ideas exóticas circulaban por su feudo, toda su obsesión era convertir Milán en la heredera del antiguo esplendor de los Médicis de Florencia.

Creo que fue eso lo que me alertó. Aunque la Iglesia había logrado minar poco a poco los pilares de tan poderosa familia florentina, socavando el apoyo que prestaron a pensadores y artistas amigos de lo heterodoxo, el Vaticano no estaba preparado para afrontar un rebrote de aquellas ideas en la gran Milán del norte. Las villas mediceas, el recuerdo de la Academia que fundara Cosme el Viejo para rescatar la sabiduría de los antiguos griegos, o su protección desmedida a arquitectos, pintores y escultores, fecundaron tanto la fértil imaginación de la princesa Beatrice como la mía. Pero ella las tomó como guías de su fe y contagió su venenosa fascinación al dux.

Desde que Alejandro VI llegara al trono de Pedro en 1492, estuve enviando mensajes a mis superiores jerárquicos para prevenirles sobre lo que allí podría ocurrir. Nadie me hizo caso. Milán, tan próxima a la frontera con Francia y con una tradición política tan rebelde respecto a Roma, era la candidata perfecta para albergar una escisión importante en el seno de la Iglesia. Betania tampoco me creyó. Y el Papa, tibio con los herejes —sólo un año después de haber tomado la tiara ya había pedido perdón por el acoso a cabalistas como Pico della Mirandola—, desoyó todas mis advertencias.

—Ese fray Agustín Leyre —solían decir de mí los hermanos de la Secretaría de Claves— presta demasiada atención a los mensajes del Agorero. Terminará tan chiflado como él.

3

El Agorero.

Ésa es la pieza que falta para armar este rompecabezas.

Su presencia merece una explicación. Y es que, además de mis avisos al Santo Padre y a las más altas instancias de la orden dominica sobre el rumbo errático que tomaba el ducado de Milán, existía otra fuente de información que abundaba en mis temores. Era un testigo anónimo, bien documentado, que cada semana remitía a nuestra Casa de la Verdad detalladísimas cartas denunciando la puesta en marcha de una gigantesca operación mágica en las tierras del Moro.

Sus misivas comenzaron a arribar en el otoño de 1496, cuatro meses antes de la muerte de *donna* Beatrice. Iban dirigidas a la sede de la orden en Roma, en el monasterio de Santa Maria sopra Minerva, donde se leían y se guardaban como si fueran la obra de un pobre diablo obsesionado con las presuntas desviaciones doctrinales de la casa Sforza. Y no los culpo. Vivíamos tiempos de locos, y las cartas de un visionario más o menos traían a nuestros padres superiores sin cuidado.

O a casi todos.

Fue el archivero de nuestra casa madre quien me habló de los escritos de ese nuevo profeta en el último capítulo general de Betania.

—Deberíais leerlas —dijo—. Nada más verlas pensé en vos.

—¿De veras?

Recuerdo los ojos de lechuza del archivero, pestañeando de emoción.

—Es curioso: las ha escrito alguien con vuestros mismos temores, padre Leyre. Un profeta apocalíptico, culto, muy versado en gramática, como la cristiandad no había visto desde los tiempos de fray Tanchelmo de Amberes.

—¿Fray Tanchelmo?

—Oh… Un viejo chiflado del siglo XII que denunció a la Iglesia por haberse convertido en un burdel, y acusaba a los sacerdotes de vivir en concubinato permanente. Nuestro Agorero no llega a tanto, aunque, por el tono de sus cartas, no creo que tarde mucho en hacerlo.

El archivero, encorvado y quejicoso, añadió algo más:

—¿Sabéis qué le hace distinto de otros locos?

Sacudí la cabeza.

—Que parece mejor informado que cualquiera de nosotros. Ese Agorero es un maníaco de la precisión. ¡Lo sabe todo!

Aquel frailuco tenía razón. Sus pliegos de papel ahuesado y fino, escritos con una caligrafía impecable y amontonados en una caja de madera con el sello de *riservatto*, se referían con obsesiva insistencia a un plan secreto para convertir Milán en una nueva Atenas. Algo así era lo que yo sospechaba desde hacía tiempo. El Moro, como los Médicis antes que él, se contaba entre esos dirigentes supersticiosos que creían que los antiguos poseían conocimientos del mundo mucho más avanzados que los nuestros. La suya era una vieja idea. Según ésta, antes de que Dios castigara al mundo con el Diluvio, la humanidad había disfrutado de una Edad de Oro próspera que primero los florentinos y ahora el dux de Milán querían reinstaurar a toda costa. Y para conseguirlo no dudarían en dejar a un lado la Biblia y los prejuicios de la Iglesia, a sabiendas de que en aquel tiempo de gloria Dios aún no había creado una institución que lo representase.

Pero aún había más: sus cartas insistían en que la piedra angular de aquel proyecto se estaba colocando delante de nuestras narices. De ser cierto lo que el Agorero decía, la astucia del Moro era infinita. Su plan para convertir su feudo en la capital del renacimiento de la filosofía y la ciencia de los antiguos iba a apoyarse sobre una columna desconcertante. Nada menos que nuestro nuevo convento en Milán.

El Agorero logró sorprenderme. Fuera quien fuese el hombre que se escondía tras esas revelaciones, las había llevado más lejos de lo que yo me hubiera atrevido jamás. Como me advirtió el archivero, parecía tener ojos en todas partes. Ya no sólo en Milán, sino en la propia Roma, ya que algunas de sus últimas cartas venían encabezadas por un «*Augur dixit*» que nos desconcertó. ¿A qué clase de confidente nos enfrentábamos?

¿Quién sino alguien muy introducido en la curia podría conocer cómo le llamaban los escribanos de Betania?

Ninguno supimos a quién señalar.

Por aquellos días, el convento al que se refería en sus mensajes, el de Santa Maria delle Grazie, estaba en obras. El duque de Milán había designado a los mejores arquitectos del momento para su edificación: a Bramante le encargó la tribuna de la iglesia, a Cristoforo Solari los interiores, y no escatimó un ducado en pagar a los mejores artistas para que decorasen cada uno de sus muros. Quería convertir nuestro templo en el mausoleo de su familia, el lugar de reposo eterno que inmortalizaría su memoria por los siglos de los siglos.

Sin embargo, lo que para los dominicos era un privilegio, para el autor de aquellas cartas era una terrible maldición. Anunciaba grandes penalidades para el Papa si nadie ponía fin a aquel proyecto y auguraba una época negra, fatal, para Italia entera. El anónimo remitente de aquellos mensajes se había ganado a pulso, en efecto, el sobrenombre de Agorero. Su visión de la cristiandad no podía ser más nefasta.

4

Nadie prestó oídos a aquel anónimo diablo hasta la mañana en la que llegó su decimoquinta misiva.

Ese día, fray Giovanni Gozzoli, mi asistente en Betania, irrumpió en el *scriptorium* en medio de grandes alharacas. Agitaba en el aire un nuevo mensaje del Agorero, y ajeno a las miradas reprobatorias de los monjes que allí estudiábamos, enfiló sus pasos hacia mi pupitre:

—Fray Agustín, ¡debéis ver esto! ¡Debéis leerlo de inmediato!

Nunca había visto a fray Giovanni tan alterado. El joven fraile paseó la nueva carta por delante de mis ojos y con la voz muy afectada susurró:

—Es increíble, padre. In-cre-í-ble.

—¿Qué es increíble, hermano?

Gozzoli tomó aire:

—La carta. Esta carta… El Agorero… El maestro Torriani me ha pedido que la leáis de inmediato.

—¿El maestro?

El piadoso Gioacchino Torriani, trigesimoquinto sucesor de santo Domingo de Guzmán en la Tierra y máximo responsable de nuestra orden, nunca había tomado en serio aquellos anónimos. Los había despachado con indiferencia, y en alguna ocasión hasta me había recriminado que les dedicara mi tiempo. ¿Por qué había cambiado de actitud? ¿Por qué me enviaba esa nueva carta con el ruego de que la estudiara de inmediato?

—El Agorero… —Gozzoli tragó saliva.

—¿Sí?

—El Agorero ha descubierto en qué consiste el plan.

—¿El plan?

La mano de fray Giovanni sostenía aún el mensaje. Temblaba por el esfuerzo. La carta, un pliego de tres cuartillas con el sello de lacre roto, descendió suavemente sobre mi escritorio.

—El plan del Moro —susurró mi secretario, como si dejara una pesada carga—. ¿No lo entendéis, fray Agustín? Explica lo que pretende hacer realmente en Santa Maria delle Grazie. ¡Quiere hacer magia!

—¿Magia? —No salía de mi asombro.

—¡Leedla!

Me sumergí en el mensaje allí mismo. No había duda de que la carta la había escrito la misma persona que las anteriores: sus mismos encabezamientos y caligrafía delataban a su autor.

—¡Leedla, hermano! —insistió.

Pronto comprendí tanta insistencia. El Agorero volvía a

revelar algo que nadie esperaba oír. Retrocedía a casi sesenta años atrás, a los tiempos del papa Eugenio IV, cuando el patriarca de Florencia Cosme de Médicis, llamado el Viejo, decidió financiar un concilio que podría haber cambiado para siempre el rumbo de la cristiandad. Era una vieja historia. Al parecer, Cosme propició un infructuoso encuentro entre delegaciones diplomáticas muy dispares, que duró varios años, con el que pretendía lograr la reunificación de la Iglesia oriental y la de Roma. Los turcos amenazaban entonces con extender su influencia sobre el Mediterráneo y había que detenerlos como fuera. Al viejo banquero se le ocurrió la peregrina idea de unir a todos los cristianos bajo una misma cabeza y plantar cara al enemigo común con la fuerza de la fe. Pero su plan fracasó.

O no.

Lo que el Agorero revelaba en aquel mensaje es que existió una agenda secreta detrás del concilio. Un objetivo enmascarado cuyos efectos todavía se dejaban sentir seis décadas después en Milán. Según él, además de las discusiones políticas de la época, Cosme de Médicis empleó buena parte de su tiempo en negociar con las delegaciones venidas de Grecia y Constantinopla la compra de libros antiguos, instrumentos ópticos y hasta manuscritos atribuidos a Platón o Aristóteles que se creían perdidos. Los mandó traducir todos sin excepción, y de ellos aprendió cosas sorprendentes. Así descubrió que ya en Atenas creían en la inmortalidad del alma y sabían que los cielos eran los responsables de todo cuanto se movía en la Tierra. Entendámonos bien: los atenienses no creían en Dios, sino en la influencia de los cuerpos celestes. Y es que, según aquellos despreciables tratados, los astros influían sobre la materia gracias a un «calor espiritual» parecido al que conecta cuerpo y alma en los seres humanos. Aristóteles habló de ello después de aprenderlo de las crónicas de la Edad de Oro, y Cosme se fascinó con sus lecciones.

Según el Agorero, el viejo banquero fundó una Academia al estilo de las antiguas, sólo para enseñar estos secretos a los artistas. Por culpa de aquellas lecturas, estaba convencido de que el diseño de obras de arte era una ciencia exacta. Una obra confeccionada con arreglo a ciertas claves sutiles actuaría como reflejo de las fuerzas cósmicas y podría ser utilizada para proteger o destruir a quien la poseyera.*

—¿Qué? ¿Os habéis dado cuenta ya, fray Agustín? —La pregunta de Gozzoli me sacó del aturdimiento—. ¡El Agorero dice que el arte puede emplearse como arma!

En efecto. Un párrafo más abajo, el mensaje hablaba de la fuerza de la geometría. El número, la armonía, el sonido, eran elementos que podían aplicarse a una obra de arte para que irradiara influencias benéficas a su alrededor. Pitágoras, uno de los griegos defensores de la Edad de Oro que deslumbró a

---

* Quienes participaron de esos secretos antes que Cosme el Viejo fueron los constructores de catedrales góticas, que recibieron su información de Oriente mucho antes de que ésta fuera exportada a Florencia. En una novela anterior, *Las puertas templarias* (Martínez Roca, 2000), explico cómo se produjo aquel trasvase de sabiduría ancestral.

Cosme de Médicis, decía que «los únicos dioses comprobables son los números». El Agorero los maldecía a todos.

—Un arma —siseé—. Un arma que el Moro pretende ocultar en Santa Maria delle Grazie.

—¡Exacto! —Gozzoli estaba ufano—. Eso es justo lo que dice. ¿No es increíble?

Comenzaba a entender el repentino interés del maestro Torriani en todo esto. Años atrás, nuestro amado superior general había condenado los trabajos del pintor Sandro Botticelli por culpa de una sospecha similar. Lo acusó de emplear imágenes inspiradas en cultos paganos para ilustrar obras de la Iglesia, aunque su denuncia encerró algo más. Gracias a los informadores de Betania, Torriani supo que Botticelli, en la Villa di Castello de la familia Médicis, había representado la llegada de la primavera utilizando una técnica «mágica». Las ninfas que bailaban en el cuadro habían sido dispuestas como las piezas de un gigantesco talismán. Más tarde Torriani averiguó que Lorenzo di Pierfrancesco, el patrón de Botticelli, le había pedido un amuleto contra el envejecimiento. El cuadro era el remedio mágico solicitado. En realidad, encerraba todo un tratado contra el paso del tiempo que incluía a la mitad de las divinidades del Olimpo danzando contra el avance de Cronos. ¡Y pretendían hacer pasar por devota una obra así, proponiéndola como decoración para una capilla florentina!

Nuestro maestro general descubrió la infamia a tiempo. La clave se la dio una de las ninfas de la *Primavera*, Chloris, pintada con un ramo de enredadera saliéndole de la boca. Era el símbolo inequívoco del «lenguaje verde» de los alquimistas, de esos buscadores de la eterna juventud embebidos de ideas espurias a los que el Santo Oficio perseguía por doquiera que emergiesen. Aunque en Betania jamás logramos descifrar los detalles de ese misterioso lenguaje, la sospecha bastó para que el cuadro no llegara a mostrarse nunca en una iglesia.

Pero ahora, si el Agorero estaba en lo cierto, esta historia amenazaba con repetirse en Milán.

—Decidme, hermano Giovanni, ¿sabéis por qué el maestro Torriani me pide que estudie este mensaje?

Mi asistente, que ya había tomado asiento en un pupitre contiguo y se distraía mirando un libro de horas recién iluminado, puso cara de no entender la pregunta:

—¿Cómo? ¿No habéis llegado al final de la carta?

Volví a fijar los ojos en ella. En el último párrafo, el Agorero hablaba de la muerte de Beatrice d'Este y de lo mucho que ésta aceleraría la consecución del plan mágico del Moro.

—No veo nada de particular, querido Giovannino —protesté.

—¿No os llama la atención que cite la muerte de la duquesa en términos tan explícitos?

—¿Y por qué habría de hacerlo?

El padre Gozzoli bufó:

—Porque el Agorero fechó y envió esta carta el 30 de diciembre. Dos días antes del mal parto de *donna* Beatrice.

5

—¿Me juráis, pues, que habéis escondido un secreto en este muro?

Marco d'Oggiono se rascaba la barbilla, perplejo, mientras echaba un nuevo vistazo al mural que pintaba el maestro. Leonardo da Vinci se divertía con aquellos juegos. Cuando estaba de buen humor, y ese día lo estaba, era difícil encontrar en él al afamado pintor, inventor, constructor de instrumentos musicales e ingeniero, favorito del Moro y aplaudido en media Italia. Aquella fría mañana, el maestro tenía mirada de niño travieso. Aun a sabiendas de que contrariaba a los frailes, había aprovechado la calma tensa que vivía Milán tras la muerte de la princesa para inspeccionar su trabajo en el refectorio de los padres dominicos. Estaba allá arriba, satisfecho entre apóstoles, encaramado en un andamio de seis metros de altura y saltando de tabla en tabla como un chaval.

—¡Desde luego que hay un secreto! —gritó. Su risa contagiosa retumbó en las bóvedas vacías de Santa Maria delle Grazie—. No tenéis más que mirar con atención mi obra y tener en cuenta los números. ¡Contad! ¡Contad! —rió.

—Pero maestro…

—Está bien —Leonardo sacudió la cabeza, condescendiente, arrastrando la última sílaba a modo de protesta—. Veo que enseñarte será difícil. ¿Por qué no tomas la Biblia que hay ahí abajo, junto a la caja de pinceles, y lees el capítulo trece de Juan, a partir del versículo veintiuno? Tal vez así encuentres la iluminación.

Marco, uno de los jóvenes y apuestos discípulos del toscano, corrió en busca del libro sagrado. Lo tomó del atril que estaba arrinconado junto a la puerta y lo sopesó. Debía de pesar varias libras. Marco, con esfuerzo, hojeó aquel ejemplar impreso en Venecia, de pastas de cuero negrísimo y repujado en cobre, hasta que el Evangelio de Juan se abrió frente a él. Era una edición hermosa, con grabados florales en el encabezamiento, cuajado de letras góticas grandes y negras.

—«Dicho esto —comenzó a recitar—, se turbó Jesús en su espíritu y lo demostró diciendo: "En verdad, en verdad os digo que uno de vosotros me traicionará". Se miraban los discípulos unos a otros, sin saber de quién hablaba. Uno de ellos, el amado de Jesús, estaba recostado en Su seno. Simón Pedro le hizo señal diciéndole: "Pregúntale de quién habla".»

—¡Ya! ¡Ya está bien! —tronó Leonardo desde el andamio—. Mira ahora hacia aquí y dime: ¿aún no entiendes mi secreto?

El discípulo negó con la cabeza. Marco ya sabía que el maestro tenía listo algún truco:

—Meser Leonardo —un tono de franca decepción presidió su reproche—, ya sé que estáis trabajando en este pasaje evangélico. No me reveláis nada nuevo mandándome leer la Biblia. Lo que yo quiero es saber la verdad.

—¿La verdad? ¿Qué verdad, Marco?

—En la ciudad se rumorea que tardáis tanto en terminar esta obra porque queréis ocultar algo importante en ella. Habéis rechazado la técnica del fresco por otra nueva y más lenta. ¿Por qué? Yo os lo diré: porque así podéis pensar mejor lo que queréis transmitir.

Leonardo no pestañeó.

—¡Conocen vuestro gusto por los misterios, maestro, y yo también quiero conocerlos todos…! Tres años a vuestro lado, preparando mezclas y auxiliando vuestras manos con los bocetos y los cartones creo que deberían darme alguna ventaja sobre los de ahí fuera, ¿no?

—Ya, ya. Pero ¿quién dice todas esas cosas, si puede saberse?

—¿Quién, maestro? ¡Todos! ¡Hasta los monjes de esta santa casa paran a menudo a vuestros discípulos y les preguntan!

—¿Y qué comentan, Marco? —volvió a bramar desde lo alto, cada vez más divertido.

—Que si vuestros Doce no son verdaderos retratos de los apóstoles, como los pintaría fray Filippo Lippi o Crivelli, que si reflejan las doce constelaciones del zodiaco, que si habéis escondido en los gestos de sus manos las notas de una de vuestras partituras para el Moro… Dicen de todo, maestro.

—¿Y tú?

—¿Yo?

—Sí, sí, tú. —Otra sonrisa pícara volvió a iluminar el rostro de Leonardo—. Teniéndome tan cerca, trabajando todos los días en una sala tan magnífica, ¿a qué conclusión has llegado?

Marco alzó la vista hacia la pared en la que el toscano daba algunos retoques con un pincel de cerdas finísimas. El muro norte acogía la representación de la Última Cena más extraordinaria que Marco hubiera visto jamás. Allí estaba Jesús, presente en carne y hueso, en el centro exacto de la composición. Tenía la mirada lánguida y los brazos extendidos, como si estudiara de reojo las reacciones de sus discípulos a la revelación que acababa de hacerles. A su lado estaba Juan, el amado, que escuchaba a Pedro susurrarle. Si se afinaban los sentidos, casi podía vérseles mover los labios. ¡Eran tan reales!

Pero Juan ya no estaba recostado sobre el maestro como decía el Evangelio. Incluso daba la impresión de no haberlo estado jamás. Al otro lado de Cristo, Felipe, el gigante, se mantenía en pie hundiendo sus manos en el pecho. Parecía interrogar al Mesías: «¿Acaso soy yo el traidor, Señor?». O Santiago el Mayor, que sacaba pecho cual guardaespaldas, jurándole lealtad eterna. «Nadie te hará daño mientras yo esté cerca», fanfarroneaba.

—¿Y bien, Marco? Aún no te has pronunciado.

—No sé, maestro… —titubeó—. Esta obra vuestra tiene algo que me desconcierta. Es tan, tan…

—¿Tan…?

—Tan próxima, tan humana, que me deja sin palabras.

—¡Bien! —aplaudió Leonardo, secándose las manos en el mandil—. ¿Lo ves? Sin pretenderlo, ya estás más cerca de mi secreto.

—No os entiendo, maestro.

—Y tal vez no lo logres nunca —sonrió—. Pero escucha lo que voy a decirte: todo en la naturaleza guarda algún misterio. Las aves nos ocultan las claves de su vuelo, el agua encierra a buen recaudo el porqué de su extraordinaria fuerza… Y si lográsemos que la pintura fuera un reflejo de esa naturaleza, ¿no sería justo incorporar en ella esa misma y enorme capacidad para custodiar información? Cada vez que admires una pintura recuerda que te adentras en la más sublime de las artes. No te quedes nunca en su superficie: penetra en la escena, muévete entre sus elementos, descubre los ángulos inéditos, husmea en la trastienda… y así alcanzarás su verdadero significado. Pero te lo advierto: se necesita valor para ello. No pocas veces lo que encontramos en un mural como éste dista mucho de lo que esperábamos hallar. Dicho queda.

6

Fray Giovanni cumplió sin titubear la segunda parte de la misión que le encomendó el maestro general.

Después de nuestra conversación y de mostrarme la última carta del Agorero, regresó a la casa madre de la orden, dejando Betania antes del anochecer. Torriani le había ordenado que volviera para informarle de mi reacción. En especial quería saber qué opinión me merecían los rumores que hablaban de graves anomalías en las obras de acondicionamiento de Santa Maria delle Grazie. Mi asistente debió de transmitirle mi mensaje, claro y escueto: si finalmente se tomaban en cuenta mis viejos temores y se le sumaban como probables las revelaciones del Agorero, había que localizar a ese sujeto en Milán y conocer de su mano el alcance de los proyectos secretos que el dux tenía para aquel convento.

—En especial —insistí a fray Giovanni—, habrá que examinar los trabajos de Leonardo da Vinci. En Betania ya tenemos constancia de su afición a enmascarar ideas heterodoxas en obras de apariencia piadosa. Leonardo trabajó muchos años en Florencia, mantuvo contacto con los descendientes de Cosme el Viejo, y entre todos los artistas que trabajan en Santa Maria es el más proclive a participar de las ideas del Moro.

Gozzoli sumó mi otra gran preocupación a su informe para el maestro Torriani: le insistí en la necesidad de abrir una investigación sobre la muerte de *donna* Beatrice. El vaticinio tan preciso del Agorero sugería la existencia de algún siniestro plan ocultista, tal vez ideado por el duque Ludovico o por sus pérfidos asesores, para implantar una república pagana en el corazón de Italia. Aunque no tenía mucho sentido que el dux mandara asesinar a su esposa y a su hijo nonato, la mentalidad de los adeptos a las ciencias ocultas discurría a menudo por senderos impredecibles. No era la primera vez que oía hablar de la necesidad de sacrificar a una víctima notable antes de emprender una gran obra. Los antiguos, esos bárbaros de la Edad de Oro, lo hacían a menudo.

Supongo que mi determinación animó a Torriani.

El maestro general avisó al hermano Gozzoli de sus intenciones y a la mañana siguiente, con la escarcha aún cayendo sobre Roma, abandonó sus dependencias en el monasterio de Santa Maria sopra Minerva dispuesto a atajar de raíz aquel problema.

Desafiando los accesos nevados a la Ciudad Eterna, Torriani ascendió hasta el cuartel de Betania en mulo y solicitó entrevistarse conmigo a la mayor brevedad. Aún ignoro qué términos empleó el hermano Gozzoli para informarle de mis ideas, pero era evidente que le había impresionado. Jamás había visto así a nuestro maestro: dos bolsas amoratadas caían a plomo bajo su mirada gris, apagándola; su espalda parecía socavarse bajo el peso de una responsabilidad plúmbea, devorando poco a poco su carácter alegre y hundiendo unos hombros que también languidecían por momentos. Torriani, mentor, guía y viejo amigo, apuraba lo que le quedaba de vida con las huellas de la decepción grabadas en el rostro. Y aun con todo, tras el brillo de sus ojos se apreciaba una sensación de urgencia:

—¿Podéis atender a un pobre siervo de Dios, mojado y enfermo? —dijo nada más verme en el atrio de Betania.

Mentiría si jurase que no me sorprendió encontrármelo allí tan temprano. Había ascendido hasta nuestro cuartel solo, sin séquito, con una manta sobre los hábitos y las sandalias cubiertas por sendas pieles de conejo. Si el superior de la Orden de Santo Domingo abandonaba así nuestra casa madre y su parroquia, y cruzaba la ciudad en pleno temporal para reunirse con el responsable de su servicio de información, el asunto debía ser gravísimo. Y aunque su rostro sombrío invitaba a entrar en conversación cuanto antes, no me atreví a preguntarle nada. Aguardé a que se quitara sus harapos y apurase la copa de vino caliente que le ofrecimos. Subimos a mi pequeño estudio, un recinto oscuro atestado de cajas y manuscritos desde el que se dominaba toda Roma, y apenas se cerró la puerta el padre Torriani confirmó mis temores:

—¡Claro que he venido por esas dichosas cartas! —protestó, enarcando sus cejas blancas—. ¿Y vos me preguntáis quién creo que es su autor? ¿Precisamente vos, padre Leyre?

Torriani aspiró hondo. Su naturaleza enclenque luchaba por entrar en calor, mientras el vino iba entonándolo poco a poco. Afuera la nieve arreciaba sobre el valle.

—Mi impresión —continuó— es que nuestro hombre tiene que ser alguien del séquito del dux o, en su defecto, algún hermano del nuevo convento de Santa Maria delle Grazie. Se trata de una persona que conoce bien nuestras costumbres, y que sabe a quién está haciendo llegar sus cartas. Y sin embargo…

—¿Sin embargo?

—Veréis, padre Leyre: desde que leí la carta que os di a conocer ayer, apenas he pegado ojo. Ahí fuera hay alguien que nos avisa de una grave traición contra la Iglesia. El asunto es muy serio, sobre todo si, como me temo, nuestro informante procede de la comunidad de Santa Maria…

—¿Creéis que el Agorero es un dominico, padre?

—Estoy casi seguro de ello. Alguien de dentro, testigo del avance del Moro, que no se atreve a denunciarlo por temor a represalias.

—Y supongo que ya habréis estudiado las vidas de esos frailes en busca de vuestro candidato, ¿me equivoco?

Torriani sonrió satisfecho:

—Todas. Sin excepción. Y la mayoría proceden de buenas familias lombardas. Son religiosos leales al Moro y a la Iglesia,

43

hombres poco dados a fantasías o conspiraciones. Buenos dominicos, en suma. No puedo imaginar quién de ellos puede ser el Agorero.

—Si es que alguno lo es.

—Desde luego.

—Permitidme recordaros, maestro Torriani, que Lombardía siempre fue tierra de herejes…

El general de la orden, friolento, ahogó un estornudo antes de responder:

—Eso fue hace mucho tiempo, padre. Mucho. Desde hace más de doscientos años no queda ya ni rastro de la herejía cátara en la zona. Es cierto que aquellos malditos que inspiraron a nuestro amado santo Domingo a crear la Santa Inquisición se refugiaron allí después de la cruzada albigense,* pero todos murieron sin poder contagiar sus ideas a nadie.

—Y sin embargo, no se puede descartar que su blasfemia calara en la mentalidad de los milaneses. ¿Por qué si no éstos son tan abiertos a ideas heterodoxas? ¿Por qué habría de aceptar el dux creencias paganas si él mismo no hubiera crecido en un ambiente predispuesto a ello? ¿Y por qué razón —prose-

* En 1208, el papa Inocencio III ordenó la erradicación de la herejía cátara, creando una fuerza militar para exterminar a los heterodoxos del Languedoc francés. Aunque se acepta que en 1244 se había extinguido ya a los últimos herejes en el sitio de Montségur, muchos historiadores advierten que familias enteras de «hombres buenos» se refugiaron en la Lombardía cerca de la actual Milán, donde permanecieron durante mucho tiempo a salvo de la persecución de Roma y perseverando en su fe original.

guí— habría de esconderse un dominico fiel a Roma tras unos mensajes sin firma, de no ser porque él mismo participa de la herejía que ahora denuncia?

—¡Patrañas, padre Leyre! El Agorero no es un cátaro. Más bien al contrario: se preocupa por mantener la ortodoxia con más celo que el mismísimo inquisidor general de Carcasona.

—Esta mañana, antes de llegar vos, he leído otra vez todas las cartas de ese individuo. Y el Agorero tiene claro su objetivo desde la primera que nos mandó: desea que enviemos a alguien para detener los planes del Moro en Santa Maria delle Grazie. Es como si lo que el dux hiciera en el resto de Milán, las plazas, los canales para la navegación interior, las esclusas, no le importasen… Y eso abona vuestra hipótesis.

Torriani asintió complacido.

—Pero, maestro —lo contradije—, antes de actuar deberíamos valorar si su petición encierra alguna trampa.

—¿Cómo? ¿Pretendéis dejar solo al Agorero aun a pesar de las pruebas que nos ha ofrecido? ¡Pero si vos mismo lleváis tiempo denunciando los desvíos doctrinales de la difunta esposa del Moro!

—Precisamente. Esa familia es astuta. No será fácil encontrar argumentos contra ellos. Lo que digo es que debemos extremar la prudencia antes de dar un mal paso.

—No, padre. Nada de eso. Ese hombre, sea quien sea, nos pide ayuda y ya no podemos negársela por más tiempo. Además, sabed que a través del cardenal Ascanio, el hermano del dux, he comprobado hasta los más mínimos detalles que aparecen en sus informes. Y, creedme: todos son exactos.

—«Exactos» —repetí mientras trataba de poner en orden mis ideas—. ¿Sabéis? Creo que lo que más me sorprende de este asunto es vuestro cambio de actitud, maestro Torriani.

—No hay tal —protestó—. Archivé las cartas del Agorero en tanto no tuviera pruebas sólidas que las respaldaran. Si no hubiera creído en ellas, las habría destruido, ¿no os parece?

—Entonces, maestro, si a nuestro comunicante le asiste la verdad, si es un dominico preocupado por el futuro de su nuevo convento, ¿por qué creéis que esconde su identidad cuando os escribe?

Fray Gioacchino se encogió de hombros, devolviéndome una mueca de perplejidad:

—Ojalá lo supiera, padre Leyre. Y me preocupa. Cuanto más tiempo paso sin respuestas, más me incomoda este asunto. Son muchos los frentes que nuestra orden tiene abiertos en estos días, y abrir una herida más en el seno de la Iglesia equivale a desangrarla sin remedio. Por eso ha llegado la hora de actuar. No podemos permitir que se repita en Milán lo que ya ocurre en Florencia. ¡Sería un desastre!

«Una herida más.» Dudé si sacar el tema a colación, pero el silencio de Torriani no me dejó alternativa:

—Supongo que os referís al padre Savonarola…

—¿Y a quién si no? —El anciano aspiró antes de proseguir—. Al Santo Padre se le ha acabado la paciencia y piensa ya en excomulgarlo. Sus sermones contra la opulencia del Papa crecen en acritud; para colmo, sus profecías sobre el final de la casa de Médicis se han cumplido y ahora, seguido por una multitud, anuncia grandes castigos del Señor contra los Estados pontificios. Dice que Roma debe sufrir para purgar sus pecados y el muy maldito se alegra por ello. Lo peor, ¿sabéis?, es que cada día tiene más seguidores. Si por un casual el dux de Milán se sumara a esa idea de debacle, nadie podría detener el descrédito de nuestra institución…

Confuso, me persigné ante el funesto panorama que el maestro general dibujaba.

Girolamo Savonarola era, como Roma entera sabía, el gran problema de Torriani por aquellas fechas. Todo el mundo hablaba de él. Persistente lector del Apocalipsis, ese dominico de verbo brillante y gran capacidad de seducción acababa de instaurar una república teocrática en Florencia para llenar el vacío dejado por la huida de la familia Médicis. Desde su nuevo púlpito arremetía contra los excesos de Alejandro VI. Savonarola era un loco o, aún peor, un temerario. Desoía las llamadas al orden que recibía de sus superiores, e ignoraba deliberadamente a la legislación canónica. Los *Dictatus Papae* que desde el siglo XI eximían al Pontífice y a su curia de la posibilidad de errar le traían al fresco, y desafiando incluso su decimonovena sentencia («Nadie puede juzgar al Papa»), gritaba desde el altar que había que detenerlo en nombre de Dios.

Nuestro maestro general se desesperaba. No sólo había sido incapaz de detener la sed de grandeza de aquel exaltado, sino que la actitud de Savonarola comprometía a toda la orden ante Su Santidad. El rebelde, orgulloso como Sansón ante los filisteos, había rechazado el capelo cardenalicio que le ofrecieron para acallar sus críticas e incluso había rehusado abandonar su tribuna en el convento florentino de San Marco alegando que tenía una misión divina más importante que cumplir. Ésa y no otra era la razón por la que el padre Torriani no quería que la lealtad de los predicadores de Santo Domingo fuera cuestionada en Milán. Si el Agorero era un dominico y tenía razón al advertir de los planes paganos del Moro en nuestra nueva casa en la ciudad, la orden volvería a estar en entredicho.

—He tomado una decisión, hermano —sentenció el maestro general muy serio, después de meditar un instante—: tenemos que alejar cualquier sombra de duda de las obras de Santa Maria delle Grazie, recurriendo a la fuerza del Santo Oficio si fuera preciso.

—*Pater!* ¿No estaréis pensando en juzgar al dux de Milán? —pregunté alarmado.

—Únicamente si es necesario. Ya sabéis que nada place más a los príncipes seculares que descubrir las debilidades de nuestra Iglesia y utilizarlas contra nosotros. Por eso estamos obligados a adelantarnos a sus movimientos. Otro escándalo como el de Savonarola y nuestra casa quedaría muy malparada en los Estados pontificios. ¿Lo comprendéis?

—¿Y cómo pensáis, si puedo preguntároslo, llegar hasta el Agorero, comprobar sus afirmaciones y reunir la información necesaria para juzgarle sin levantar sus sospechas?

—He pensado mucho en ello, mi querido padre Agustín —barruntó enigmático—. Sabéis mejor que yo que si enviase a uno de nuestros inquisidores a destiempo, el tribunal de Milán haría demasiadas preguntas y rompería la discreción que requiere el caso. Y de existir un complot de tanto alcance, todas las pruebas serían ocultadas con celeridad por los cómplices del Moro.

—¿Y entonces?

Torriani abrió la puerta del estudio y descendió las escaleras hasta el portón de entrada, sin responder. Salió al patio de caballerizas y buscó su mulo, dando por cerrada aquella reunión de urgencia. La ventisca seguía arreciando con fuerza allá afuera.

—Decidme, ¿qué pensáis hacer? —repetí.

—El Moro ha previsto que dentro de diez días se celebren los funerales oficiales por la duquesa —respondió al fin—. A Milán acudirán representaciones de todas partes, y entonces será fácil infiltrarse en Santa Maria para hacer las averiguaciones pertinentes y localizar al Agorero. No obstante —añadió—, no podemos enviar a un religioso cualquiera. Debe ser alguien con criterio, que sepa de leyes, de herejías y de códigos secretos. Su misión será encontrar al Agorero, confirmar una por una sus acusaciones y detener la herejía. Y ése debe ser un hombre de esta casa. De Betania.

El maestro echó un vistazo receloso al sendero que estaba

a punto de emprender. Con suerte tardaría una hora en recorrerlo, y si la montura no lo descalabraba sobre alguna placa de hielo, llegaría a casa al calor del mediodía.

—El hombre que necesitamos —dijo como si fuera a anunciar algo importante— sois vos, padre Leyre. Ningún otro resolvería con mayor eficacia este asunto.

—¿Yo? —Aquello me dejó perplejo. Había pronunciado mi nombre con mórbida delectación, mientras rebuscaba algo en las alforjas de su montura—. Pero vos sabéis que aquí tengo trabajo, obligaciones…

—¡Ninguna como ésta!

Y extrayendo un grueso fajo de papeles, atados con su sello personal, me los alcanzó con su última orden:

—Partiréis con presteza hacia Milán. Hoy mismo si es posible. Y con eso —miró el legajo de documentos que ya sostenía en mis manos— identificaréis a nuestro informador, averiguaréis cuánta verdad hay tras este nuevo peligro y trataréis de ponerle remedio.

El maestro señaló el pergamino que encabezaba aquel legajo. En él, en caracteres grandes escritos con tinta roja, podía leerse el acertijo que contenía la firma de nuestro comunicante. Lo había visto muchas veces, cerraba cada una de las cartas del Agorero, pero hasta ese momento no le había prestado atención.

Mi vista quiso nublarse al descender sobre aquellas siete líneas y sentir que se habían convertido en mi principal problema.

Decían:

Oculos èjus dinumera
sed noli voltum àdspiecere.
In latere nominis
mei notam rinvenies.
Contemplari et contemplata
aliis tradere.

*Veritas**

7

Naturalmente, obedecí. ¿Qué otra cosa podía hacer?

Llegué a Milán pasada la noche de Reyes. Era una de esas mañanas de sábado en las que el brillo de la nieve te ciega y el aire limpio enfría sin piedad tus entrañas. Había cabalgado sin descanso para llegar a mi destino, durmiendo tres y cuatro horas en posadas nauseabundas, entumecido y húmedo a causa de un viaje de tres jornadas en mitad del invierno más crudo que era capaz de recordar. Pero nada de eso importaba. Milán, la capital de la Lombardía, la sede de intrigas palaciegas y disputas territoriales con Francia y los condados vecinos sobre la que tanto había estudiado, descansaba ya a los pies de mi montura.

El lugar era impresionante. La ciudad de los Sforza, la más grande al sur de los Alpes, ocupaba el doble de extensión que Roma; ocho grandes puertas flanqueaban una muralla impenetrable que rodeaba una urbe de planta redonda que vista desde el cielo debía de recordar el escudo de un guerrero gigantesco. Sin embargo, no fueron sus defensas lo que me sobrecogió: aquél era un burgo nuevo, limpio, que transmitía una intensa sensación de orden. Los ciudadanos no orinaban en cada esquina, como en Roma, ni las prostitutas asaltaban a los viandantes ofreciéndose. Allí cada rincón, cada casa, cada edificio público parecían pensados para una función suprema. Incluso su orgullosa catedral, de aspecto frágil y esquelético, opuesta en todo a las macizas moles del Mediodía italiano, derramaba sus benéficas influencias sobre el valle. Vista desde las colinas, Milán parecía el último rincón del mundo en el que pudieran arraigar el desorden y el pecado.

Un trecho antes de llegar a Porta Ticinese, el más noble de los accesos de este burgo, un amable mercader se ofreció a acompañarme hasta la torre de Filarete, la entrada principal a la fortaleza del Moro. Situado en uno de los extremos del escudo urbano, el castillo de los Sforza parecía una réplica en miniatura de las enormes murallas de la ciudad. El mercader se rió al ver mi cara de asombro. Dijo que era curtidor en Cremona, un buen católico que me acompañaría gustoso hasta el interior de la fortaleza a cambio de mi bendición para él y su familia. Acepté el trato.

El buen hombre me dejó frente al castillo del dux justo a la hora nona. Aquel lugar era aún más magnífico de lo que había supuesto. Banderolas con la terrible insignia de los Sforza —una especie de serpiente gigante devorando a un desgraciado— caían desde las almenas. Cintas de color azul ondeaban al viento, al tiempo que media docena de enormes chimeneas, clavadas en algún lugar del interior de la fortaleza, exhalaban grandes bocanadas de un humo negro y espeso. La entrada de Filarete constaba de un amenazador rastrillo y dos compuertas remachadas de bronce, plegadas sobre sí mismas. No menos de quince hombres la vigilaban, cardando con picas los sacos de cereal que los carromatos querían dejar cerca de las cocinas.

Uno de aquellos uniformados me señaló el camino. Debía dirigirme al extremo oeste de la torre, ya dentro de la fortaleza, y preguntar por el área de recepción de visitas y el «despacho de luto» que se había habilitado para recibir a las delegaciones que acudirían a los funerales por *donna* Beatrice. Mi cicerone de Cremona ya me había advertido que toda la ciudad se pararía cuando llegara aquel momento. Y, de hecho, para esa hora no había demasiada actividad. Me sorprendió que el secretario del Moro, un espigado cortesano de rostro inexpresivo, apenas tardara en recibirme. El servidor se disculpó por no poder conducir a este siervo de Dios hasta su señor. Aun así, examinó mi carta de presentación con aire escéptico, comprobó que el sello pontificio era auténtico y me la devolvió acompañada de un gesto de desolación.

—Lo lamento, padre Leyre. —Marchesino Stanga, así se llamaba, se deshizo en un torrente de disculpas—. Debe entender que mi señor no reciba a nadie tras la muerte de su esposa. Supongo que os hacéis cargo del difícil momento que atravesamos y de la necesidad que tiene el dux de estar a solas.

—Claro —asentí con fingida cortesía.

—No obstante —añadió—, cuando pase el duelo, le haré llegar la noticia de su presencia en la ciudad.

Me hubiera gustado poder mirar a los ojos al Moro y deducir, como en tantos interrogatorios que había presenciado, si ocultaban o no las siniestras sombras de la herejía o del crimen. Pero aquel funcionario vestido con tocado grana guarnecido de pieles y jubón de terciopelo, que hablaba con aires de mezquina superioridad, estaba decidido a impedírmelo:

—Tampoco podemos daros cobijo, como es nuestra costumbre —dijo con sequedad—. El castillo está cerrado y no recibimos huéspedes. Os ruego, padre, que recéis por el alma de *donna* Beatrice y que regreséis pasados los funerales. Entonces os atenderemos como merecéis.

—*Requiescat in pace* —murmuré mientras me santiguaba—. Así lo haré. También rezaré por vos.

Tuve una sensación extraña. Sin posibilidad de instalarme cerca del duque y su familia, chasqueado en mi propósito de deambular con más o menos libertad por su castillo, mis primeras pesquisas se demorarían. Debía conseguir un alojamiento discreto que me garantizara cierto ambiente de estudio. Con los documentos de Torriani quemando en mi bolsa, iba a necesitar calma, tres platos de comida caliente al día y una buena dosis de suerte para lograr descifrar su secreto. No era sensato que un monje buscara posada entre los laicos, así que mis opciones pronto se redujeron a dos: o me afincaba en el veterano convento de San Eustorgio o en el novísimo de Santa Maria delle Grazie, donde la posibilidad de cruzarme con el Agorero excitaba mi imaginación. Después, con el techo resuelto, tiempo tendría de sumergirme en la clave que el maestro Torriani me había entregado en Betania.

Reconozco que la Divina Providencia hizo un trabajo ejemplar. San Eustorgio se reveló pronto como la peor de las opciones. Situado muy cerca de la catedral, junto al mercado de abastos, acostumbraba a estar lleno de curiosos que no tardarían en preguntarse qué clase de asunto retenía allí a un inquisidor romano. Aunque su situación me daría cierta perspectiva sobre las actividades del Agorero, ahorrándome el riesgo de encontrármelo cara a cara sin saber de quién se trataba, también sabía que me ofrecía más inconvenientes que ventajas.

En cuanto a la otra alternativa, la de Santa Maria delle Grazie, además de ser el presunto refugio de mi objetivo sólo presentaba otro pequeño pero superable defecto: allí era donde iban a celebrarse las multitudinarias exequias de *donna* Beatrice. Su iglesia, reformada hacía poco por Bramante, estaba a punto de convertirse en el centro de todas las miradas.

A cambio, Santa Maria disponía de cuanto podía necesitar. Su bien surtida biblioteca, emplazada en la segunda planta de uno de los edificios que daban al que allí llamaban Claustro de los Muertos, custodiaba obras de Suetonio, Filóstrato, Plotino, Jenofonte y hasta algunos de los libros del propio Platón importados en tiempos de Cosme el Viejo. Se encontraba cerca de la fortaleza del dux y no demasiado lejos de la Porta Vercellina. Gozaba de excelente cocina, un extraordinario horno de repostería, pozo, huerto, sastrería y hospital. Y por si fuera poco, todas aquellas ventajas palidecían frente a una sola: si el maestro Torriani no se engañaba, tal vez el Agorero podría presentárseme en sus pasillos, sin necesidad de resolver acertijo alguno.

Fui un ingenuo.

Menos en ese aspecto concreto, la Providencia hizo bien su trabajo: en Santa Maria quedaba una celda disponible que se me asignó de inmediato. Se trataba de un cuartucho de tres pasos por dos, un camastro de tablas sin colchón y una mesa pequeña situada bajo un pobre ventanuco que daba a la calle que llamaban Magenta. Los frailes no hicieron preguntas. Revisaron mis credenciales con la misma mirada de desconfianza del secretario Stanga, pero se relajaron en cuanto les aseguré que había acudido a su casa en busca de serenidad para mi atribulado espíritu. «Hasta un inquisidor necesita recogimiento», les expliqué. Y lo entendieron.

Sólo me impusieron una condición. El sacristán, un fraile de ojos saltones y acento extraño, me lo advirtió muy severo:

—Nunca entréis sin permiso en el refectorio. El maestro Leonardo no quiere que nadie interrumpa su trabajo y el abad desea complacerlo en todo. ¿Lo habéis entendido?

Asentí.

8

Lo primero que visité fue la biblioteca de Santa Maria. Sentía una gran curiosidad. Situada sobre el polémico y ahora restringido refectorio que el Agorero había convertido en el foco de todo mal, la suya era una estancia amplia, de ventanas rectangulares, atravesada por una docena de pequeñas mesas de lectura y un gran pupitre para el bibliotecario. Justo detrás de éste, tras un grueso portón con cerradura, se guardaban los libros. Lo que más me llamó la atención fue su sistema de calefacción: una caldera situada en la planta inferior suministraba vapor de agua a unos conductos de cobre que calentaban las losetas del suelo.

—No es por los lectores —se apresuró a explicarme el responsable del lugar al verme husmear con interés aquel ingenioso dispositivo—. Es por los libros. Guardamos ejemplares demasiado valiosos como para que el frío los eche a perder.

Creo que el padre Alessandro, guardián y custodio de aquella sala, fue el primer monje que no me miró con suspicacia, sino con una descarada curiosidad. Largo, huesudo, de piel blanquísima y modales finos, parecía encantado de ver una cara nueva en sus dominios.

—No suele venir mucha gente por aquí —admitió—. ¡Y mucho menos de Roma!

—Ah… ¿Ya sabéis que soy romano?

—Las noticias vuelan, padre. Santa Maria todavía es una comunidad pequeña. No creo que a esta hora haya alguien en la comunidad que no sepa de la llegada de un inquisidor a nuestra casa.

El fraile me guiñó un ojo en señal de complicidad.

—No estoy aquí en misión oficial —mentí—. Me traen asuntos personales.

—¡Y qué importa! Los inquisidores son hombres de letras, estudiosos. Y aquí casi todos los frailes tienen dificultades para leer o escribir. Si os quedáis un tiempo entre nosotros, creo que nos haremos buena compañía.

Luego añadió:

—¿Es cierto que en Roma trabajáis en la Secretaría de Claves?

—Sí… —dudé.

—Magnífico, padre. Eso es magnífico. Vamos a tener mucho de que hablar. Creo que habéis elegido el mejor lugar del mundo para pasar unos días.

Alessandro me pareció simpático. Frisaba la cincuentena, lucía sin complejos una nariz ganchuda y la barbilla más pronunciada que había visto jamás. Su nuez luchaba por salírsele de la garganta. Tenía unas gruesas lentes sobre la mesa, con las que debía de agrandar las letras de los libros, y las mangas de su hábito exhibían unos enormes lamparones de tinta. No es que me sincerara con él de inmediato —de hecho, trataba de no mirarle demasiado para no hipnotizarme con aquella cara contrahecha—, aunque admito que una corriente de sincero afecto circuló de inmediato entre nosotros. Fue él quien insistió en atender mis necesidades mientras estuviera en el convento. Se ofreció a mostrarme los rincones de aquel espléndido lugar en el que todo parecía nuevo y me prometió que velaría por mi tranquilidad para que pudiera concentrarme.

—Si vuestro ejemplo cundiera y vinieran más frailes a esta casa a estudiar —se quejó como si no pudiera contener su lengua—, pronto podríamos convertirla en un Estudio General,* como los de Roma, y quién sabe si en una Universidad…

—¿Es que no vienen frailes a estudiar aquí?

—Muy pocos para lo que este lugar puede ofrecerles. Aunque os parezca modesta, esta biblioteca reúne una de las colecciones de textos antiguos más importantes del ducado.

—¿Ah sí?

—Perdonad si peco de inmodestia, pero llevo mucho tiempo trabajando en ella. Quizá a un culto romano como a vos os parezca poca cosa al lado de la Bibliotheca Vaticana, pero creed-

* Centros de formación dominicos en los que se cursaban estudios de teología, o los célebres *Trivium* (gramática, retórica y dialéctica) y *Quadrivium* (aritmética, geometría, astronomía y música).

me si os digo que aquí atesoramos textos que ni los bibliotecarios del Papa se imaginan…

—Entonces —dije cortés—, será un privilegio poder consultarlos.

Fray Alessandro inclinó la cabeza como si aceptara el elogio, al tiempo que revolvía entre sus papeles buscando algo importante.

—Antes preciso de un pequeño favor —rió entre dientes—. En realidad, me habéis caído del cielo. Para alguien como vos, entrenado en descifrar mensajes para la Secretaría de Claves, un acertijo como éste será pan comido.

El dominico me tendió un trozo de papel con algo garabateado en su anverso. Era un dibujo simple. Una burda escala musical interrumpida por una especie de nota fuera de lugar («za») y un anzuelo. Así:

—¿Qué? —preguntó impaciente—. ¿Lo entendéis? Llevo tres días intentándolo sin éxito.

—¿Y qué se supone que debéis hallar aquí?

—Una frase en lengua romance.

Observé aquella adivinanza sin llegar a intuir su significado. Era evidente que la clave debía estar en aquella «za» fuera de lugar. Las cosas fuera de sitio siempre tenían la respuesta, pero ¿y el anzuelo? Ordené mentalmente aquellos elementos, comenzando por la lectura de la escala y sonreí divertido.

—Es una frase, cierto —dije al fin—. Y muy sencilla.

—¿Sencilla?

—Basta con saber leer, fray Alessandro. Veréis: Si partís de la traducción de anzuelo al romance, que es «amo», el resto del dibujo cobra sentido de inmediato.

—No os entiendo.

—Es sencillo. Leed «amo» y, seguido, las notas.

El fraile, dubitativo, pasó sus dedos por el dibujo:

—«L'amo… re… mi… fa… sol… la… "za"… re… *¡L'amore mi fa sollazare!**... —brincó—. ¡Ese Leonardo es un bribón! ¡Ya verá cuando me lo encuentre! Jugar con las notas musicales… *Maledetto.*

—¿Leonardo?

La sola mención de aquel nombre me devolvió a la realidad. Había ido a la biblioteca en busca de refugio para descifrar el enigma del Agorero. Una clave que, si no nos equivocábamos, estaba muy relacionada con Leonardo, el refectorio prohibido y la obra que en él estaba ejecutando.

—¡Ah! —exclamó el bibliotecario aún eufórico por su descubrimiento—. ¿Todavía no lo conocéis?

Negué con la cabeza.

—Es otro amante de los acertijos. A los monjes de Santa

---

* «El amor me causa placer.»

Maria nos desafía cada semana con uno. Éste ha sido de los más difíciles…

—¿Leonardo da Vinci?

—¿Y quién si no?

—Creí… —dudé— que no hablaba mucho con los frailes.

—Eso es sólo cuando trabaja. Pero como vive aquí cerca, a menudo pasa a supervisar su obra y bromea con nosotros en los claustros. Le encantan los dobles sentidos, los equívocos, y nos hace reír con sus ocurrencias.

«Los dobles sentidos.»

Aquello, lejos de hacerme gracia, me desasosegó. Estaba allí para descifrar un mensaje que había burlado a todos los analistas de Betania. Un texto bien diferente de aquella frase picarona disfrazada por Leonardo en un pentagrama, y de cuya resolución dependían varios asuntos de Estado. ¿Cómo podía perder el tiempo con aquella cháchara intrascendente?

—Al menos —dije cortante—, vuestro amigo Leonardo y yo tenemos algo en común: nos gusta trabajar a solas. ¿Podríais dejarme un pupitre y haceros cargo de que no me moleste nadie?

Fray Alessandro entendió que no le estaba pidiendo un favor. Borró su sonrisa de triunfo de aquella cara angulosa, y asintió obediente.

—Quedaos aquí. Nadie interrumpirá vuestro estudio.

Aquella tarde, el bibliotecario cumplió su palabra. Las horas que pasé frente a los siete versos que me había entregado el maestro Torriani en Betania fueron algunas de las más solitarias que pasé en Milán. Entendía que aquel trabajo las requería como ningún otro al que me hubiera enfrentado con anterioridad. Leí de nuevo:

Oculos ejus dinumera
sed noli voltum adspiecere.
In latere nominis
mei notam rinvenies.
Contemplari et contemplata
aliis tradere.

Veritas

Todo iba a ser mérito de la paciencia.

Tal y como aprendí en los talleres de Betania, apliqué a aquel galimatías las técnicas del admirable padre Leon Battista Alberti. Al padre Alberti le hubiera encantado mi desafío: no sólo debía desentrañar un mensaje oculto tras un texto vulgar, sino que éste probablemente me conduciría a una obra de arte con un buen misterio encerrado tras ella. Él fue el primer sabio en escribir sobre la perspectiva, era un amante del arte, poeta, filósofo, compuso una canción fúnebre para su perro y hasta diseñó la *fontana* de Trevi en Roma. Nuestro admirable doctor, que Dios se llevó prematuramente a la gloria, decía que para resolver cualquier enigma no importaba su clase o procedencia: había que ir de lo evidente a lo latente. Esto es, discriminar primero lo obvio, el «za», para buscar después su significado oculto. Y enunció otra ley útil: los acertijos se resuelven siempre sin prisas, atendiendo a los detalles mínimos y dejándolos sedimentar en nuestra memoria.

En este caso particular, lo obvio, y muy obvio, era que los versos encerraban un nombre. Torriani estaba seguro, y yo, cuanto más los leía, también. Ambos creíamos que el Agorero había facilitado esa pista con la esperanza de que la Secretaría de Claves la descifrara y pudiera comunicarse con él, así que debía de existir un procedimiento de lectura que no ofreciera dudas. Por supuesto, si nuestro anónimo confidente era tan cauto como parecía, sólo los ojos de un buen contemplador lo identificarían.

Otra cosa que llamó mi atención de aquel galimatías fue el número siete. Los números suelen ser importantes en este tipo de enigmas. El poema estaba formado por siete líneas. Su extraña métrica, irregular, debía querer indicar algo. Algo así como el anzuelo de Leonardo. Y si ese «algo» era la identidad que buscaba, el texto advertía que únicamente la alcanzaría contando los ojos de alguien a quien no podía mirar a la cara. La paradoja, no obstante, me desarmó. ¿Cómo podía contar los ojos de alguien sin mirarle el rostro?

El texto se me resistía. ¿Qué quería indicar la misteriosa alusión a los ojos? ¿Quizá algo parecido a los siete ojos de Yahvé que describe el profeta Zacarías,* o a los siete cuernos y siete ojos del cordero degollado del Apocalipsis?** Y de ser el caso,

* Zacarías 4, 10.
** Apocalipsis 5, 6.

¿qué clase de nombre podría encontrarse tras un número? La frase central era elocuente: «La cifra de mi nombre hallarás en su costado». ¿La cifra? ¿Qué cifra? ¿Un siete acaso? ¿Podría referirse a un numeral, a un séptimo? ¿Como el antipapa Clemente VII de Aviñón, por ejemplo? No tardé en descartar aquella posibilidad. No era probable que nuestro anónimo escriba fuera merecedor de ningún número tras su nombre. Pero entonces, ¿qué? Es más: ¿cómo debía interpretar la extraña errata que descubrí en el cuarto verso? ¿Por qué en lugar de *invenies*, el codificador del mensaje había escrito *rinvenies*?

Las rarezas se acumulaban unas sobre otras.

Mi primera jornada de trabajo en Santa Maria sólo me proporcionó una certeza: las dos últimas frases de la «firma» eran, con absoluta seguridad, formulismos propios de un dominico. El instinto no le falló a Torriani. *«Contemplari et contemplata aliis tradere»* era una famosa sentencia de santo Tomás recogida en la *Suma teológica* y aceptada como uno de los lemas más conocidos de nuestra orden. Quería decir «contemplar y dar a los otros el resultado de vuestra contemplación». La otra, *Veritas*, «Verdad», además de ser otro lema dominico bastante común, solía emplearse en nuestros escudos. Cierto es que nunca había visto ambas frases juntas, pero leídas de corrido parecían decir que para llegar a la verdad había que estar en actitud vigilante. Como poco, era un buen consejo. El padre Alberti la hubiera aplaudido.

Pero ¿y las dos sentencias precedentes? ¿Qué clase de nombre o mensaje encerraban?

9

—¿Habéis oído hablar del nuevo huésped del convento de Santa Maria?

Leonardo solía apurar las últimas horas de luz en la contemplación de su Última Cena. El sol del ocaso transformaba las figuras sentadas a la mesa en sombras rojizas primero y en perfiles oscuros, siniestros, después. Con frecuencia acudía al convento de Santa Maria sólo para contemplar su obra favorita y distraerse del resto de sus ocupaciones diarias. El dux lo atosigaba para que terminara la colosal estatua ecuestre en honor de Francesco Sforza, un caballo monumental que lo obsesionaba durante el día; sin embargo, hasta el Moro era consciente de que la verdadera pasión de Leonardo estaba en el refectorio de Santa Maria. Aquellos casi cinco metros por nueve de pintura al óleo eran la obra más grande que jamás había emprendido. Sólo Dios sabría cuándo la terminaría, pero ese detalle poco importaba al genio. Tan abstraído estaba frente a su mágico paisaje que Marco d'Oggiono, el más curioso de los discípulos del toscano, tuvo que repetir de nuevo su pregunta.

—¿De veras no habéis oído hablar de él?

El maestro, abstraído, negó con la cabeza. Marco lo encontró sentado sobre una caja de madera en el centro del refectorio, con su melena nevada suelta, tal y como acostumbraba al terminar su jornada de trabajo.

—No… —dudó—. ¿Es alguien interesante, *caro*?

—Es inquisidor, maestro.

—Un oficio terrible, entonces.

—El caso, meser, es que también él parece muy interesado en vuestros secretos.

Leonardo distrajo la vista del *Cenacolo** y buscó la mirada azul de su discípulo. Tenía el semblante grave, como si la cercanía de un miembro del Santo Oficio hubiera despertado algún temor arcano en su alma.

—¿Mis secretos? ¿Otra vez preguntas por ellos, Marco? Todos están aquí. Ya te lo dije ayer. A la vista. Hace años que aprendí que si deseas ocultar algo a la necedad humana, el mejor sitio para hacerlo es ese en el que todo el mundo pueda verlo. Lo entiendes, ¿verdad?

Marco asintió sin demasiado convencimiento. El buen humor que el maestro exhibiera la jornada anterior se había esfumado por completo.

—He pensado mucho en lo que me dijisteis, maestro. Y creo haber comprendido algo más de este lugar.

—¿De veras?

* Término coloquial por el que se conoce en Milán a *La Última Cena*.

—Pese a trabajar en suelo sagrado y bajo la supervisión de hombres de Dios, en vuestra Cena no habéis querido pintar la primera misa de Cristo, ¿no es cierto?

Las cejas rubias y pobladas del maestro levitaron de asombro. Marco d'Oggiono prosiguió:

—No finjáis sorpresa. Jesús no sostiene la hostia en la mano, no instaura la eucaristía, y sus discípulos ni comen ni beben. Ni siquiera reciben la bendición.

—Vaya —exclamó—. Continúa. Vas por buen camino.

—Lo que no entiendo, maestro, es por qué habéis pintado ese nudo corredizo en el extremo de la mesa. El vino y el pan figuran en las Escrituras; el pescado, pese a que no lo cita ningún evangelista, puedo entenderlo como un símbolo del propio Cristo. Pero ¿quién habló nunca de un nudo en el mantel del banquete pascual?

Leonardo alargó su mano hacia d'Oggiono, llamándolo junto a sí.

—Veo que has intentado meterte dentro del mural. Eso está bien.

—Y, sin embargo, sigo lejos de vuestro secreto, ¿verdad?

—No debería preocuparte llegar a la meta, Marco. Ocúpate sólo de recorrer el camino.

Marco abrió los ojos atónito.

—¿Me habéis escuchado, maestro? ¿No os preocupa que un inquisidor haya llegado a este convento y vaya preguntando por ahí por vuestra Santa Cena?

—No.

—¿No? ¿Y ya está?

—¿Y qué quieres que te diga? Tengo cosas más importantes de las que ocuparme. Como dejar terminada esta Cena y… su secreto. —Leonardo se mesó las barbas con un gesto divertido antes de proseguir—: ¿Sabes, Marco? Cuando por fin descubras el secreto que estoy pintando y seas capaz de leerlo por primera vez, ya no podrás dejar de verlo nunca. Y te preguntarás cómo has podido estar tan ciego. Ésos, y no otros, son los secretos mejor guardados. Los que están delante de nuestras narices y no somos capaces de ver.

—¿Y cómo aprenderé a leer vuestra obra, maestro?

—Siguiendo el ejemplo de los grandes hombres de este tiempo. Como Toscanelli, el geógrafo, que ha terminado ya de diseñar su propio secreto ante los ojos de toda Florencia.

El discípulo nunca había oído hablar de ese viejo conocido de Leonardo. En Florencia lo llamaban el Físico, y aunque llevaba años ganándose la vida con sus mapas, antes había sido médico y lector apasionado de los escritos de Marco Polo.

—Pero tú no sabrás nada de eso. —Sacudió Leonardo la cabeza—. Para que no me acuses más de no enseñarte cómo leer un secreto, hoy te hablaré del que Toscanelli ha dejado en la catedral de Florencia.

—¿De veras? —Marco aguzó el oído.

—Cuando regreses a esa ciudad, no dejes de ver la enorme cúpula que Filippo Brunelleschi construyó para el Duomo. Pasea tranquilo bajo ella y fíjate en el pequeño agujero practicado en uno de sus lados. En los días de san Juan Bautista y san Juan

Evangelista, en junio y en diciembre, el sol del mediodía atraviesa ese orificio desde más de ochenta metros de altura e ilumina una línea de mármol que mi amigo Toscanelli dispuso cuidadosamente en el suelo.

—¿Y para qué, maestro?

—¿No lo entiendes? Es un calendario. Los solsticios allí marcados señalan el inicio del invierno y del verano. Fue Julio César el primero en darse cuenta y el primero en fijar la duración del año en trescientos sesenta y cinco días y un cuarto. Él inventó el año bisiesto.* Y todo gracias a la observación del avance del sol sobre una línea como aquélla. Toscanelli, pues, decidió dedicarle ese ingenio. ¿Sabes cómo?

Marco se encogió de hombros.

—Colocando al inicio de su meridiana de mármol, por este orden atípico, los signos de Capricornio, Escorpio y Aries.

—¿Y qué tienen que ver los signos del zodiaco con el homenaje a César, maestro?

Leonardo sonrió.

—Precisamente ahí está el secreto. Si tomas las dos primeras letras del nombre de cada uno de esos signos, y respetas su orden, así: ca-es-ar, tendrás el apellido oculto que buscábamos.

—Ca-es-ar… ¡Claro como el agua! ¡Es perfecto!

—Lo es.

—¿Y algo así es lo que esconde vuestro *Cenacolo*, maestro?

* En 1582, en tiempos del papa Gregorio XIII, el calendario juliano sufrió un severo ajuste que dio paso al actual calendario gregoriano.

—Algo así. Pero dudo que ese inquisidor al que tanto temes llegue a descubrirlo nunca.

—Pero…

—Y, por cierto —le atajó—, el nudo es uno de los muchos símbolos que acompañan a María Magdalena. Un día de éstos te lo explicaré.

10

Debí de quedarme dormido sobre el pupitre.

Cuando fray Alessandro me zarandeó a eso de las tres de la madrugada, justo después de los maitines, un doloroso entumecimiento se había apoderado de todo mi cuerpo.

—¡Padre, padre! —bufó el bibliotecario—. ¿Os encontráis bien?

Algo le debí de responder, porque entre zarandeo y zarandeo el bibliotecario hizo una observación que me despertó de golpe:

—¡Hablabais en sueños! —rió, como si aún se burlara de mi incapacidad para resolver adivinanzas—. Fray Matteo, el sobrino del prior, os ha oído balbucear no sé qué frases extrañas en latín y ha venido a avisarme a la iglesia. ¡Creía que estabais poseído!

Alessandro me miraba con un gesto entre divertido y preocupado, encogiendo aquella nariz de garfio con la que parecía amenazarme.

—No es nada —me excusé, bostezando.

—Padre, lleváis mucho tiempo trabajando. Apenas habéis probado bocado desde que llegasteis, y de poco sirven mis desvelos por vos. ¿Estáis seguro de que no puedo ayudaros en vuestro trabajo?

—No. No es necesario, creedme. —La torpeza del bibliotecario con el jeroglífico del anzuelo no auguraba una gran ayuda.

—¿Y qué demonios era eso de *Oculos ejus dinumera*? Lo repetíais una y otra vez.

—¿Decía eso?

Palidecí.

—Sí. Y no sé qué sobre un lugar llamado Betania. ¿Soñáis a menudo con pasajes de la Biblia, con Lázaro el resucitado, y cosas así? Porque Lázaro era de Betania, ¿no?

Sonreí. La ingenuidad de fray Alessandro parecía no tener límites.

—Dudo que lo comprendáis, hermano.

—Intentadlo —dijo balanceándose graciosamente al compás de sus palabras. El fraile estaba a un palmo de mí, vigilándome con creciente interés, con aquella enorme nuez subiéndole y bajándole por la garganta—. A fin de cuentas, yo soy el intelectual de este convento…

Prometí satisfacer su curiosidad a cambio de algo que comer. Acababa de darme cuenta de que ni siquiera había acudido a cenar en mi primera noche en Santa Maria. Mi estómago rugía bajo los hábitos. Solícito, el bibliotecario me condujo hasta las cocinas y consiguió algunos restos de la cena anterior.

—Es *panzanella*, padre —explicó tendiéndome un cuenco aún tibio que alivió mis manos heladas.

—¿*Panzanella*?

—Comed. Sopa de pepino, tomate, cebolla y pan. Os sentará bien…

Aquel mejunje espeso y aromático se deslizó como la seda en mis entrañas. Con la noche cerrada en el exterior e iluminados con la escasa luz de una vela, también devoré lo que quedaba de una excelente pasta de hojaldre seca que llamaban *torroni*, así como un par de higos secos. Después, con la barriga satisfecha, mis reflejos comenzaron a responder de nuevo.

—¿Vos no coméis, fray Alessandro?

—Oh, no —sonrió el larguirucho—. El ayuno no me lo permite. Llevo así desde antes de que llegarais a esta casa.

—Comprendo.

La verdad es que no le di más importancia.

«¿Así que me he quedado dormido recordando los primeros versos de la firma del Agorero?», me reproché. No era de extrañar. Mientras agradecía a fray Alessandro sus atenciones y alababa la merecida fama de su cocina, recordé que en Betania ya habían tenido la oportunidad de comprobar que aquellos versos no procedían de ninguna cita evangélica. En realidad, tampoco se correspondían con texto alguno de Platón ni ningún otro clásico conocido, y mucho menos formaban parte de epístolas de los Padres de la Iglesia o de leyes del derecho canónico. Aquellas siete líneas desatendían los más elementales códigos de cifrado empleados por cardenales, obispos y abades, que encriptaban ya casi todas sus comunicaciones con los Estados pontificios por temor a ser espiados. Las frases rara vez eran legibles: se convertían del latín oficial a una jerga de consonantes y números gracias a unas plantillas de sustitución muy elaboradas, acuñadas en bronce por mi admirado León Battista Alberti. Por lo general, aquellas plantillas estaban formadas por una serie de ruedas superpuestas en cuyos bordes se colocaban las letras del alfabeto. Con pericia y unas instrucciones mínimas, las letras de la rueda exterior se sustituían por las de la rueda inferior, cifrando así cualquier mensaje.

Tanta precaución tenía su lógica: para la curia, la pesadilla de verse descubierta por nobles a los que odiaban o por cortesanos contra los que intrigaban había multiplicado el trabajo de Betania por cien en muy poco tiempo y nos había convertido en una herramienta imprescindible para la administración de la Iglesia. Pero ¿cómo explicarle al bueno de Alessandro todo aquello? ¿Cómo confesar que la clave que me atormentaba se salía de los métodos de cifrado que conocía y que por eso me obsesionaba?

No. *Oculos ejus dinumera* no era de esa clase de mensajes que uno pudiera explicar sin más a un lego en códigos secretos.

—¿Puedo preguntaros en qué estáis pensando, padre Leyre? Empiezo a creer que no me prestáis ninguna atención.

Fray Alessandro tiró de mis hábitos para reconducirme por los oscuros pasillos del convento hasta la zona de los dormitorios.

—Ahora que habéis comido —dijo en tono patriarcal, sin

perder aquella mueca burlona con la que llevaba obsequiándome desde nuestro encuentro—, lo mejor será que descanséis hasta los oficios de laudes. Antes del amanecer, vendré a despertaros y me explicaréis qué os traéis entre manos. ¿De acuerdo?

Acepté de mala gana.

A aquella hora la celda estaba helada, y la sola idea de despojarme de los hábitos y meterme en un camastro húmedo y duro me aterraba más que la vigilia. Pedí al bibliotecario que encendiera la vela que descansaba sobre mi mesilla y convinimos en vernos y pasear al alba por el claustro del hospital para aclararnos ciertas cosas. No es que me sedujera la idea de compartir detalles de mi trabajo con nadie. De hecho, ni siquiera había presentado aún mis respetos al prior de Santa Maria, pero algo me decía que fray Alessandro, pese a su impericia con los enigmas, iba a resultarme de utilidad en aquel embrollo.

Vestido, me tumbé en la cama y me cubrí con la única manta de que disponía. Allí, contemplando un techo de tablas encaladas, revisé de nuevo el problema de los versos codificados. Tenía la sensación de que había pasado algún detalle por alto. Algún «za» absurdo pero fundamental. Y así, con los ojos como platos, repasé cuanto sabía sobre el origen de las frases. Si no erraba en mi apreciación y la madrugada no engañaba mi inteligencia, estaba bastante claro que el nombre de nuestro anónimo informante —o al menos su cifra— se escondía en los dos primeros versos.

Era un juego curioso. Como ocurre con ciertas palabras hebreas, algunas tienen, además de su significado, un determinativo que complementa su sentido. Los dos lemas dominicos indicaban, pues, que nuestro hombre era un predicador. De eso estaba casi seguro. Pero ¿y las frases precedentes?:

Cuéntale los ojos,
pero no le mires a la cara.
La cifra de mi nombre
hallarás en su costado.

Ojos, cara, cifra, nombre, costado...

En penumbra, con la mente extenuada, caí en la cuenta. Tal vez se trataba de otro callejón sin salida, pero de repente lo de la cifra del nombre no me resultó tan absurdo. Recordé que los judíos llamaban *gematria* a la disciplina que asigna a cada letra de su alfabeto un valor numérico. Juan en su Apocalipsis la empleó con gran maestría cuando escribió aquello de «el que tenga inteligencia que calcule el número de la Bestia. Pues es el número de un hombre, y ese número es 666». Y aquel 666 correspondía, en efecto, al más cruel de los varones de su tiempo: Nerón César, cuyas letras sumadas daban la terrible triple cifra. ¿Y si el Agorero era un judío converso? ¿Y si temiendo alguna represalia había ocultado su identidad precisamente por ese detalle de su vida? ¿Cuántos monjes de Santa Maria sabrían que san Juan fue iniciado en la *gematria* y señaló a Nerón en su libro sin poner en juego su vida?

¿Había hecho lo mismo el Agorero?

Antes de dormir, febril, trasladé aquella idea al abecedario latino. Considerando que la A (el *aleph* hebreo) equivale a un 1, la B (*beth*) a un 2, y así sucesivamente, no resultaba difícil transformar en cifras cualquier palabra. Ya sólo bastaba con sumar entre sí los números obtenidos para que el producto resultante indicara el valor numérico definitivo del término elegido. La cifra. Los judíos, por ejemplo, calcularon que el nombre completo y secreto de Yahvé sumaba 72 y los cabalistas, los magos de los números hebreos, aún complicaron más las cosas al buscar los 72 nombres de Dios. En Betania nos burlábamos a menudo de ello.

En nuestro caso, por desgracia, el asunto era más oscuro, pues incluso desconocíamos el valor numérico del nombre del autor… si es que tenía alguno. A menos que, siguiendo al pie de la letra las instrucciones de sus versos, lo pudiéramos encontrar en el costado de alguien con ojos al que no podíamos mirar a la cara.

Y con ese enigma propio de una esfinge, me dejé acunar por el sueño.

11

Poco antes de los laudes fray Alessandro acudió puntual a mi celda. Risueño y feliz como un novicio recién ingresado. Debía de pensar que no todos los días un doctor llegado de Roma compartiría con él un enigma importante, y estaba decidido a saborear su jornada de gloria. Sin embargo, me dio la impresión de que quería hacerlo poco a poco, como si temiera que la «revelación» se acabara de repente y le dejara insatisfecho. Por eso, no sé si por cortesía o por dilatar más el placer que le producía tenerme en sus manos, el frailuco consideró que la madrugada sería un buen momento para la confesión; eso sí, después de presentarme al resto de su comunidad.

El reloj de la cúpula de Bramante dio las cinco casi al tiempo que el bibliotecario me conducía, entre tinieblas y a rastras, hacia la iglesia. El templo, situado en el extremo opuesto de las celdas, muy cerca de la biblioteca y del refectorio, constaba de una nave rectangular de dimensiones modestas, disponía de una bóveda de cañón sostenida por columnas de granito arrancadas de algún mausoleo romano y estaba cubierto del suelo al techo por frescos con motivos geométricos, ruedas radiadas y soles. El conjunto resultaba algo recargado para mi gusto.

Llegamos tarde. Apiñados contra el altar mayor, los hermanos de Santa Maria rezaban ya el tedeum bajo la tenue luz de dos enormes candelabros. Hacía frío y el vaho que expelían los frailes difuminaba sus rostros como una espesa y misteriosa niebla. Alessandro y yo nos arrimamos a una de las pilastras del templo y los observamos desde una cómoda distancia.

—Ese de la esquina —murmuró el bibliotecario señalando a un fraile canijo, de ojos almendrados y pelo blanco encrespado— es el prior Vicenzo Bandello. Ahí donde lo veis, es docto entre los doctos. Lleva años combatiendo contra los franciscanos y su idea de la inmaculada concepción de la Virgen… Aunque, la verdad, muchos creen que lleva las de perder.

—¿Estudió teología?

—Desde luego —asintió con firmeza—. A su derecha, el mozo moreno y de cuello largo es su sobrino Matteo.

—Sí, lo he visto.

—Todos creen que algún día será un escritor de renombre. Y un poco más allá, junto a la puerta de la sacristía, están los hermanos Andrea, Giuseppe, Lucca y Jacopo. No son sólo hermanos en el sentido metafórico; también son hijos de la misma madre.

Miré aquellos rostros uno a uno, tratando de memorizar sus nombres.

—Me dijisteis que sólo unos pocos leen y escriben con fluidez, ¿verdad? —inquirí.

Fray Alessandro no pudo apreciar la intención que escondía mi pregunta. Si era capaz de responder con precisión me permitiría descartar de golpe a un buen número de sospechosos. El perfil del Agorero se correspondía con un hombre culto, instruido en múltiples disciplinas y bien situado en la corte del dux. A esas alturas creía que las probabilidades de que fracasaran mis esfuerzos por reventar la clave eran elevadas —aún me dolía la proverbial torpeza con la que examiné la adivinanza musical de Leonardo—, y si todo salía mal no me quedaría otro remedio que encontrar a su autor por la vía de la deducción. O de la suerte.

El bibliotecario paseó su mirada por los congregados, tratando de recordar sus habilidades con el alfabeto:

—Veamos… —barruntó—: fray Guglielmo, el cocinero, lee y recita poesía. Benedetto, el tuerto, trabajó como copista muchos años. El buen monje perdió su ojo tratando de escapar de un asalto a su anterior convento, en Castelnuovo, mientras protegía una copia de un libro de horas. Desde entonces siempre está de malhumor. Protesta por todo, y nada de lo que hagamos por él parece satisfacerle.

—¿Y el niño?

—Matteo, ya os lo dije, escribe como los ángeles. Tiene sólo doce años, pero es un joven despierto y muy inquieto… Y dejadme ver —el bibliotecario titubeó de nuevo—: Adriano, Esteban, Nicola y Jorge aprendieron a leer conmigo. Y Andrea y Giuseppe también.

En pocos segundos, la nómina de candidatos se había desbordado. Debía probar otra estrategia.

—Y, decidme, ¿quién es el fraile guapo, ese alto y fuerte de la izquierda? —pregunté curioso.

—¡Ah! Ése es Mauro Sforza, el enterrador. Siempre se esconde detrás de algún hermano, como si temiera que lo reconociesen.

—¿Sforza?

—Bueno… Es un primo lejano del Moro. Hace tiempo que el dux nos pidió el favor de que lo admitiéramos en el convento y lo tratáramos como a uno más. Nunca habla. El aspecto de asustado que le veis lo acompaña siempre, y dicen las malas lenguas que es por lo que le pasó a su tío materno Gian Galeazzo.

—¿Gian Galeazzo? —salté—. ¿Queréis decir Gian Galeazzo Sforza?

—Sí, sí. El legítimo duque de Milán, muerto hace tres años. El mismo al que envenenó el Moro para quedarse con el trono. El pobre fray Mauro era quien cuidaba de Gian Galeazzo antes de que lo enviaran aquí, y seguro que fue él quien le administró el brebaje de leche caliente, vino, cerveza y arsénico que le fundió el estómago y lo mató en tres días de agonía.

—¿Él lo mató?

—Digamos que lo usaron para cometer el crimen. Pero eso —sopló entre dientes, satisfecho de poder sorprenderme— es secreto de confesión; ya me entendéis.

Observé a Mauro Sforza con disimulo, compadeciéndome de su triste destino. Abandonar la vida palaciega a la fuerza y cambiarla por otra en la que sólo disponía de un hábito de lana áspera, una muda y dos pares de sandalias debía de haber sido un duro trago para el muchacho.

—¿Y escribe?

Alessandro no respondió. Me empujó hasta el corrillo no sólo para integrarnos en los rezos sino para beneficiarnos del calor del grupo. El abad inclinó la cabeza a modo de saludo nada más verme y prosiguió con sus oraciones. Éstas se prolongaron hasta que el primer rayo de sol atravesó el rosetón de ladrillo y vidrio que se abría sobre la puerta principal. No puedo decir que mi llegada causara sensación en la comunidad porque, aparte del prior, de perfil aguileño y aspecto vigilante, dudo que ningún otro fraile reparase en mí. Sí noté que el padre Bandello taladró con un gesto a mi atento guía, que, incómodo, desvió sus pasos hacia otro lado.

Es más, en cuanto el prior impartió su bendición desde el altar a todos los presentes, fray Alessandro me urgió a despegarnos del grupo y a seguirlo hasta el claustro del hospital.

A aquellas horas, los pocos enfermos que pernoctaban en él dormían aún, confiriendo al patio de ladrillo rojo un aspecto lóbrego.

—Ayer dijisteis que conocíais bien al maestro Leonardo… —comenté. Estaba seguro de que la tregua que me había concedido antes de comenzar a asaetearme a preguntas estaba a punto de expirar.

—¡Y quién no lo conoce aquí! Ese hombre es un prodigio. Un prodigio extraño, una criatura de Dios única.

—¿Extraño?

—Bueno, digamos que es anárquico en sus costumbres. Nunca sabes si viene o se va, si tiene intención de pintar en el refectorio o sólo desea reflexionar frente a su obra y rastrear nuevos fallos en el revoque o errores en los rasgos de sus personajes. Se pasa el día con sus *taccuini** encima, anotándolo todo.

—Meticuloso…

—No, no. Es desordenado e impredecible, pero tiene una curiosidad insaciable. Al tiempo que trabaja en el refectorio, imagina todo tipo de locuras para mejorar la vida del convento: palas automáticas para roturar el huerto, conducciones de agua hasta las celdas, palomares que se limpien solos…

—Lo que está pintando es una Última Cena, ¿verdad? —le interrumpí.

El bibliotecario avanzó hasta el magnífico brocal de granito que adornaba el centro del claustro del hospital y me miró como si fuera un bicho raro:

—Aún no la habéis visto, ¿no es cierto? —sonrió como si ya supiera la respuesta. Casi como si se apiadara de mi condición—. Lo que el maestro Leonardo está terminando en el refectorio no es una Última Cena, padre Agustín; es *La Última Cena*. Lo entenderéis cuando la tengáis frente a vuestros ojos.

—Entonces, es un ser extraño pero virtuoso.

—Veréis —me corrigió—: cuando meser Leonardo llegó a esta casa hace tres años y comenzó los preparativos para el *Cenacolo*, el prior desconfiaba de él. De hecho, como encargado

---

* Pequeños cuadernos de notas.

de los archivos de Santa Maria y responsable de nuestro futuro *scriptorium*, me encargó que escribiera a Florencia para averiguar si el toscano era un artista de confianza, cumplidor con los plazos y perfeccionista en su trabajo, o uno de esos buscadores de fortunas que dejan todo a medias y con los que hay que pleitear para conseguir que acaben su obra.

—Pero, si no me equivoco, venía recomendado por el dux en persona.

—Eso es cierto. Aunque para nuestro abad eso no era garantía suficiente.

—Está bien, continuad. ¿Qué descubristeis? ¿Era preciso o caótico?

—¡Las dos cosas!

Hice ademán de no entender.

—¿Las dos cosas?

—¿No os dije que era extraño? Como pintor es, sin duda, el más extraordinario que se haya visto jamás, pero es a la vez el más rebelde. Le cuesta un imperio terminar a tiempo una obra; en realidad, jamás lo ha hecho. Y lo que es peor, le dan igual las instrucciones de sus mecenas. Siempre pinta lo que le viene en gana.

—No puede ser.

—Lo es, padre. Los monjes del monasterio de San Donato a Scopeto, muy cerca de Florencia, le encargaron hace quince años un cuadro sobre la Natividad de Nuestro Señor… ¡que aún está por acabar! ¿Y sabéis lo peor? Que Leonardo alteró aquella escena hasta el límite de lo tolerable. En lugar de pintar una adoración de los pastores al niño Jesús, el maestro comenzó una tabla que llamó *La Adoración de los Magos** y la llenó de personajes retorcidos, de caballos y hombres haciendo extraños gestos al cielo, que no aparecen descritos en los Evangelios.

Contuve un escalofrío.

—¿Estáis seguro?

—Nunca miento —saltó—. Pero habéis de saber que eso no es nada.

¿Nada? Si lo que fray Alessandro insinuaba era cierto, el Agorero se había quedado corto en sus temores: aquel diablo de Vinci había recalado en Milán dejando atrás graves antecedentes de manipulación de obras de arte. Algunas de las frases lapidarias que había leído en los anónimos comenzaban a retumbar en mi mente como truenos que amenazan tormenta. Lo dejé continuar:

—Aquélla no era una adoración cualquiera. ¡No tenía ni siquiera una estrella de Belén! ¿No os parece raro?

—¿Y a vos qué os dice eso?

—¿A mí? —Las mejillas marmóreas de fray Alessandro adquirieron un tibio color melocotón. Le ruborizaba que un hombre ilustrado llegado de Roma le preguntara con un nada disimulado interés por su sincera opinión sobre algo—. La verdad, no sé qué pensar. Leonardo, ya os lo he dicho, es una criatura fuera de lo común. No me extraña que la Inquisición se haya fijado en él…

* Hoy en los Uffizi de Florencia. *(N. del E.)*

—¿La Inquisición?

Otra punzada me atravesó el estómago. En el poco tiempo que llevábamos tratándonos, fray Alessandro había desarrollado una habilidad innata para sobresaltarme. ¿O quizá me había vuelto más susceptible? Su mención al Santo Oficio me hizo sentir culpable. ¿Cómo no lo pensé antes? ¿Cómo no se me había ocurrido consultar los archivos generales de la *Sacra Congregazione* antes de viajar a Milán?

—Dejadme que os lo cuente —dijo entusiasta, como si le encantara rebuscar en su memoria esa clase de cosas—. Después de dejar inconclusa su *Adoración de los Magos*, Leonardo se mudó a Milán y fue contratado por la Confraternidad de la Inmaculada Concepción, ya sabéis, los franciscanos que regentan San Francesco il Grande y con los que tiene litigios permanentes nuestro prior. Y allí el toscano volvió a tener los mismos problemas que en Florencia.

—¿Otra vez?

—Desde luego. Meser Leonardo tenía que elaborar un tríptico para la capilla de la Confraternidad con los hermanos Ambrogio y Evangelista de'Predis. Entre los tres cobraron doscientos escudos por adelantado a cuenta del trabajo, y cada uno se entregó a una parte del retablo. El toscano se hizo cargo de la tabla central. Su cometido era pintar una Virgen rodeada de profetas, mientras que los laterales mostrarían un coro de ángeles músicos.

—No continuéis: jamás terminó su trabajo…

—Pues no. Esta vez meser Leonardo concluyó su parte,

pero no entregó lo que se le había pedido. En su madero no estaban los profetas por ninguna parte. En cambio, presentó un retrato de Nuestra Señora dentro de una cueva, junto al niño Jesús y a san Juan.* El muy osado aseguró a los frailes que su tabla representaba el encuentro que ambos niños tuvieron mientras Jesús y su familia huían a Egipto. ¡Pero eso tampoco lo recoge ningún Evangelio!

—Y, claro, le denunciaron al Santo Oficio.

—Sí. Pero no por lo que creéis. El Moro medió para que el proceso no prosperara y lo libraran de un juicio seguro.

Dudé si seguir preguntándole. Al fin y al cabo era él quien quería que le pusiera al corriente de mis acertijos. Pero no podía negar que sus explicaciones me tenían intrigado:

—Entonces, ¿cuál fue la denuncia que interpusieron a la Inquisición?

—Que Leonardo se había inspirado en el *Apocalipsis Nova* para pintar su obra.

—Nunca oí hablar de semejante libro.

—Se trata de un texto herético escrito por un viejo amigo suyo, un franciscano menorita llamado João Mendes da Silva, también conocido como Amadeo de Portugal, que murió en Milán el mismo año en que Leonardo terminó su tabla. El tal Amadeo publicó un libelo en el que insinuaba que la Virgen y san Juan eran los verdaderos protagonistas del Nuevo Testamento, no Cristo.

* *La Virgen de las Rocas,* hoy en el Louvre. *(N. del E.)*

Apocalipsis Nova. Memoricé aquel dato para añadirlo al eventual sumario que podría abrir contra Leonardo por herejía.

—¿Y cómo se dieron cuenta los frailes de esa relación entre el *Apocalipsis Nova* y la pintura de Leonardo?

El bibliotecario sonrió:

—Era muy evidente. El cuadro representaba a la Virgen junto al niño Jesús y al ángel Uriel al lado de Juan Bautista. En condiciones normales, Jesús debería aparecer bendiciendo a su primo Juan, pero en su cuadro ¡sucedía justo lo contrario! Además, la Virgen, en lugar de abrazar a su primogénito, extendía sus brazos protectores sobre el Bautista. ¿Lo entendéis ya? Leonardo había retratado a san Juan no sólo legitimado por Nuestra Señora, sino impartiendo su bendición al mismísimo Cristo, demostrando así su superioridad sobre el Mesías.

Felicité entusiasta a fray Alessandro.

—Sois un observador muy agudo —dije—. Habéis iluminado mucho la mente de este siervo de Dios. Estoy en deuda con vos, hermano.

—Si vos preguntáis, yo os responderé. Es un voto que siempre cumplo.

—¿Como el ayuno?

—Sí. Como el ayuno.

—Os admiro, hermano. De veras.

El bibliotecario se hinchó como un pavo real y mientras la claridad iba despejando las sombras del claustro, desvelando los relieves y ornamentos que ocultaba, se atrevió por fin a romper la, supongo, provocadora espera que se había impuesto:

—Entonces, ¿me dejaréis que os ayude con vuestros acertijos?

12

En aquel momento no supe qué responder.

Además de con fray Alessandro, el otro fraile con el que hablaba con cierta frecuencia era el sobrino del prior, Matteo. Aún era un niño, pero más despierto y curioso que los de su edad. Tal vez por eso el joven Matteo no había podido resistir la tentación de acercarse a mí y preguntarme cómo era mi vida en Roma. La gran Roma.

No sé qué se imaginaría que serían los palacios pontificios y las inacabables avenidas de iglesias y conventos, pero a cambio de mis generosas descripciones me regaló algunas confidencias que me hicieron recelar de las buenas intenciones del bibliotecario.

Entre risas me contó qué era lo único capaz de sacar de quicio a su tío, el prior.

—¿Y qué es? —le pregunté intrigado.

—Encontrarse a fray Alessandro y a Leonardo arremangados, cortando lechugas en la cocina de fray Guglielmo.

—¿Baja Leonardo a las cocinas?

La sorpresa me dejó perplejo.

—¿Cómo? ¡Si no hace otra cosa! Cuando mi tío desea encontrarlo, ya sabe que ése es su escondite favorito. Podrá no mojar ningún pincel durante días, pero es incapaz de visitarnos y no pasarse horas junto a los fogones. ¿No sabíais que Leonardo tuvo una taberna en Florencia, en la que él era cocinero?

—No.

—Él me lo contó. Se llamaba La Enseña de las Tres Ranas de Sandro y Leonardo.

—¿De veras?

—¡Por supuesto! Me explicó que la montó con un amigo suyo que también era pintor, Sandro Botticelli.

—¿Y qué pasó?

—¡Nada! Que a la clientela no le gustaban sus guisos de verdura, sus anchoas enrolladas en brotes de col, o una cosa que hacían con pepinillo y hojas de lechuga cortadas en forma de rana.

—¿Y aquí hace eso mismo?

—Bueno —Matteo sonrió—, mi tío no le deja. Desde que llegó al convento, lo que más le gusta es ensayar con nuestra despensa. Dice que está buscando el menú para la Última Cena. Que la comida que debe estar sobre esa mesa es tan importante como el retrato de los apóstoles… y el muy fresco lleva semanas trayéndose a sus discípulos y amigos a comer en una mesa grande que ha dispuesto en el refectorio, mientras vacía las bodegas del convento.*

* Existe constancia histórica de esta práctica de Leonardo. Una carta de fray Vicenzo Bandello a Ludovico el Moro escrita en la Semana Santa de 1496 dice:

93

—¿Y fray Alessandro lo ayuda?

—¿Fray Alessandro? —repitió—. ¡Él es de los que se sientan a la mesa a comer! Leonardo dice que aprovecha entonces para estudiar sus siluetas y cómo pintará lo que comen, pero ¡nadie le ha visto hacer otra cosa que zamparse nuestras reservas!

Matteo se rió divertido.

—La verdad —añadió— es que mi tío ha escrito varias veces al dux protestando por estos abusos del toscano, pero el dux no le ha hecho ni caso. Si sigue así, Leonardo terminará por dejarnos sin cosecha.

«Mi señor, han pasado ya más de doce meses desde que me enviasteis al maestro Leonardo para realizar este encargo y en todo este tiempo no ha hecho ni una sola marca sobre nuestra pared. Y en este tiempo, mi señor, las bodegas del priorato han sufrido una gran merma y ahora están secas casi por completo, pues el maestro Leonardo insiste en que se prueben todos los vinos hasta dar con el adecuado para su obra maestra; y no aceptará ningún otro. Y durante todo este tiempo, mis frailes pasan hambre, pues el maestro Leonardo dispone a su antojo de nuestras cocinas día y noche, confeccionando las que él afirma ser comidas de las que precisa para su mesa; pero nunca se da por satisfecho; y luego, dos veces al día, hace sentarse a sus discípulos y sirvientes para comer de todas ellas. Mi señor, os ruego que deis prisa al maestro Leonardo para que ejecute su obra, porque su presencia y también la de su cuadrilla amenaza con dejarnos en la miseria».

13

Los viernes 13 nunca fueron del agrado de los milaneses. Más permeables a las supersticiones francesas que otros latinos, las jornadas que unían el quinto día de la semana con el fatídico lugar que ocupaba Judas en la mesa de la Última Cena les recordaban efemérides traumáticas. Sin ir más lejos, fue un viernes 13 de octubre de 1307 cuando los templarios fueron detenidos en Francia por orden de Felipe IV el Hermoso. Entonces se les acusó de negar a Cristo, de escupir sobre su crucifijo, de intercambiar besos obscenos en lugares de culto y de adorar a un extravagante ídolo al que llamaban Bafomet. La desgracia en la que cayó la orden de los caballeros de los mantos blancos fue tal, que desde aquella jornada todos los viernes 13 fueron tenidos por días de mal fario.

El decimotercer día de enero de 1497 no iba a ser la excepción.

A mediodía, una pequeña muchedumbre se agolpaba a las puertas del convento de Santa Marta. La mayoría había cerrado antes de tiempo sus negocios de sedas, perfumes o lanas en la plaza del Verzaro, detrás de la catedral, con tal de no perderse la señal. Parecían impacientes. El anuncio que les había atraído hasta allí era singularmente preciso: antes del ocaso, la sierva de Dios Veronica da Binasco entregaría su alma a Dios. Lo había profetizado ella misma con la seguridad de que hizo gala antes de predicar tantas otras desgracias. Recibida por príncipes y papas, tenida por santa en vida por muchos, su última hazaña había sido ganarse la expulsión del palacio del Moro hacía sólo dos meses. Las malas lenguas decían que pidió ser recibida por *donna* Beatrice d'Este para anunciarle su fatal destino, y que ésta, fuera de sí, mandó encerrarla en su convento para no volver a verla jamás.

Marco d'Oggiono, el discípulo predilecto del maestro Leonardo, la conocía bien. Había visto al toscano departir con ella a menudo. A Leonardo le gustaba discutir con la religiosa sus extrañas visiones de la Virgen. Anotaba no sólo lo que le decía, sino que a menudo le había sorprendido bosquejando detalles de su rostro angelical, de sus ademanes dulces y su porte doliente, que después trataba de trasladar a sus tablas. Por desgracia, si sor Veronica no erraba, tales confidencias terminarían aquel viernes. Sin almorzar, Marco arrastró al toscano hasta el lecho mortuorio de la religiosa, consciente de que no les quedaba mucho tiempo.

—Os agradezco que hayáis decidido venir. La hermana Veronica agradecerá poder veros por última vez —susurró el discípulo al maestro.

Leonardo, impresionado por el olor a incienso y aceites de

aquella pequeña celda, contempló admirado el rostro marmóreo de la beata. La pobre apenas podía abrir sus ojos.

—No creo que yo pueda hacer nada por ella —dijo.

—Lo sé, maestro. Fue ella la que insistió en veros.

—¿Ella?

Leonardo inclinó su cabeza hasta situarla cerca de los labios de la moribunda. Llevaban un buen rato temblando, como si murmuraran una letanía apenas audible. El párroco de Santa Marta, que ya había extendido los santos óleos sobre sor Veronica y rezaba el santo rosario junto a ella, dejó que el visitante se acercara un poco más.

—¿Todavía pintáis gemelos en vuestras obras?

El maestro se extrañó. La monja le había reconocido sin molestarse siquiera en abrir los ojos.

—Pinto lo que sé, hermana.

—¡Ah, Leonardo! —bisbiseó—. No creáis que no me he dado cuenta de quién sois. Lo sé perfectamente. Aunque a estas alturas de mi vida no vale la pena litigar ya con vos.

Sor Veronica hablaba muy despacio, con un tono imperceptible que al toscano le costaba entender.

—Vi vuestro retablo de la iglesia de San Francesco, vuestra *madonna*.

—¿Y os gustó?

—La Virgen, sí. Sois un artista con un gran don. Pero los gemelos, no… Decidme, ¿los habéis corregido?

—Lo hice, hermana. Tal y como me pidieron los hermanos franciscanos.

—Tenéis fama de testarudo, Leonardo. Hoy me han dicho que habéis vuelto a pintar gemelos en el refectorio de los dominicos. ¿Es eso cierto?

Leonardo se irguió, atónito.

—¿Habéis visto el *Cenacolo*, hermana?

—No. Pero vuestro trabajo se comenta mucho. Deberíais saberlo.

—Ya os lo he dicho antes, sor Veronica: sólo pinto aquello de lo que estoy seguro.

—Entonces, ¿por qué insistís en incluir gemelos en vuestras obras para la Iglesia?

—Porque los hubo. Andrés y Simón fueron hermanos. Lo dicen san Agustín y otros grandes teólogos. Al apóstol Santiago lo confundían a menudo con Jesús por el enorme parecido que se tenían. Y nada de eso lo he inventado yo. Está escrito.

La monja dejó de susurrar.

—¡Ay, Leonardo! —gritó—. ¡No incurráis en el mismo error que en San Francesco! La misión de un pintor no es confundir al fiel, sino mostrarle con claridad los personajes que le han sido encomendados.

—¿Error? —Leonardo alzó la voz sin querer. Marco, el párroco y las dos hermanas que atendían a la moribunda se giraron hacia él—. ¿Qué error?

—¡Vamos, maestro! —gruñó la moribunda—. ¿Acaso no os acusaron de confundir en vuestra tabla a san Juan con Jesús? ¿Por ventura no los retratasteis como si fueran dos gotas de agua? ¿No tenían el mismo pelo rizado, los mismos mofletes y casi el mismo gesto? ¿No inducía vuestra obra a una perversa confusión entre Juan y Cristo?

—Esta vez no sucederá, hermana. No en el *Cenacolo*.

—¡Pero me dicen que ya habéis pintado a Santiago con el mismo rostro de Jesús!

Todos oyeron la protesta de sor Veronica. Marco, que aún soñaba con demostrar al maestro que sería capaz de descifrar los secretos de su obra, prestó atención:

—No hay confusión posible —replicó Leonardo—. Jesús es el eje de mi nueva obra. Es una enorme «A» en el centro del mural. Un alfa gigante. El origen de toda mi composición.

D'Oggiono se acarició el mentón meditabundo. ¿Cómo no se había dado cuenta antes? Si repasaba mentalmente *La Última Cena*, Jesús, en efecto, parecía una enorme «A» mayúscula.

—¿Una «A»? —sor Veronica bajó la voz. Aquello le extrañó—. ¿Y puede saberse qué habéis escrito esta vez en vuestra obra, Leonardo?

—Nada que los verdaderos fieles no puedan leer.

—La mayoría de los buenos cristianos no saben leer, maestro.

—Por eso pinto para ellos.

—¿Y eso os ha dado derecho a incluiros entre los Doce?

—Encarno al más humilde de los discípulos, hermana. Represento a Judas Tadeo, casi al final de la mesa, como la omega que va a la cola del alfa.

—¿Omega? ¿Vos?… Andad con cuidado, meser. Sois muy pretencioso y el orgullo podría perder vuestra alma.

—¿Es una profecía? —preguntó irónico.

—No os burléis de esta anciana y atended el pronóstico que tengo que haceros. Dios me ha dado una visión clara de lo que está por venir. Debéis saber, Leonardo, que no seré yo la única que hoy entregará su alma al Padre Eterno —dijo—. Algunos de esos que llamáis verdaderos fieles me acompañarán a la Sala del Juicio. Y mucho me temo que no se ganarán la misericordia del Altísimo.

Marco d'Oggiono, impresionado, vio a sor Veronica resollar por el esfuerzo.

—A vos, en cambio, aún os queda vida para arrepentiros y salvar vuestra alma.

14

Nunca agradeceré bastante al hermano Alessandro lo mucho que me ayudó en los días que siguieron a aquel paseo. Aparte de él y del joven Matteo, que a veces visitaba la biblioteca para curiosear en el trabajo del fraile huraño venido de la ciudad pontificia, apenas intercambiaba palabras con nadie. Al resto de los monjes sólo los veía a las horas de comer en el improvisado refectorio que habían habilitado junto al llamado Claustro Grande, y acaso en la iglesia en los momentos de oración. Pero en uno y otro lugar predominaba la regla del silencio y no era fácil entablar relaciones con ninguno de ellos.

En la biblioteca, por el contrario, todo cambiaba. Fray Alessandro perdía la rigidez que mostraba entre los suyos y soltaba su lengua tan reprimida en otras parcelas de la vida monástica. El bibliotecario era de Riccio, junto al lago Trasimeno, más cerca de Roma que de Milán, lo que en cierto modo justificaba su aislamiento del resto de los frailes y hacía que me viera como un paisano necesitado al que proteger. Aunque jamás lo vi probar bocado, cada jornada me traía agua, unas pastas de trigo prietas como cantos rodados (una especialidad de fray Guglielmo que hurtaba a escondidas para mí), y hasta me abastecía de aceite limpio para la lámpara cada vez que ésta amenazaba con extinguirse. Y todo —comprendí más tarde— con tal de no alejarse de mi vera y a la espera de que su inesperado huésped necesitara descargar en alguien sus tensiones y le revelara nuevos detalles de su «secreto». Creo que a cada hora que pasaba, Alessandro lo suponía más y más grande. Yo le reprochaba que la imaginación no era un buen aliado para alguien que pretendiera descifrar misterios, pero él se limitaba a sonreír, seguro de que sus habilidades le serían de utilidad algún día.

En lo que jamás tuve una sola queja de él fue en su extraordinaria humanidad. Pronto fray Alessandro se convirtió en un buen amigo. Estaba cerca siempre que hacía falta. Me consolaba cuando arrojaba la pluma al suelo, desesperado ante la falta de resultados y me alentaba a perseverar sobre aquel diabólico acertijo. Pero *Oculos ejus dinumera* se resistía a todo. Ni siquiera aplicando valores numéricos a sus letras me ofrecía otra cosa que confusión. Al tercer día de decepciones y desvelos, fray Alessandro había visto ya los versos, se los sabía de memoria y jugueteaba con ellos impaciente, buscando con el ceño fruncido por dónde romper su código. Cada vez que encontraba algo en claro en aquel galimatías, su rostro se iluminaba de satisfacción. Era como si, de repente, sus facciones afiladas lograran suavizarse, cambiando aquel rostro duro por otro de niño entusiasmado. En una de aquellas celebraciones supe, por ejemplo, que los enigmas de cifras y letras eran sus favoritos. Desde que leyó a Raimundo Lulio, el creador del *Ars Magna* de los códigos secretos, vivía para ellos. Y es que aquel *gufo** era una fuente inagotable de sorpresas. Parecía conocerlo todo. Cada obra importante del arte de la criptografía, cada tratado cabalístico, cada ensayo bíblico. Y, sin embargo, tanta preparación teórica no parecía servirnos de mucho...

—Entonces —murmuró Alessandro una de aquellas tardes en las que su comunidad hervía de actividad preparando los funerales por *donna* Beatrice—, ¿de veras pensáis que debemos contar los ojos de alguna imagen del convento para resolver vuestro problema...? ¿Tan sencillo creéis que va a resultarnos?

Palmeé sus manos con afecto mientras me encogía de hombros. ¿Qué podía responder? ¿Que aquello era ya lo único que nos quedaba por probar? El bibliotecario me observaba con sus ojos de lechuza, mientras se acariciaba su barbilla de sable. Pero, como yo, también él desconfiaba de esa opción. Teníamos nuestros motivos. Si la cifra del nombre debía buscarse en el número de ojos de una imagen —daba igual que fuera la Virgen, santo Domingo o santa Ana—, el resultado nos llevaría a un callejón sin salida. A fin de cuentas no era posible hallar un nombre propio de sólo una o dos letras, que sería el resultado evidente que nos daría el número de ojos de cualquiera de las

---

* «Búho.» Así llamaban a los frailes que trasnochaban o a los que no parecía importarles levantarse a maitines.

estatuas de Santa Maria. Además, ninguno de los frailes de la comunidad respondía a nombre o apodo tan escueto. Ningún Io, Eo, Au o nada parecido se alojaba allí. Ni siquiera un nombre como Job, de sólo tres letras, serviría de nada. En Santa Maria no había ninguno, y tampoco ningún Noé, ningún Lot, y aunque lo hubiera, ¿en qué cara íbamos a encontrar tres ojos para adjudicarle la autoría de las cartas?

De repente caí en la cuenta de algo. ¿Y si la adivinanza no se refería a los ojos de un ser humano? ¿Y si se trataba de un dragón, una hidra de siete cabezas y catorce ojos, o alguna otra clase de monstruo pintado en «el costado» de alguna sala?

—Pero no hay monstruos así en ninguna parte de Santa Maria —protestó fray Alessandro.

—En ese caso, tal vez estemos equivocados. Quizá la figura a la que debemos contarle los ojos no esté en este convento, sino en otro edificio. En una torre, un palacio, otra iglesia cercana...

—¡Eso es, padre Agustín! ¡Ya lo tenemos! —Los luceros del bibliotecario relampaguearon de emoción—. ¿No os dais cuenta? ¡El texto no está hablando de una persona o de un animal, sino de un edificio!

—¿Un edificio?

—¡Claro! ¡Dios mío, qué torpeza! ¡Si está claro como el agua! Los *oculos*, además de ojos, son también ventanas. Ventanas redondas. ¡Y la iglesia de Santa Maria está llena de ellas!

El bibliotecario garabateó algo en un trozo de papel. Era una traducción alternativa, rápida, que me tendió nervioso con la esperanza de que la refrendara. Si estaba en lo cierto, todo este tiempo habíamos tenido la solución delante de nuestras narices. Según el *gufo*, nuestro «cuéntale los ojos, pero no le mires a la cara» también podía entenderse como «cuéntale las ventanas, pero no mires su fachada».

Había que reconocerlo: aunque forzado, el texto tenía un sentido aplastante.

La parte exterior de la iglesia de Santa Maria estaba, en efecto, llena de óculos, de ventanas redondas diseñadas por cierto Guiniforte Solari con arreglo al más puro gusto lombardo promovido por el Moro. Las había por todas partes, incluso encastradas en el perímetro de la novísima cúpula bramantina bajo la que llevaba una semana rezando. ¿Podía ser tan simple? Fray Alessandro no tenía duda alguna:

—¿Lo veis? ¡Es la fachada lateral, padre Agustín! —volvió a insistir—. La segunda frase lo confirma: *In latere nominis mei notam rinvenies.* ¡Hay que buscar la cifra de su nombre en el costado! ¡Contar las ventanas del único lateral que las tiene, sin tener en cuenta las de la fachada! ¡Ahí está *su* cifra!

Fue el mejor momento de mi estancia en Milán.

15

Nadie se dio cuenta.

Ninguno de los vendedores, cambistas o frailes que deambulaban aquel ocaso por los alrededores de San Francesco il Grande se fijó en el sujeto desgarbado y malvestido que penetró a toda prisa en la iglesia de los franciscanos. Era víspera de fiesta, día de mercado, y bastante tenían los milaneses con aprovisionarse de viandas y enseres para los días de duelo oficial que se avecinaban. Además, la noticia de la muerte de sor Veronica da Binasco había corrido como la pólvora por la ciudad, ocupando buena parte de sus conversaciones y desatando un apasionado debate sobre los verdaderos poderes de la visionaria.

En semejantes circunstancias, era lógico que un vagabundo más o menos les trajera sin cuidado.

Pero aquellos necios se equivocaron una vez más. El mendigo que había entrado en San Francesco no era uno cualquiera. Tenía las rodillas amoratadas por horas de penitencia, y su cabeza tonsurada con esmero como muestra de devoción. Se trataba, en efecto, de un hombre temeroso de Dios, un varón de corazón puro que cruzó el dintel de la puerta grande de la iglesia de los franciscanos temblando, seguro de que alguno de esos vecinos supersticiosos, tal vez impresionados por los augurios de sor Veronica, lo delataría tarde o temprano.

No le costaba imaginarse lo que estaba a punto de desencadenarse: alguien, no tardando mucho, correría a informar al sacristán de la presencia de otro pordiosero en el templo. Éste daría cuenta de la noticia al diácono, que, sin demora, avisaría al verdugo. Hacía semanas que las cosas ocurrían así, y a nadie parecía importarle. Los falsos mendigos que habían alcanzado el templo antes que él habían desaparecido sin dejar rastro. Por eso estaba seguro de que no iba a salir vivo de allí. Y sin embargo era un precio que iba a pagar a gusto...

Sin darse un respiro, el hombre de la ropa raída dejó atrás la doble fila de bancos que flanqueaban la nave principal y apretó el paso hacia el altar mayor. En la iglesia no se veía ni un alma. Mejor. De hecho, ya casi podía sentir la presencia del Santo. Jamás se había sabido tan cerca de Dios. Él estaba cerca. ¿Cómo si no explicar que a esa hora la luz que filtraban las vidrieras fuera la justa para apreciar todos los detalles del «milagro»? El peregrino había aguardado tanto para llegar hasta aquel retablo y rendir homenaje a la *Opus Magnum*, que las lágrimas se le saltaban de emoción. Y no en vano. Al fin le había sido permitido ver una tabla de la que muy pocos en Milán conocían su verdadero nombre: la *Maestà*.*

---

* «Majestad.» Era el nombre original que recibió la composición de Leonardo *La Virgen de las Rocas*.

¿Era ése el fin del camino?

El falso vagabundo así lo intuía.

Se acercó con cautela. Había oído describir tantas veces la Obra, que las voces de quienes lo instruyeron sobre sus detalles ocultos, sobre su verdadera clave de lectura, se agolpaban ahora en su memoria ofuscándole la razón. La tabla, de 189 × 120 centímetros,* ajustada como un guante al hueco del altar previsto para ella, era inequívoca: desde su interior dos niños de corta edad se miraban sin quitarse ojo de encima. Una mujer de rostro sereno protegía a ambos con sus brazos mientras un ángel solemne, Uriel, señalaba al elegido por el Padre con un índice firme y acusador. «Cuando contemples ese gesto confirmarás la verdad que te ha sido revelada —creía oír aún—. La mirada del ángel te dará la razón.»

Su corazón se aceleró. Allí, en la soledad absoluta del templo, el peregrino alargó su mano con cierto temor, como si pretendiera unirse para siempre a aquella escena divina. Era cierto. Cierto como las bondades de su fe. Los que habían peregrinado en secreto hasta aquel lugar antes que él no mentían. Ninguno lo hizo. Aquella obra del maestro Leonardo contenía las claves para culminar la búsqueda milenaria de la verdadera religión.

El peregrino echó un nuevo vistazo al insigne óleo cuando de repente algo captó su atención. Qué extraño. ¿Quién había pintado un halo sobre las cabezas de los tres personajes evan-

---

* Todas las medidas del texto del padre Leyre han sido traducidas al sistema métrico decimal para facilitar su lectura. *(N. del E.)*

gélicos? ¿Acaso no le habían dicho sus hermanos que aquel adorno superfluo, fruto de mentes retrógradas y ávidas de prodigios, había sido omitido deliberadamente por el maestro pintor? ¿Qué hacían allí entonces? El falso mendigo se asustó. Los halos no eran la única alteración de la *Opus Magna*. ¿Dónde estaba el dedo de Uriel señalando al verdadero Mesías? ¿Por qué su mano descansaba sobre el regazo, en vez de señalar al auténtico Hijo de Dios? ¿Y qué razón obligaba al ángel a no mirar ya al espectador?

La vertiginosa sensación de horror creció hasta apoderarse del peregrino. Alguien había manipulado la *Maestà*.

—Dudáis, ¿no es cierto?

El vagabundo no movió ni un músculo. Se quedó helado al escuchar una voz cavernosa y seca a su espalda. No había oído chirriar los goznes de la puerta de la iglesia, así que el intruso debía de llevar un buen rato observándolo.

—Ya sé que sois como los demás. Por alguna oscura razón los herejes venís por manadas a la casa de Dios. Os atrae su luz, pero sois incapaces de reconocerla.

—¿Herejes? —susurró paralizado.

—¡Oh, vamos! ¿Creíais que no nos íbamos a dar cuenta?

La lengua del peregrino no acertó a articular una palabra más.

—Al menos esta vez no hallaréis el consuelo de orar ante vuestra despreciable imagen.

Su pulso estaba desbocado. Había llegado su hora. Estaba aturdido, furioso. Se sentía burlado por haber arriesgado su vida para postrarse ante un fraude. La tabla que tenía frente a sus ojos no era la *Opus Magna*. No era la *Maestà* prometida.

—No puede ser… —murmuró. El desconocido rió.

—Es muy fácil de entender. Os concederé la gracia del conocimiento antes de enviaros al infierno. Leonardo pintó vuestra *Maestà* en 1483, hace ya catorce años. Como supondréis, los franciscanos no quedaron muy contentos con ella. Esperaban un cuadro que reforzara su credo en la Inmaculada Concepción y que sirviera para iluminar este altar. Y en cambio les presentó una escena que no aparece en ningún evangelio y que reúne a san Juan y a Cristo en algún momento de la huida de éste a Egipto.

—La Madre de Dios, Juan, Jesús y el arcángel Uriel. El mismo que avisó a Noé del Diluvio. ¿Qué mal veis en ello?

—Todos sois iguales —replicó la voz en tono amargo—. Leonardo aceptó modificar la tabla y nos entregó ésta, que muestra algunas modificaciones respecto a la primera. Había eliminado los detalles insolentes.

—¿Insolentes?

—¿Y cómo llamáis si no a una obra en la que no se consigue distinguir a san Juan de Jesucristo, y en la que ni la Virgen ni su hijo están coronados con la aureola de la santidad que les corresponde por derecho propio? ¿Cómo se entiende que los dos niños sagrados sean idénticos el uno al otro? ¿Qué clase de blasfemia es esa que busca confundir a los creyentes?

Una sensación de alivio le permitió respirar hondo por primera vez. El verdugo —pues estaba seguro de que era él— no había comprendido nada. Los hermanos que lo habían precedido y que jamás volvieron debieron de morir a sus manos sin revelarle la razón de aquel culto discreto, y él estaba dispuesto a mantener su voto de silencio aun a costa de su propia sangre.

—No seré yo quien aclare vuestras dudas —dijo con serenidad, sin atreverse a dar la cara a la voz.

—Es una lástima. Una verdadera lástima. ¿No os dais cuenta de que Leonardo os ha traicionado pintando esta nueva versión de la *Maestà*? Si os fijáis bien en la tabla que tenéis delante, los dos niños son ya claramente discernibles el uno del otro. El que está junto a la Virgen es san Juan. Lleva su cruz de pie largo y reza mientras recibe la bendición del otro niño: Cristo. Uriel ya no señala con el dedo a nadie, y queda bien claro al fin quién es el Mesías esperado.

¿Traicionado?

¿Era posible que el maestro Leonardo hubiera dado la espalda a sus hermanos?

El peregrino volvió a alargar su mano hacia el lienzo. Había llegado allí amparado por la muchedumbre que recalaba en Milán para asistir a los funerales por *donna* Beatrice d'Este, su protectora. ¿También ella los había vendido? ¿Era posible que todo aquello por lo que tanto habían luchado se desmoronara ahora?

—En realidad, no necesito que me aclaréis nada —prosiguió la voz desafiante—. Sabemos ya quién inspiró a Leonardo esta maldad, y gracias al Padre Eterno ese miserable yace ya bajo tierra desde hace tiempo. No lo dudéis: Dios castigará a fray Amadeo de Portugal y su *Apocalipsis Nova* como debe. Y con él, su ideal de la Virgen entendida no como madre de Cristo, sino como símbolo de la sabiduría.

—Y sin embargo es un hermoso símbolo —protestó—. Un ideal compartido por muchos. ¿O es que pensáis condenar a todos aquellos que pinten a la Virgen con el niño Jesús y el niño Juan?

—Si inducen a confusión en las almas de los creyentes, sí.

—¿Y de veras creéis que os dejarán acercaros siquiera al maestro Leonardo, a sus discípulos o al pintor de Luino?

—¿A Bernardino de Lupino? ¿A aquel al que también llaman Lovinus o Luini?

—¿Lo conocéis?

—Conozco sus obras. Es un joven imitador de Leonardo que por lo visto comete sus mismos errores. No lo dudéis: también él caerá.

—¿Qué pensáis hacer? ¿Matarlo?

El peregrino notó que algo iba mal. Un roce metálico, como el que haría una espada al salir de su vaina, sonó a sus espaldas. Sus votos le impedían llevar armas, así que elevó una plegaria hacia la falsa *Maestà*, pidiendo su consuelo.

—¿También acabaréis conmigo?

—El Agorero acabará con los imprudentes.

—¿El Agorero…?

No terminó de formular su pregunta cuando una extraña convulsión agitó sus entrañas. La afilada hoja de un enorme sable de acero perforó su espalda. El peregrino dejó escapar un estertor terrible. Un palmo de metal le partió en dos el corazón. Fue una sensación aguda, fugaz como un relámpago, que le hizo abrir los ojos de puro terror. El falso vagabundo no sintió dolor, sino frío. Un gélido abrazo que lo hizo tambalearse sobre el altar y caer sobre sus rodillas amoratadas.

Fue la única vez que vio a su agresor.

El Agorero era una sombra corpulenta, de carbón, sin expresión en el rostro. Comenzaba a anochecer en la iglesia. Todo se tornaba oscuro. Incluso el tiempo comenzó a ralentizarse de un modo extraño. Al tocar el pavimento del altar, el hatillo que el peregrino llevaba anudado al hombro se deshizo, dejando caer un par de piezas de pan y un mazo de cartones con curiosas efigies estampadas. La primera correspondía a una mujer con el hábito de san Francisco, una corona triple sobre la cabeza, una cruz como la de Juan en su mano derecha y un libro cerrado en la izquierda.

—¡Maldito hereje! —masculló el Agorero al ver aquello.

El peregrino le devolvió una sonrisa cínica, mientras veía cómo el Agorero tomaba aquel naipe y mojaba una pluma en su sangre para anotar algo en el reverso.

—Jamás… abriréis… el libro de la sacerdotisa.

Desde aquella posición contrahecha, con el corazón bombeando sangre a borbotones contra el enlosado, acertó a vislumbrar algo que le había pasado desapercibido hasta ese momento: aunque Uriel no señalaba ya a Juan el Bautista como en la verdadera *Opus Magna*, su mirada entreabierta lo decía todo. La «llama de Dios», con los ojos entornados, seguía apuntando al sabio del Jordán como al único salvador del mundo.

Leonardo —se consoló antes de sumirse en la oscuridad eterna— no los había traicionado después de todo. El Agorero había mentido.

16

Aguardamos a las primeras luces del sábado 14 de enero para abandonar el interior del convento y recorrer con tranquilidad el frontis enladrillado de Santa Maria delle Grazie. Fray Alessandro, que había demostrado tener cierta astucia natural para los acertijos, estaba otra vez exultante. Era como si las heladas que horas antes petrificaban aquella parte de la ciudad no fueran con él. A las seis y media, justo después de los oficios, el bibliotecario y yo estábamos preparados para salir a la calle. Iba a ser una operación sencilla, que nos llevaría poco más de dos minutos y que, sin embargo, me turbaba profundamente.

Fray Alessandro lo notó, y aun así decidió callar.

No ignoraba que fuera cual fuese la «cifra del nombre» que obtuviéramos contando los óculos de la fachada, seguiríamos sin haber resuelto el problema. Tendríamos un número; quizá el del valor del nombre de nuestro anónimo informante, aunque no podíamos estar seguros de ello. ¿Y si se trataba de la cifra total de las letras de su apellido? ¿O su número de celda? ¿O…?

—He olvidado deciros algo —me interrumpió al fin.

—¿De qué se trata, hermano?

—Es algo que tal vez os alivie: cuando tengamos ese bendito número, todavía quedará mucho trabajo por hacer si queremos llegar al fondo de su acertijo.

—Es cierto.

—Pues bien, debéis saber que Santa Maria acoge a la comunidad de frailes más avezada en resolver adivinanzas de toda Italia.

Sonreí. El bibliotecario, como tantos otros siervos de Dios, jamás había oído hablar de Betania. Era mejor así. Pero fray Alessandro insistió en explicarme las razones de su orgullosa sentencia: me aseguró que el pasatiempo favorito de aquella treintena de dominicos de élite era, precisamente, el resolver jeroglíficos. Los había bastante diestros en ese arte, e incluso no pocos disfrutaban creándolos para los demás.

—Los bosques paren hijos que después los destruyen. ¿Qué son? —enunció cantarín, ante mi inapetencia para sumar juegos a nuestra misión—. ¡Los mangos de las hachas!

Fray Alessandro no fue parco en detalles. De todo lo que me dijo, lo que más llamó mi atención fue saber que el uso de enigmas en Santa Maria no era sólo recreativo. A menudo, los frailes los empleaban en sus sermones, convirtiéndolos en instrumentos para adoctrinar. Si lo que aquel fraile decía no era una exageración, sus muros albergaban el mayor campo de adiestramiento de creadores de enigmas de la cristiandad, aparte de Betania. Por esa razón, si el Agorero había salido de algún sitio, ése era el lugar perfecto.

—Hacedme caso, padre Leyre —el bibliotecario se adelantó a mis cábalas—: cuando tengáis el número y no sepáis qué hacer con él, consultad a cualquiera de nuestros hermanos. Quien menos penséis tendrá una solución para vos.

—¿A cualquiera, decís?

El bibliotecario torció el gesto.

—¡Pues claro! ¡A cualquiera! Seguro que quien haga el turno en las cuadras sabe más de adivinanzas que un romano como vos. ¡Preguntad sin miedo al prior, al padre cocinero, a los responsables de la despensa, a los copistas, a todos! Eso sí, cuidad de que no os oigan demasiado y os amonesten por romper el voto de silencio que todo monje debe respetar.

Y diciendo esto, retiró la tranca que bloqueaba el acceso principal del convento.

Una pequeña avalancha de nieve cayó del tejado, estrellándose con estruendo sordo a nuestros pies. Si he de ser sincero, no esperaba que algo tan banal como recorrer la fachada de una iglesia al alba resultara un ejercicio delicado. El intenso frío de la madrugada había convertido la nieve en una peligrosa pista de hielo. Todo estaba blanco, desierto y envuelto en un silencio que intimidaba. La sola idea de arrimarse al muro de ladrillo del maestro Solari y bordear la valla que circundaba el tercer claustro, habría asustado al más valiente: un resbalón a destiempo podría desnucarnos o dejarnos cojos para el resto de nuestros días. Y eso por no hablar de lo difícil que sería explicar a los frailes qué hacíamos a esas horas lejos de nuestras oraciones, jugándonos la vida extramuros del convento.

No lo pensamos más. Con cautela, tratando de mojar las sandalias sólo lo necesario, avanzamos despacio entre las placas de hielo rumbo al centro de la fachada, en paralelo a la calle. La cruzamos casi a gatas y cuando fray Alessandro y yo nos supimos a una distancia prudencial, con perspectiva sobre el conjunto del edificio, las contemplamos. Una iluminación tenue procedente del interior las hacía brillar como los ojos de un dragón. Allí, en efecto, se desplegaban una pequeña serie de ventanas redondas, de óculos, que adornaban la iglesia cuan larga era. Su fachada quedaba a la vuelta de la esquina, unos pasos más allá, con la «cara» vuelta hacia otro lado.

—Pero no le mires a la cara… —castañeteé.

Helado de frío, escondiendo las manos en las mangas del hábito de lana, conté: uno, dos, tres… siete.

Y aquel siete me desconcertó. Siete versos, siete óculos… La cifra del nombre del anónimo remitente era, sin duda, ese maldito y recurrente siete.

—Pero ¿siete qué? —preguntó el bibliotecario.

Me encogí de hombros.

17

Lo que ocurrió a continuación iluminó mi camino.

—¿Así que vos sois el padre romano que acaba de instalarse en nuestra casa?

El prior de Santa Maria delle Grazie, Vicenzo Bandello, me escrutó con semblante severísimo antes de invitarme a pasar a la sacristía. Al fin conocía al hombre que había redactado el informe sobre la muerte de Beatrice d'Este para Betania.

—El hermano Alessandro me ha hablado mucho de vos —prosiguió—. Al parecer, sois un hombre estudioso. Un intelectual atento, con fuerza de voluntad, con el que esta comunidad podrá enriquecerse mientras dure vuestra estancia entre nosotros. ¿Cómo dijisteis que os llamabais?

—Agustín Leyre, prior.

Bandello acababa de terminar los oficios de la hora tercia, con aquel sol insuficiente gravitando sobre el valle de Padana. Estaba a punto de retirarse a preparar su sermón para el funeral de *donna* Beatrice cuando lo abordé. Fue un impulso irracional sólo en parte. ¿No había insistido fray Alessandro en que preguntara a cualquier hermano de la comunidad por mi acertijo? ¿No era él quien me había asegurado que el monje menos esperado podría tener una respuesta adecuada? ¿Y quién podía ser más inesperado que el abad?

Lo decidí al poco de regresar helado del exterior y buscar algo de calor intramuros del convento. La suerte quiso que husmeara en la sacristía y que el padre Bandello se encontrara en ella. El bibliotecario me había dejado solo. Acababa de ausentarse con el pretexto de bajar a la cocina a por algunas provisiones para nuestra nueva sesión de trabajo, así que fue entonces cuando reconocí la oportunidad.

Fray Vicenzo Bandello debía de tener algo más de sesenta años, el rostro arrugado y plegado como un velamen recogido en su mástil, un mentón fuerte y una sorprendente capacidad para permitir que sus gestos delataran cada una de sus emociones. Era aún más pequeño de lo que supuse la noche que lo vi en la iglesia. Se movía nervioso de uno a otro de los armarios de puertas pintadas de la sacristía, dudando cuál cerrar primero...

—Y decidme, padre Agustín —terció mientras recogía el cáliz y la patena de la última misa—, tengo una curiosidad: ¿cuál es vuestro trabajo en Roma?

—Mi destino es el Santo Oficio.

—Ya, ya... Y, según tengo entendido, en los ratos libres que os dejan vuestras obligaciones os place resolver acertijos. Eso está bien —sonrió—; seguro que nos entenderemos.

—Precisamente de eso me gustaría hablaros.

—¿De veras?

Asentí. Si el prior era la eminencia que el bibliotecario había descrito, era probable que no se le hubiera escapado la presencia del Agorero en Milán. Sin embargo, debía ser cauto. Tal vez él mismo fuera el redactor de los anónimos, pero temiera revelar su identidad hasta no estar seguro de mis verdaderas intenciones. Aún podía ser peor: quizá no conociera su existencia, pero si se la revelaba, ¿qué le impediría alertar al Moro de nuestra operación?

—Decidme algo más, padre Leyre. Como amante de desvelar secretos, ¿no habréis oído hablar del arte de la memoria, verdad?

Bandello hizo aquella pregunta como sin querer, mientras yo trataba en vano de determinar su grado de implicación en el asunto de las cartas. Tal vez pecaba de exceso de celo. De hecho, cada nuevo monje que conocía en Santa Maria pasaba a engrosar mi lista de sospechosos. Y fray Vicenzo no iba a ser la excepción. A decir verdad, de todas las alternativas posibles, de los casi treinta frailes que residían en aquellos muros, el prior era el hombre que mejor encajaba en el perfil del Agorero. No sé cómo no nos dimos cuenta antes en Betania. Incluso su nombre, Vicenzo, tenía siete letras. Ni una más. Como las siete líneas del endiablado *Oculos ejus dinumera* o las siete ventanas de la fachada sur de la iglesia. Caí en ese detalle cuando comprobé la soltura con la que abría y cerraba puertas y armarios-relicario de aquella estancia y se guardaba un grueso manojo de llaves bajo los hábitos. El prior era de los pocos que tenía acceso a las cuentas y proyectos del dux para Santa Maria, y quizá el único que utilizaría un correo oficial y seguro para hacer llegar sus cartas a Roma.

—¿Y bien? —insistió, cada vez más divertido ante mi actitud pensativa—. ¿Habéis oído o no hablar de ese arte?

Sacudí horizontalmente la cabeza mientras trataba de encontrar en él algún rasgo que confirmara mi juicio.

—¡Pues es una lástima! —prosiguió—. Pocos saben que nuestra orden ha dado grandes estudiosos en tan digna disciplina.

—Jamás supe de ella.

—Y, por supuesto, tampoco sabréis que el mismísimo Cicerón mencionó ese arte en su *De Oratore*, o que un tratado aún más antiguo, *Ad Herennium*, lo detalla y nos ofrece la fórmula precisa con la que recordar en lo sucesivo cuanto uno desee…

—¿Nos ofrece? ¿A los dominicos?

—¡Pues claro! Desde hace treinta o cuarenta años, padre Leyre, muchos hermanos nos hemos entregado a su estudio. Vos mismo, que trabajáis a diario con expedientes y documentos complejos, ¿nunca habéis soñado con archivar en vuestra memoria un texto, una imagen, un nombre, sin preocuparos de repasarlo nunca más porque ya sabéis que lo vais a llevar con vos para siempre?

—Claro que sí. Pero sólo los más privilegiados pueden…

—Y necesitándolo por vuestro oficio —me atajó—, ¿no os habéis preocupado de averiguar cuál es la mejor fórmula para lograr semejante prodigio? Los antiguos, que no tenían la misma capacidad para hacer copias de libros que nosotros, inventaron un recurso magistral: imaginaron «palacios de la memoria» en los que atesorar sus conocimientos. Tampoco habéis oído hablar de ellos, ¿verdad?

Negué con la cabeza, mudo de perplejidad.

—Los griegos, por ejemplo, imaginaban un edificio grande, lleno de habitaciones y galerías suntuosas, y asignaban a cada ventana, arcada, columnata, escalera o sala un significado diferente. En el vestíbulo «guardaban» sus conocimientos de gramática, en el salón los de retórica, en la cocina la oratoria… Y para recordar cualquier cosa previamente almacenada allí, sólo tenían que acudir a ese rincón del palacio con su imaginación y extraerla en orden inverso al que fue colocada. Ingenioso, ¿no es cierto?

Miré al prior sin saber qué decir. ¿Estaba dándome pie a que le preguntara sobre las cartas que habíamos recibido en Roma o no? ¿Debía seguir el consejo de fray Alessandro y consultarle mi acertijo sin rodeos? Temeroso de perder su temprana confianza, deslicé una insinuación:

—Decidme una cosa, padre Vicenzo: ¿y si en lugar de un «palacio de la memoria» utilizásemos una «iglesia de la memoria»? ¿Podríamos, por poner un ejemplo, disfrazar el nombre de una persona en una iglesia de piedra y ladrillo?

—Veo que sois perspicaz, fray Agustín —guiñó un ojo con cierta sorna—. Y práctico. Lo que los griegos diseñaron aplicándolo a palacios imaginarios, los romanos y hasta los egipcios lo ensayaron con edificios reales. Si quienes entraban en ellos conocían el «código de memoria» preciso, podrían caminar por sus salas al tiempo que recibían una valiosa información.

—¿Y en una iglesia? —insistí.

—Sí, en una iglesia también podría hacerse —concedió—. Pero dejadme que os enseñe algo antes de explicaros cómo funcionaría un mecanismo de ese tipo. Como os decía, en los últimos años padres dominicos de Rávena, Florencia, Basilea, Milán o Friburgo venimos trabajando en un sistema de memorización que descansa sobre imágenes o estructuras arquitectónicas especialmente preparadas para ello.

—¿Preparadas?

—Sí. Adaptadas, retocadas, engalanadas con detalles decorativos que parecen superfluos a los profanos, pero que son fundamentales para quienes conocen el abecedario secreto que esconden. Lo comprenderéis con un ejemplo, padre Agustín.

El prior sacó de debajo del hábito un pliego de papel que aplanó sobre la mesa de ofrendas. Era una hoja no mayor que la palma de su mano, blanca, con manchas de lacre en una esquina. Alguien había estampado en ella una figura femenina con el pie izquierdo apoyado en una escala. Aparecía rodeada de pájaros y objetos extraños que colgaban de su pecho y una inscripción en caracteres latinos bajo sus pies que la identificaba plenamente. La «señora Gramática», pues de ella se trataba, miraba a ninguna parte con expresión ausente:

GRAMATICA.

—En estas fechas acabamos de terminar una de esas imágenes que, en adelante, servirá para recordar las diferentes partes del arte de la gramática. Es ésta —dijo señalando aquel extravagante diseño—. ¿Queréis ver cómo funciona?

Asentí.

—Fijaos bien —me animó el prior—. Si alguien nos preguntara ahora mismo sobre los términos en los que se fundamenta la gramática y tuviéramos este grabado frente a nuestros ojos, sabríamos qué responder sin titubear.

—¿De veras?

Bandello apreció mi incredulidad.

—Nuestra solución sería precisa: *praedicatio*, *applicatio* y *continentia*. ¿Y sabéis por qué? Muy fácil: porque lo he «leído» en esta imagen.

El prior se inclinó sobre la hoja y comenzó a trazar círculos imaginarios a su alrededor, señalando partes diferentes del diseño:

—Miradla bien: *praedicatio* está señalada por el pájaro del brazo derecho, que empieza por «P», y por el pico que tiene la forma de esa letra. Es el atributo más importante de la figura, por eso se señala con dos imágenes, amén de ser el distintivo de nuestra orden. A fin de cuentas somos predicadores, ¿verdad?

Me fijé en la graciosa banderola que sostenía la «señora Gramática», plegada sobre sí misma formando la «P» de la que hablaba Bandello.

—El siguiente atributo —prosiguió—, *applicatio*, está representado por el *Aquila*, el águila que sostiene la Gramática en su mano. *Aquila* y *applicatio* comienzan por la letra «A», así que el cerebro del iniciado en el *ars memoriae* establecerá la relación de inmediato. Y en cuanto a *Continentia*, la veréis casi escrita en el pecho de la mujer. Si sois capaz de ver esos objetos, un arco, una rueda, un arado y un martillo, como si fueran letras, leeréis de inmediato c-o-n-t... ¡*Continentia*!

Era asombroso. En una imagen de aspecto inocente, alguien había logrado encerrar una teoría completa de la gramática. De repente se me pasó por la cabeza que los libros que se

126

imprimían ya por cientos en talleres de Venecia, Roma o Turín incluían grabados en sus frontispicios que podrían incluir mensajes ocultos que a los legos se nos pasarían por alto. En la Secretaría de Claves no nos habían enseñado nunca nada parecido.

—¿Y los objetos que cuelgan o sostienen los pájaros? ¿También tienen algún significado? —pregunté, aún atónito por aquella inesperada revelación.

—Mi querido hermano: todo, absolutamente todo, tiene un significado. En estos tiempos en los que cada señor, cada príncipe o cardenal tiene tantas cosas que ocultar a los demás, sus actos, las obras de arte que paga o los escritos que protege esconden cosas de él.

El prior cerró aquella frase con una enigmática sonrisa. Fue mi oportunidad:

—¿Y vos? —siseé—. ¿También ocultáis algo?

Bandello me miró sin perder su gesto irónico. Se acarició la coronilla perfectamente rasurada y se ordenó distraídamente los cabellos.

—Un prior también tiene sus secretos, en efecto.

—¿Y los escondería en una iglesia ya construida? —proseguí con mi apuesta.

—¡Oh! —saltó—. Eso sería muy fácil. Primero lo contaría todo: paredes, ventanas, torres, campanas... ¡La cifra es lo más importante! Luego, con la iglesia reducida a números, buscaría cuáles de ellos podrían hermanarse con letras o palabras adecuadas. Y los compararía tanto en el número de caracteres que forman una palabra, como por el valor de esa palabra cuando se redujera a su vez a números.

—¡Eso es *gematria*, padre! ¡La ciencia secreta de los judíos!

—Es *gematria*, en efecto. Pero no es un saber despreciable, como vos dais a entender con tanto escándalo. Jesús fue judío y aprendió *gematria* en el templo. ¿Cómo si no sabríamos que Abraham y Misericordia son palabras numéricamente gemelas? ¿O que la escala de Jacob y el monte Sinaí suman, en hebreo, ciento treinta, lo que nos indica que ambos son dos lugares de ascenso a los cielos designados por Dios?

—Es decir —lo atajé—, que si tuvierais que esconder vuestro nombre, Vicenzo, en la iglesia de Santa Maria, escogeríais alguna particularidad del templo que sumara siete, igual que las siete letras de vuestro nombre.

—Exacto.

—Como, por ejemplo… ¿siete ventanas? ¿Siete óculos?

—Sería una buena opción. Aunque yo me decantaría por alguno de los frescos que adornan la iglesia. Permiten añadir más matices que una simple sucesión de ventanas. Cuantos más elementos sumes a un espacio, más versatilidad concedes al arte de la memoria. Y, la verdad, la fachada de Santa Maria es un poco simple para ello.

—¿De veras os lo parece?

—Lo es. Además, el siete es un número sujeto a muchas interpretaciones. Es la cifra sagrada por excelencia. La Biblia recurre a ella constantemente. No se me ocurriría tomar una cifra tan ambigua para enmascarar mi nombre.

Bandello parecía sincero.

—Hagamos un trato —añadió por sorpresa—: yo os confío el acertijo en el que ahora trabaja esta comunidad, y vos me confiáis el vuestro. Estoy seguro de que podremos ayudarnos mutuamente.

Como es natural, acepté.

18

El prior, ufano, me pidió que lo acompañara al otro extremo del convento. Deseaba mostrarme algo. Y pronto.

A paso ligero, atravesamos el altar mayor, dejamos atrás el coro y la tribuna que estaban terminando de adornar para los funerales por *donna* Beatrice, y enfilamos el largo pasillo que desembocaba en el Claustro de los Muertos. El convento era un lugar sobrio; con muros de ladrillo visto y columnas de granito ordenadas de forma impecable a lo largo de corredores cuidadosamente pavimentados. De camino a nuestro misterioso destino, fray Vicenzo hizo una seña al padre Benedetto, el copista tuerto, que como de costumbre paseaba sin rumbo entre las arquerías, con la mirada perdida en un breviario que no acerté a identificar.

—¿Y bien? —gruñó al sentirse reclamado por su superior—. ¿Otra vez de visita a la *Opus Diaboli*? ¡Más os valdría que la sepultarais bajo una capa de cal!

—¡Por favor, hermano! Necesito que nos acompañéis —le ordenó el prior—. Nuestro huésped precisa de alguien que sepa contarle historias de este lugar, y nadie mejor que vos para hacerlo. Sois el fraile más antiguo de la comunidad. Más aún que los muros de esta casa.

—¿Historias, eh?

El único ojo del anciano brilló de emoción al ver mi interés. Estaba hechizado por aquel hombre que parecía disfrutar mostrando su deformidad al mundo, exhibiendo con orgullo la llaga que le había dejado en el rostro el órgano perdido.

—En esta casa se cuentan muchas historias, desde luego. ¿A que no sabéis por qué llamamos a este patio el Claustro de los Muertos? —interrogó mientras se sumaba a nuestro paso—. Es fácil: porque aquí inhumamos a nuestros frailes para que regresen a la tierra tal y como vinieron al mundo. Ya sabéis, sin honores ni placas que los recuerden. Sin vanidades. Sólo con el hábito de nuestra orden. Llegará un día en el que todo este patio estará sembrado de huesos.

—¿Es vuestro cementerio?

—Es mucho más que eso. Es nuestra antesala al cielo.

Bandello se había plantado ya frente a un enorme portón de madera de doble hoja. Era una compuerta de aspecto recio que exhibía una firme cerradura de hierro en la que el prior no tardó en encajar otra de las llaves que llevaba encima. Benedetto y yo nos miramos. El pulso se me aceleró: al verlo, intuí qué era exactamente lo que quería mostrarme el abad. Fray Alessandro me había puesto ya tras su pista y, naturalmente, me preparé para el gran momento. Ahí detrás, en una gran sala situada justo bajo el suelo de la biblioteca, debía de estar el famoso refectorio de Santa Maria delle Grazie al que Leonardo había restringido el acceso de los monjes. Si no me equivocaba, aquélla era la razón última de mi presencia en Milán y el motivo que había llevado al Agorero a escribir sus amenazadoras cartas a la Casa de la Verdad.

Una nueva duda me asaltó: ¿acaso compartíamos Bandello y yo el mismo enigma sin saberlo?

—Si este lugar ya estuviera bendecido —el rostro del prior se iluminó mientras empujaba el portón—, nos lavaríamos antes las manos y vos esperaríais aquí afuera a que yo os diera la venia para entrar...

—¡Pero no lo está! —chilló el tuerto.

—No. Todavía no. Aunque eso no impide que su atmósfera sacra nos impregne el alma.

—Atmósfera sacra, ¡bobadas!

Y diciendo esto, entramos los tres.

Tal como supuse, acababa de poner el pie en el futuro refectorio del convento. Era un lugar oscuro y frío, cubierto con grandes cartones que descansaban apoyados en las paredes y dominado por el caos. Cuerdas y ladrillos, mamparas, cubos y —cosa curiosa— una mesa dispuesta para un almuerzo, servida y cubierta por un gran mantel de hilo blanco, completaban un recinto que parecía llevar mucho tiempo en el olvido. La mesa fue lo que más me llamó la atención porque era, con seguridad, el único rastro de orden en medio de aquel desorden. Nada indicaba que hubiera sido usada. Los platos estaban limpios y toda la vajilla aparecía cubierta por una fina capa de polvo, fruto de semanas de abandono.

—Os ruego que no os asustéis por el lamentable estado de nuestro comedor, hermano Agustín —dijo Bandello mientras se arremangaba el hábito y sorteaba parte de aquel mar de tablas—. Éste será nuestro refectorio. Llevamos casi tres años así, ¿podéis imaginarlo? Los frailes apenas pueden acceder al recinto por orden expresa del maestro Leonardo, que lo mantiene cerrado hasta que termine su trabajo. Pero mientras tanto, nuestro mobiliario se echa a perder en ese rincón de allá, en medio de la suciedad y de este detestable olor a pintura.

—Es un infierno, ¿no os lo había dicho? Un infierno con diablo y todo…

—¡Benedetto, por Dios! —lo recriminó el prior.

—No os preocupéis —tercié—. En Roma estamos siempre de obras; este ambiente me resulta familiar.

Separada del resto por unas mamparas de madera, en uno de los laterales del inmenso salón, se adivinaba un tablero en forma de «U», sobre el que se habían dispuesto grandes banquetas barnizadas de negro. Los restos de un fino baldaquino de madera descansaban también en aquel hueco oscuro, pudriéndose por culpa del moho. Según íbamos sorteando cachivaches, Bandello decía:

—No hay trabajo de decoración en este convento que no sufra algún retraso. Pero los peores son los de esta sala. Parece imposible ponerles fin.

—La culpa es de Leonardo —volvió a gruñir Benedetto—. Lleva meses jugando con nosotros. ¡Acabemos con él!

—Callad, os lo ruego. Dejadme explicar nuestro problema a fray Agustín.

Bandello miró a diestra y a siniestra, como si se asegurara de que no había nadie más escuchando. La precaución era absurda: desde que dejamos la iglesia no nos habíamos cruzado con ningún hermano a excepción del cíclope, y era poco probable que alguno de ellos estuviera agazapado allí cuando debieran estar preparándose para los funerales o atendiendo sus menesteres diarios. Sin embargo, el prior pareció inseguro, atemorizado. Quizá por eso bajó tanto la voz cuando se inclinó sobre mi oído:

—Enseguida comprenderéis mi precaución.

—¿De veras?

Fray Vicenzo asintió nervioso.

—Meser Leonardo, el pintor, tiene fama de ser un hombre muy influyente y podría quitarme de en medio si supiera que os he permitido entrar sin su permiso...

—¿Os referís al maestro Leonardo da Vinci?

—¡No gritéis su nombre! —siseó—. ¿Tanto os extraña? El duque en persona lo llamó hace cuatro años para que ayudara a decorar este convento. El Moro quiere que el panteón familiar de los Sforza se sitúe bajo el ábside de la iglesia y necesita un entorno magnífico, incontestable, con el que justificar su decisión ante su familia. Por eso lo contrató. Y creedme si os digo que desde que el dux se embarcó en este proyecto no ha habido un solo día de descanso en esta casa.

—Ni uno solo —repitió Benedetto—. ¿Y sabéis por qué? Porque ese maestro que siempre viste de blanco, al que nunca veréis comer carne ni sacrificar un animal, es en realidad un alma perversa. Ha introducido una herejía siniestra en sus trabajos para esta comunidad, y nos ha desafiado a que la encontremos antes de que los dé por terminados. ¡Y el Moro lo apoya!

—Pero Leonardo no es…

—¿Un hereje? —me atajó—. No, claro. A primera vista no lo parece. Es incapaz de hacerle daño a una mosca, pasa todo el día meditando o tomando notas en sus cuadernos, y da la impresión de ser un varón sabio. Pero estoy seguro de que el maestro no es un buen cristiano.

—¿Puedo preguntaros algo?

El prior asintió.

—¿Es cierto que ordenasteis reunir cuanta información fuera posible sobre el pasado de Leonardo? ¿Por qué no os fiasteis nunca de él? El hermano bibliotecario me puso al corriente.

—Veréis, fue justo después de que nos retara. Como comprenderéis, nos vimos obligados a indagar en su pasado para saber a qué clase de hombre nos enfrentábamos. Vos habríais hecho lo mismo si hubiera desafiado al Santo Oficio.

—Supongo que sí.

—Lo cierto es que encargué a fray Alessandro que trazara un perfil de su obra que nos pudiera servir para adelantarnos a sus pasos. Fue así como averiguamos que los franciscanos de Milán ya habían tenido serios problemas con el maestro

Leonardo. Al parecer, había utilizado fuentes paganas para documentar sus cuadros, induciendo a los fieles a graves equívocos.

—Fray Alessandro me habló de eso, y también de cierto libro herético de un tal fray Amadeo.

—El *Apocalipsis Nova*.

—Exacto.

—Pero ese libro es sólo una pequeña muestra de lo que halló. ¿No os dijo nada de los escrúpulos de Leonardo respecto a ciertas escenas bíblicas?

—¿Escrúpulos?

—Eso es muy revelador. Hasta la fecha, no hemos sido capaces de localizar una sola obra de Leonardo que recoja una crucifixión. Ni una. Como tampoco ninguna que refleje alguna de las escenas de la Pasión de Nuestro Señor.

—Tal vez nunca le han encargado algo así.

—No, padre Leyre. El toscano ha evitado pintar esa clase de episodios bíblicos por alguna oscura razón. Al principio pensamos que podía ser judío, pero más tarde descubrimos que no. No guardaba las normas del *sabbath*, ni tampoco respetaba otras costumbres hebreas.

—¿Y entonces?

—Bueno… Creo que esa anomalía debe de estar relacionada con el problema que nos ocupa.

—Habladme de él. Fray Alessandro nunca mencionó que Leonardo os hubiera desafiado.

—El bibliotecario no estuvo presente cuando ocurrió. Y en

la comunidad apenas conocemos los hechos media docena de frailes.

—Os escucho.

—Fue durante una de las visitas de cortesía que *donna* Beatrice hacía a Leonardo, hace unos dos años. El maestro había terminado de pintar a santo Tomás en su Última Cena. Lo había representado como un hombre barbudo que levanta su dedo índice hacia el cielo, cerca de Jesús.

—Supongo que es el dedo que después metería en la llaga de Cristo, una vez resucitado, ¿no?

—Eso pensé yo y así se lo manifesté a su alteza, la princesa d'Este. Pero Leonardo se rió de mi interpretación. Dijo que los frailes no teníamos ni idea de simbolismo, y que si quisiera podría retratar una escena del propio Mahoma allí mismo sin que ninguno de nosotros se diera cuenta.

—¿Eso dijo?

—*Donna* Beatrice y el maestro rieron, pero a nosotros nos pareció una ofensa. Pero ¿qué podíamos hacer? ¿Indisponernos con la esposa del Moro y con su pintor favorito? Si lo hacíamos, a buen seguro que Leonardo nos inculparía del retraso en sus trabajos con *La Última Cena*.

El prior prosiguió:

—En realidad, fui yo quien lo desafió. Quise demostrarle que no era tan torpe en el terreno de la interpretación de símbolos como pretendía, pero pisé un terreno que jamás debí hollar.

—¿A qué os referís, padre?

—Por aquellas fechas, solía visitar el palacio Rochetta. De-

bía dar cuenta al dux de los avances en las obras de Santa Maria. Y no eran raras las ocasiones en las que sorprendía a *donna*
Beatrice entreteniéndose en la sala del trono con un juego de
naipes. Sus grabados eran figuras extrañas, llamativas, pintadas
con vivos colores. En ellos se representaban ahorcados, mujeres sosteniendo estrellas, faunos, papas, ángeles con los ojos
vendados, diablos… Pronto supe que aquellas cartas eran un
viejo legado de la familia. Las diseñó el antiguo duque de Milán, Filippo Maria Visconti, con la ayuda del condottiero Francesco Sforza, hacia 1441. Más tarde, cuando éste se hizo con el
control del ducado, regaló aquel mazo a sus hijos, y una copia
terminó en manos de Ludovico el Moro.

—¿Y qué ocurrió?

—Veréis, una de aquellas cartas representaba a una mujer
vestida de franciscana que sostenía un libro cerrado en su
mano. Me llamó mucho la atención porque el hábito que llevaba era de varón. Además, parecía preñada. ¿Os la imagináis?
¿Una mujer preñada con hábito de franciscano? Parecía una
burla. Pues bien, no sé por qué recordé ese naipe durante aquella discusión con Leonardo y les lancé un farol. «Sé lo que significa la carta de la franciscana», dije. Recuerdo que *donna* Beatrice se puso muy seria. «¿Qué sabréis vos?», bufó. «Es un
símbolo que habla de vos, princesa», dije. Aquello le interesó.
«La franciscana es una doncella coronada, lo que significa que
tiene vuestra misma dignidad. Y está embarazada. Lo que
anuncia la llegada de ese estado de gracia para vos. Ese naipe es
un anuncio de lo que os depara el destino.»

—¿Y el libro? —pregunté.

—Eso fue lo que más le ofendió. Le dije que la franciscana cerraba el libro para ocultar que era una obra prohibida. «¿Y qué obra creéis que es?», me interrogó el maestro Leonardo. «Tal vez el *Apocalipsis Nova*, que vos conocéis muy bien», respondí no sin sorna. Leonardo se envalentonó y fue cuando lanzó su desafío. «No tenéis ni idea», dijo. «Claro que ese libro es importante. Tanto o más que la Biblia, pero vuestro orgullo de teólogo hará que no lo conozcáis jamás.» Y añadió: «Cuando ese futuro hijo de la duquesa nazca, yo ya habré terminado de incorporar sus secretos a vuestro *Cenacolo*. Y os aseguro que aunque los tendréis delante mismo de vuestras narices jamás podréis leerlos. Ésa será la grandeza de mi enigma. Y la prueba de vuestra necedad».

19

—¿Cuándo podré ver *La Última Cena*? —interpelé al prior.

Benedetto sonrió.

—Ahora mismo, si queréis —dijo—. La tenéis frente a vos. Sólo debéis abrir los ojos.

Al principio no supe dónde mirar. La única pintura que era capaz de discernir en aquel refectorio que olía a humedad y polvo era una María Magdalena aferrada a los pies de la cruz de Cristo. Lucía sobre el muro meridional del salón y lloraba con amargura frente a la mirada extática de santo Domingo. Aquella Magdalena tenía sus rodillas apoyadas sobre una piedra rectangular en la que podía leerse un nombre que no había oído jamás: «*Io Donatvs Montorfanv P.*».

—Ése es un trabajo del maestro Montorfano —Bandello me sacó de dudas—. Una obra piadosa, encomiable, que se terminó hace casi dos años. Pero no es lo que deseáis ver.

El prior señaló entonces la pared opuesta. La historia del naipe y su libro secreto me había distraído tanto que casi no era capaz de descifrar lo que veían mis ojos. Una montaña de tablas tapaba buena parte del rincón septentrional del refectorio. No obstante, la escasa claridad que bañaba aquel rincón me dejó entrever algo que me paralizó. En efecto: más allá de la barrera de cajas y cartones, entre los huecos que dejaba el gran andamio de madera que cruzaba la pared de lado a lado, se columbraba… ¡otra sala! Tardé algún tiempo en comprender que se trataba de una ilusión. Pero qué ilusión. Sentados a lo largo de una tabla rectangular idéntica a la mesa de banquete que tanto me había llamado la atención al entrar, trece figuras humanas de gestos y actitudes vivas, frescas, parecían representar una obra teatral sólo para nosotros. No eran cómicos, Dios me perdone; eran los retratos más reales y sobrecogedores que había visto jamás de Nuestro Señor Jesucristo y de sus discípulos. Es cierto que faltaban por definir algunos de sus rostros, entre ellos el del propio Nazareno, pero el conjunto estaba casi terminado y… respiraba.

—¿Qué? ¿Podéis verlo ya? ¿Distinguís lo que hay detrás?

Tragué saliva antes de asentir.

El padre Benedetto, misteriosamente satisfecho, me dio una palmadita suave en la espalda invitándome a tomar posiciones más cerca de aquella pared mágica.

—Acercaos, no os morderá. Es la *Opus Diaboli* de la que trataba de preveniros. Seductora como la serpiente del Paraíso, e igual de venenosa que ella…

Imposible expresar en palabras lo que sentí en aquel momento. Tenía la impresión de estar contemplando una escena

141

prohibida, la imagen detenida de algo que tuvo lugar hacía quince siglos y que Leonardo había logrado inmortalizar con un realismo inconcebible. Entonces ignoraba por qué el tuerto la llamaba «obra del Diablo», cuando parecía un legado de los mismos ángeles. Como embriagado, caminé absorto a su encuentro sin mirar dónde ponía los pies. A medida que me aproximaba, el muro iba cobrando más y más vida. ¡Santo Cristo! De repente comprendí qué hacía aquella mesa preparada bajo aquellos andamios: mantel, cubertería, jarras y grandes vasos de cristal y hasta fuentes de loza aparecían dispuestos de manera idéntica dos metros más arriba, sobre la pared, sin desmerecer en nada a los reales. Pero ¿y los discípulos? ¿De qué rostros había copiado sus gestos? ¿De dónde había tomado sus ropas?

—Si queréis, hermano Agustín, podemos subir al armazón para ver la obra más de cerca. No creo que el maestro Leonardo venga hoy a supervisar su trabajo...

«Claro que quiero», pensé.

—Enseguida descubriréis que por mucho que os acerquéis no apreciaréis nada más. —El prior sonrió con malicia—. Aquí sucede al revés que en cualquier cuadro: si uno se aproxima demasiado a su obra, pierde la sensación del conjunto, se marea, y es incapaz de encontrar una sola huella de pincel que le sirva de guía para interpretar la pintura.

—¡Una prueba más de su herejía! —bramó el tuerto—. ¡Ese hombre es un mago!

No supe qué decir. Durante unos instantes, tal vez minutos, no sé, fui incapaz de apartar la vista de las figuras más maravillosas que había contemplado en mi vida. Allí, en efecto, no había marcas, perfiles ni raspaduras de espátula o borrones sobre trazos de carboncillo. ¿Y qué importaba? Aún sin acabar, con dos de los apóstoles sólo esbozados sobre la pared, con el rostro de Nuestro Señor todavía carente de expresión y los bordes exteriores de otras tres figuras sin colorear, uno ya podía pasearse dentro de aquel festín sagrado. Bandello, viendo correr el tiempo, se esforzó por devolverme a la realidad:

—Y decidme, fray Agustín: con esa sagacidad con la que habéis impresionado al hermano Alessandro, ¿aún no habéis apreciado nada raro en esta obra?

—No... No sé a qué os referís, prior.

—Vamos, padre. No nos decepcionéis. Habéis aceptado ayudarnos en nuestro acertijo. Si logramos identificar las anomalías que presenta esta obra con el contenido de algún libro prohibido, conseguiremos detener a Leonardo y acusarlo de volver a inspirarse en fuentes apócrifas. Sería su fin.

El prior aguardó un instante antes de proseguir:

—Os daré una pista. ¿No os habéis dado cuenta aún de que ninguno de los apóstoles, ni siquiera el propio Jesucristo, lucen su halo de santidad? ¡No me diréis que eso es normal en el arte cristiano!

Dios bendito. Vicenzo Bandello tenía razón. Mi torpeza no tenía límites. Estaba tan sorprendido por el extraordinario realismo de los personajes, que no había advertido aquella ausencia capital.

—¿Y qué me decís de la eucaristía? —terció el cíclope, desbocado—. Si ésta es, en verdad, *La Última Cena*, ¿por qué Jesucristo no tiene frente a sí el pan y el vino para consagrarlos? ¿Dónde está el Santo Grial que contiene su preciada sangre redentora? ¿Y por qué su escudilla está vacía? ¡Hereje! ¡Es un hereje!

—¿Qué insinuáis, hermanos? ¿Que el maestro no ha seguido el texto bíblico a la hora de pintar esta escena?

Me parecía estar escuchando aún las explicaciones de fray Alessandro sobre el retrato de la Virgen que Leonardo había pintado para los monjes de San Francesco il Grande. También entonces el toscano había desoído tanto las indicaciones bíblicas como las instrucciones de sus patronos. La siguiente pregunta, pues, debió de parecerles pueril:

—¿Le habéis preguntado por qué lo ha hecho así?

—¡Pues claro! —respondió el prior—. Y sigue riéndose en nuestras barbas llamándonos ingenuos. Dice que no es tarea suya ayudarnos a interpretar su Cena. ¿Podéis creerlo? El muy zorro pasa de tarde en tarde por aquí, da un par de pinceladas a alguno de los apóstoles, se sienta durante horas a contemplar lo que lleva hecho y apenas se digna a hablar a la comunidad para explicar las rarezas de su trabajo…

—Al menos se justificará con algún pasaje evangélico, ¿no? —dije intuyendo ya su respuesta.

—¿Algún evangelio? —La pregunta del tuerto sonó socarrona—. Vos los conocéis tan bien como yo, así que decidme en qué parte de ellos se describe a Pedro sosteniendo una daga en la mesa, o a Judas y a Cristo metiendo la mano en el mismo plato… No encontraréis ninguna alusión a esas escenas. No señor.

—¡Pues exigidle que os lo explique!

—Se escabulle. Dice que sólo da cuentas al dux, que es quien paga sus jornales.

—¿Queréis decir que entra y sale de esta casa cuando quiere?

—Y se hace acompañar por quien desea. A veces, incluso por mujeres de la corte a las que quiere impresionar.

—Perdonadme la osadía, fray Benedetto, pero aun con todo lo molesto que debe de ser esta clase de trato para alguien tan celoso como vos, ésos no son argumentos para acusar a nadie de herejía.

—¿Cómo que no? ¿Es que no tenéis suficiente? ¿No os basta un Cristo sin el atributo divino, una Última Cena sin eucaristía, y un san Pedro escondiendo una daga sabe Dios para atacar a quién?

Benedetto arrugó la nariz rojo de ira, bufando contra lo que acababa de decirles. El prior trató de contemporizar:

—No lo comprendéis, ¿verdad?

—No… —respondí.

—Lo que fray Benedetto trata de explicaros es que aunque a vos esta escena sólo os parezca una representación maravillosa de la cena pascual, puede que no lo sea en absoluto. He visto trabajar a muchos pintores en encargos similares, menos ambiciosos sin duda, pero ignoro qué demonios quiere represen-

145

tar Leonardo en mi casa. —El prior enfatizó el posesivo para demostrar lo afectado que estaba por el caso. Luego, agarrándome las mangas del hábito, prosiguió con tono sombrío—. Mucho nos tememos, hermano, que el pintor del Moro quiera llevar a cabo una burla contra nuestra fe y nuestra Iglesia, y si no damos con la clave para leer su obra, ésta quedará aquí para siempre, como escarnio eterno a nuestra torpeza. Por eso necesitamos de vuestra ayuda, padre Leyre.

La última frase del padre Bandello retumbó por el enorme refectorio. Sin soltarme las mangas, el cíclope tiró de mí hasta otro lugar bajo los andamios, desde el que podían distinguirse varios de los comensales del *Cenacolo*.

—¿Queréis más pruebas? ¡Os daré otra para que queméis a ese impostor!

Le seguí.

—¿Lo veis? —vociferó—. Fijaos bien.

—¿Qué he de ver, padre Benedetto?

—¡A Leonardo! ¿A quién si no? ¿No lo reconocéis? El bastardo se ha retratado entre los apóstoles. Es el segundo por la derecha. No hay duda: su misma mirada, sus manos grandes y poderosas, y hasta su melena blanca. Dice que se trata de Judas Tadeo, ¡pero tiene todos sus rasgos!

—La verdad, padre, tampoco veo nada malo en ello —repliqué—. También Ghiberti se retrató en las puertas de bronce del Baptisterio de Florencia y no pasó nada. Es una costumbre muy toscana.

—¿Ah sí? ¿Y por qué Leonardo es el único personaje de

toda la mesa, junto al apóstol Mateo, que aparece dándole la espalda a Nuestro Señor? ¿De veras creéis que eso no indica nada? ¡Ni el propio Judas Iscariote tiene una actitud tan insolente! Aprended algo —añadió en tono amenazador—: todo lo que hace ese diablo de Da Vinci obedece a un plan oculto, a un propósito.

—Entonces, si Leonardo encarna a Judas Tadeo, ¿quién es el verdadero Mateo, que también da la espalda a Nuestro Señor?

—¡Eso es lo que esperamos de vos! ¡Que identifiquéis a los discípulos, que nos digáis qué significa de verdad esta maldita Cena!

Traté de calmar a aquel anciano enérgico y temperamental.

—Pero, padres —dije, dirigiéndome al prior y a su excéntrico confesor—, para poner mi cabeza al servicio de este acertijo necesito que me expliquéis en qué fundamentáis vuestra acusación contra el maestro Leonardo. Si queréis un juicio contra él, si buscáis interrumpir los trabajos con un argumento sólido, debemos trabajar con pruebas irrefutables, no con meras sospechas. No he de recordaros que Leonardo es un protegido del señor de Milán.

—Os lo aclararemos, descuidad. Pero antes contestadnos a algo más…

Agradecí volver a escuchar el tono sereno del prior, que retrocedió un par de pasos para examinar *La Última Cena* en su totalidad.

—¿Sabéis, con sólo verla, qué es *exactamente* lo que representa esta escena?

Su énfasis me hizo recelar.

—Decídmelo vos, padre.

—Está bien. Al parecer, se trata del momento descrito por el Evangelio de Juan en el que Jesús anuncia a los discípulos que uno de ellos va a traicionarlo. El Moro y Leonardo eligieron el pasaje con sumo cuidado.

—«*Amen dico vobis quia unus vestrum me traditus est*»* —recité de memoria.

—«Uno de vosotros me traicionará.» Exacto.

—¿Y qué veis de raro en ello?

—Dos cosas —aclaró—: primero que, a diferencia de las Últimas Cenas clásicas, no escogiera el momento de la institución de la eucaristía para este mural, y segundo... —dudó—, aquí el traidor no parece Judas...

—¿Ah no?

—Mirad el mural, cielo santo —apremió Benedetto—. Sólo me queda un ojo, pero veo claramente que el que quiere traicionar a Cristo, incluso el que quiere matarlo, es san Pedro.

—¿Pedro? ¿San Pedro, decís?

—Sí, Simón Pedro. Ése de ahí —insistió el tuerto, señalándomelo entre la docena de rostros—. ¿No veis cómo esconde una daga a su espalda y se prepara para agredir a Cristo? ¿No veis cómo amenaza a Juan colocándole la mano en el cuello?

El anciano susurraba sus acusaciones con vehemencia, como si llevara tiempo examinando en secreto la disposición

* Juan 13.

de aquellas figuras y hubiera alcanzado conclusiones que se escapaban al común de los mortales. El prior, a su lado, asentía con algún recelo:

—¿Y qué me decís, precisamente, de *ese* apóstol Juan? —Su énfasis me alertó—. ¿Habéis visto cómo lo ha pintado? Imberbe, con manos finas y cuidadas, con rostro de Madonna. ¡Si parece una mujer!

Sacudí la cabeza, incrédulo. El rostro de Juan no estaba terminado. Sólo se intuía el boceto de unos rasgos dulces, redondeados, casi de adolescente.

—¿Una mujer? ¿Estáis seguro? En la cena de los Evangelios no se sentó ninguna a la mesa…

—Veo que empezáis a comprender —respondió Bandello más sereno—. Por eso urge resolver este acertijo. La obra de Leonardo encierra demasiados equívocos. Demasiadas alusiones veladas. Sabe Dios cuánto me placen los enigmas, el arte de esconder información en lugares reales o pintados, pero éste se me escapa.

Noté cómo el prior se contenía.

—Claro que —añadió sin esperar respuesta—, todavía es pronto para que apreciéis todos los matices del problema. Volved aquí cuando queráis. Aprovechad las ausencias del pintor para ello. Sentaos a admirar su mural y tratad de descifrarlo por partes, tal como nosotros hemos hecho. En unos días os invadirá la misma desazón que nos domina. Este mural os obsesionará.

Y diciendo esto, el prior hurgó entre su manojo de llaves

buscando la adecuada. Una grande y pesada, de hierro, con tres guardas en forma de cruz latina.

—Quedáosla. Existen sólo tres copias. Una la tiene Leonardo, y a menudo la presta a sus aprendices. Otra la guardo yo, y la tercera la tenéis ahora en vuestras manos. Y disponed de Benedetto o de mí si precisáis cualquier aclaración.

—Sin duda —añadió el tuerto—, os seremos de más ayuda que el bibliotecario.

—¿Puedo preguntaros qué esperáis de este inquisidor que ahora está a vuestro servicio?

—Que encontréis una interpretación total y convincente para la Cena. Que identifiquéis, si existe, ese libro en el que dijo haberse basado. Que determinéis si es o no un texto herético como aquel *Apocalipsis Nova*, y de serlo, que lo detengáis.

—A cambio —sonrió el prior—, os ayudaremos con vuestro enigma. Que, por cierto, todavía no nos habéis dicho cuál es.

—Busco al hombre que escribió estos versos.

Y diciendo eso, les tendí una copia de *«Oculos ejus dinumera»*.

20

Bernardino casi no se atrevía a mirar por encima del caballete. Aunque ya no era un adolescente y había superado de lejos el umbral de los treinta, esa clase de trabajos lo ponían nervioso. Jamás conoció mujer, tal vez era el único del gremio que no lo había hecho, y a Dios juró que nunca lo haría. Se lo había prometido también a su padre nada más cumplir los catorce, y aun antes a su maestro al ingresar como aprendiz en la *bottega* más prestigiosa de Milán. Sin embargo, ahora se arrepentía. Y es que la hija de los Crivelli llevaba dos semanas poniendo a prueba su débil naturaleza. Desnuda, con sus rizos de oro cayéndole por los costados, erguida en el borde del sofá y con su mirada azul clavada en el techo, aquella condesita de dieciséis años era la viva imagen del deseo. Cada vez que abandonaba su mueca de ángel y clavaba sus ojos en él, Bernardino se sentía morir.

—Maestro Luini —la voz de *donna* Lucrezia le habló en sordina, como si también ella se le insinuara—, ¿cuándo creéis que estará el retrato de la niña?

—Pronto, señora condesa. Muy pronto.

—Recordad que el plazo de nuestro contrato expira la semana que viene —insistió.

—Bien que lo sé, señora. No existe en mi vida fecha tan presente como ésa.

La madre de la Afrodita vigilaba a menudo las sesiones de posado. No es que desconfiara de Bernardino, un hombre de reputación intachable al que rara vez se le veía trabajar fuera de un convento, pero había oído tanto sobre la voracidad de los canónigos y hasta de la del propio Papa, que no estimaba de más supervisar aquellas veladas. Además, Bernardino era un varón de gran atractivo, tal vez algo afeminado, y el único gentilhombre al que su marido dejaba entrar en casa sin temer por su honor. El conde tenía sobradas razones para recelar: los rumores de una relación sentimental entre su bellísima esposa y el dux llevaban tiempo en boca de todos. Lucrezia era la deseada. La mujer liberada a la que toda novedad le excitaba. Y Elena, su hija, se perfilaba ya como su digna sucesora.

—¿Verdad que es hermosa? —observó con orgullo la condesa—. Esas manzanas que tiene por pechos, tan firmes, tan duras… No os podéis imaginar, maestro, cuántos hombres han enloquecido por ellas.

«¿Enloquecido?» El pintor contuvo a duras penas el temblor del pincel. Su tela ya recogía casi todos los detalles del cuerpo de Elena: aunque la había imaginado con cabellos más oscuros y largos, una cascada de éstos acariciaba su vientre hasta tapar aquel maravilloso rincón de placeres a los que el artista había renunciado.

—Lo que no entiendo, maestro, es por qué habéis elegido el tema de la Magdalena para retratar a mi hija, precisamente ahora. Es como si quisierais llamar la atención del Santo Oficio. Además, todas las Magdalenas son mujeres afligidas, tétricas. Y no sé qué me parece esa horrible calavera entre sus manos...

Bernardino depositó el pincel sobre la paleta y se volvió hacia *donna* Lucrezia. La luz de la tarde iluminaba su diván, dando relieve a formas que le resultaban vagamente familiares: las mechas rubias y sinuosas eran idénticas a las de Elena; los pómulos marcados, exactos, los mismos labios húmedos y carnosos. Y otros pechos grávidos latían bajo un corpiño ajustadísimo de tela holandesa. Viéndola allí tumbada podía entender el apetito desmedido del Moro por semejante beldad. Hasta era lógico que su parloteo sobre la Inquisición le pasara desapercibido.

—Condesa —dijo—, os recuerdo que vos disteis libertad a meser Leonardo para que dispusiera el tema y os enviara al discípulo de su elección.

—Sí. Es una lástima que el maestro esté tan ocupado con ese dichoso *Cenacolo*.

—¿Qué puedo deciros yo? Meser me pidió que os pintara una Magdalena, y eso hago. Además, viniendo de él, el tema elegido debería enorgullecer a vuestra familia.

—¿Enorgullecer? ¿No fue María Magdalena una puta?

—exclamó—. ¿Por qué no ha podido encargar un retrato al natural como el que vuestro maestro pintó para mí? ¿Por qué insistir en estigmatizar a mi familia con una sombra que lleva siglos persiguiéndonos?

Bernardino Luini calló. La familia Crivelli era un clan de origen veneciano venido a menos que ahora, confiando en la destreza del taller de Leonardo, creía posible encontrar un buen partido para su hija gracias a un retrato que ensalzara sus virtudes. Y con una Magdalena así, no les iba a resultar difícil. De hecho, había sido su magra economía, y no su criterio, lo que había dejado vía libre al maestro para elegir el tema del lienzo. Y no desaprovechó su oportunidad. Bernardino guardó su sorna al recordar la astucia del toscano. *Donna* Lucrezia llevaba años posando en su *bottega* del corso Magenta, dando vida a algunas de sus tablas más notables. Si ahora había accedido a pintar a su hija como la favorita de Jesús era porque pronto pensaba iniciarla en sus misterios.

No en vano, Lucrezia era la última exponente de una larga estirpe de mujeres a las que se creía herederas de la auténtica María de Magdala. Una saga de hembras de rasgos claros y suaves, que llevaban generaciones inspirando a poetas y pintores y que no siempre habían sido conscientes de la herencia que transmitían.

Luini dio un par de pinceladas más tratando de evitar la sonrisa contagiosa de Elena. Luego, meditabundo, retomó su conversación:

—Creo que os precipitáis en vuestro juicio, señora. María Magdalena… Santa María Magdalena —corrigió sobre la mar-

154

cha— fue una mujer valiente como pocas. La llamaron *casta meretrix* y a diferencia del resto de los discípulos, que, salvo Juan, huyeron de Jerusalén cuando crucificaron a Nuestro Señor, ella lo acompañó hasta el mismo pie del Gólgota. Ahí, señora, tenéis el porqué de la calavera que sostiene vuestra hija. Pero, además, la Magdalena fue la primera a la que se le apareció Jesucristo después de resucitado, demostrando el profundo cariño que sentía por ella.

—¿Y por qué creéis que hizo algo así?

Luini sonrió satisfecho:

—Para premiarla por su valor, naturalmente. Muchos creemos que Jesús resucitado confió entonces a la Magdalena un gran secreto. María le había demostrado que era merecedora de esa distinción, y nosotros, cada vez que la pintamos, tratamos también de acercarnos a aquella revelación.

—Ahora que lo mencionáis, también yo he oído a meser Leonardo hablar de ese secreto, aunque evita dar demasiadas explicaciones sobre él. Ciertamente, vuestro maestro es un hombre lleno de enigmas.

—A la inteligencia, señora, muchos la consideran un misterio. Tal vez un día decida contároslo. O quizá escoja a vuestra hija para hacerlo…

—Todo podría ser con ese hombre. Lo conozco desde que llegó a Milán en 1482, y nunca han dejado de sorprenderme sus intrigas. Es tan imprevisible…

Lucrezia se detuvo un instante, como si su mente repasara viejos recuerdos. Luego preguntó con vivo interés:

—¿No conoceréis vos, por ventura, el secreto de la Magdalena?

Luini devolvió la mirada al lienzo.

—Pensad en esto, señora: la verdadera enseñanza de Cristo a los hombres sólo pudo llegar después de que el Señor superara el trance de la Pasión y resucitara con la ayuda del Padre Eterno. Sólo entonces, tuvo certeza absoluta de la existencia del Reino de los Cielos. Y cuando regresó de entre los muertos, ¿a quién encontró primero? A María Magdalena, la única que tuvo el valor de esperarlo, aun contraviniendo las órdenes del sanedrín y de los romanos.

—Las mujeres siempre hemos sido más valientes que los varones, maestro Luini.

—O más imprudentes…

Elena seguía muda, asistiendo divertida a la conversación. De no ser por la chimenea bien cargada que tenía justo detrás, haría rato que habría cogido un buen resfriado.

—Admiro tanto como vos la tenacidad de las mujeres, condesa —dijo Bernardino, volviendo a tantear el pincel—. Por eso es bueno que sepáis que María Magdalena disfrutó, a partir de aquella revelación, de virtudes aún más notables.

—¿Ah sí?

—Si algún día se os revelan, veréis con cuánta fidelidad se reflejan en el retrato de vuestra Elena. Entonces quedaréis más que satisfecha con este lienzo.

—Meser Leonardo nunca me habló de tales virtudes.

—Meser Leonardo es muy prudente, señora. Las bondades de la Magdalena son asunto delicado. Incluso asustaron a los discípulos en tiempos de Nuestro Señor. ¡Ni los evangelistas quisieron contarnos demasiadas cosas sobre ellas!

La mirada de la condesa centelleó maliciosa:

—¡Natural! ¡Porque era una puta!

—María jamás escribió una línea. Ninguna mujer de aquel tiempo lo hizo —prosiguió el maestro Luini, ignorando sus provocaciones—. Por eso, quien quiera saber de ella debe seguir los pasos de Juan. Como os he dicho, el amado fue el único que estuvo a la altura de las circunstancias cuando crucificaron a Cristo. Quien admira a la Magdalena, también admira a Juan y tiene su evangelio por el más hermoso de los cuatro.

—Perdonad si insisto: ¿hasta qué punto la Magdalena fue alguien especial para Cristo, maestro Luini?

—Hasta el punto de besarla en la boca ante el resto de los discípulos.

Donna Lucrezia se sobresaltó. Su corpiño crujió al encogérsele el pecho.

—¿Cómo decís?

—Preguntadle a Leonardo. Él conoce los libros en los que se cuentan estos secretos. Sólo él sabe qué rostro verdadero tuvo Juan, o Pedro, o Mateo… e incluso la Magdalena. ¿No habéis visto aún su maravilloso trabajo en el convento de Santa Maria?

—Sí, claro que lo he visto —respondió con desgana, recordando otra vez que por culpa del *Cenacolo* no era Leonardo quien estaba ahora en su casa—. Estuve allí hace unos meses.

El dux quiso mostrarme los avances del trabajo de su pintor favorito, y me deslumbró con la magnífica ejecución de aquel muro. Recuerdo que aún quedaban por terminar los rostros de algunos apóstoles y en el convento nadie supo decirnos cuándo estarían listos.

—Nadie lo sabe, es cierto —aceptó Luini—. Meser Leonardo no encuentra modelos para algunos apóstoles. Si aun cuando hay muchos rostros siniestros en la corte es difícil retratar la perversidad de un Judas, imaginad lo complicado que resulta encontrar un rostro puro y carismático como el de Juan. ¡Ni sospecháis cuántas caras ha tenido que examinar el maestro para dar con una buena para el discípulo amado! Leonardo sufre mucho cada vez que tropieza con estos obstáculos y se retrasa sin remedio.

—¡Llevadle entonces a mi hija! —rió—. ¡Y que siente a la Magdalena a la mesa en lugar de a Juan!

La condesa Crivelli, divertida, se levantó de su diván venteando la nube de perfume en la que nadaba por palacio. Majestuosa, se acercó a la espalda del pintor y dejó caer su mano delicada sobre sus hombros.

—Ya está bien de charla por hoy, maestro. Acabad el retrato cuanto antes y recibiréis el resto del pago. Os quedan al menos dos horas de luz antes de que caiga el sol. Aprovechadlas.

—Sí, señora.

Los zapatos de *donna* Lucrezia repiquetearon sobre el enlosado hasta apagarse. Elena no pestañeaba. Seguía allí delante, magnífica, con la piel sonrosada y limpia, y con el cuerpo recién rasurado por las asistentas de palacio. Cuando ya estaba segura de que su madre había desaparecido en sus aposentos, saltó sobre el diván.

—¡Sí, sí, maestro! —Aplaudió, soltando el «Gólgota», que rodó hasta los pies de la lumbre—. ¡Eso! ¡Presentadme a Leonardo! ¡Presentádmelo!

Luini la contempló parapetado tras su lienzo.

—¿De veras queréis conocerlo? —susurró tras dar un par de pinceladas más, cuando ya no pudo fingir indiferencia.

—¡Claro que quiero! Vos mismo dijisteis antes que tal vez me revelaría a mí su secreto…

—Pues os lo advierto: tal vez no os guste nada lo que encontréis, Elena. Es un hombre de carácter fuerte. Parece distraído, pero en realidad es capaz de contemplarlo todo con la precisión de un orfebre. Distingue el número de hojas de una flor con sólo verla de reojo, y se empeña en estudiar las minucias de todo, llevando a sus acompañantes a la desesperación.

La condesita no se desanimó:

—Eso me place, maestro. ¡Al fin un hombre detallista!

—Sí, sí, Elena. Pero a él las mujeres, la verdad os digo, no le gustan demasiado…

—¡Oh! —Un tono de desilusión se coló en su vocecita—. Ésa parece ser la norma entre los pintores, ¿no es cierto, maestro?

El pintor se agazapó aún más tras el cuadro cuando la modelo se puso de pie mostrándose cuan hermosa era. Un calor repentino le subió por la cara, tiñéndole el rostro y secándole la garganta.

—¿Por… por qué decís eso, Elena?

Ella se encaramó al sofá para verlo por encima del caballete. Su cuerpo tembló de satisfacción:

—Porque lleváis casi diez días retratándome desnuda, encerrados vos y yo en esta misma sala, y no habéis hecho ningún intento por aproximaros. Mis damas de compañía dicen que eso no es normal, y hasta se preguntan, las muy zorras, si no seréis un *castratus*.

Luini no supo qué responder. Levantó la mirada para encontrar la de su interlocutora y la halló a dos palmos de él, oliendo a esencia de nardo y con toda su piel palpitando. Nunca fue capaz de explicar qué sucedió después: la habitación comenzó a dar vueltas a su alrededor mientras una fuerza poderosa, extraña, que nacía de sus vísceras, lo dominó por completo. Arrojó el pincel y la paleta a un lado y tiró de la condesita hacia él. El tacto con aquel cuerpo joven aguijoneó su entrepierna.

—¿Sois… doncella? —titubeó.

Ella rió.

—No. Ya no.

Y descendiendo sobre él, lo besó con un ímpetu que no conocía.

21

Tal y como había pronosticado el padre Bandello, *La Última
Cena* pronto se convirtió en una obsesión para mí. Sólo aquella tarde de sábado, con la llave en la mano, la visité cuatro
veces antes de la caída del sol. Lo hice después de asegurarme
de que el lugar seguía vacío. De hecho, creo que fue ese día
cuando en la comunidad comenzaron a llamarme Padre Trot-
tola, que quiere decir peonza. Tenían sus razones. Siempre
que algún fraile se cruzaba conmigo me encontraba como
ido, deambulando cerca del refectorio, y con una idéntica e
insistente pregunta en los labios: «¿Ha visto alguien al maestro Leonardo?».

Supongo que debí llegar al convento en el peor momento
para tropezarme con él. La preparación de los funerales había cambiado los hábitos de la ciudad, pero en especial los de
Santa Maria delle Grazie. Mientras fray Alessandro y yo nos
devanábamos los sesos para descifrar el acertijo del Agorero,
el resto de los hermanos se preparaban sólo para el día siguiente. Hacía ya trece jornadas que la princesa había muerto

y que su cadáver reposaba embalsamado en un arca de madera de acacia en la capilla familiar del castillo. Las embajadas de los reinos invitados al sepelio se paseaban impacientes por la fortaleza del Moro y el convento en busca de noticias sobre la ceremonia.

En realidad, tan inmenso trajín me fue ajeno hasta la mañana del domingo 15 de enero, festividad de Santo Mauro. Agradecí al cielo que los toques de campana me despertaran temprano. Había dormido mal, muy inquieto; había soñado con los doce hombres del *Cenacolo*, que se movían y parloteaban en torno al Mesías. Ya casi podía adivinar las oscuras intenciones de cada uno de ellos, pero intuía que el tiempo para arrancarles sus secretos corría en mi contra. Aquel domingo *donna* Beatrice iba a ser enterrada en el novísimo panteón de los Sforza, bajo el altar mayor de Santa Maria, y era probable que el misterioso Agorero que nos había prevenido tantas veces contra ella decidiera presentarse en el convento.

Me dirigí al refectorio tras las oraciones del amanecer. Con certeza, aquél iba a ser el único momento que tendría para recogerme en su cómoda soledad. Volvería a perder mi vista en los trazos de vivos colores del maestro Leonardo y a imaginar que el misterioso trabajo del toscano no consistía en pintar aquel muro, sino en rescatar de él, poco a poco, con precisión de cirujano, una escena mágica grabada bajo el estuco por los mismísimos ángeles.

En esos delirios estaba, cuando al girar al oeste del Claustro de los Muertos y enfilar mis pasos hasta el portón que protegía el comedor, lo encontré abierto de par en par. Dos hombres que nunca había visto antes conversaban animadamente bajo el dintel:

—¿Ya sabéis lo del bibliotecario? —oí decir al que tenía más cerca. Vestía calzas rojas, jubón abotonado de rayas amarillas y blancas, y tenía rostro de querubín con rizos dorados. Al oírles hablar de fray Alessandro me eché la capucha encima y, con aire distraído, decidí prestar atención a una cómoda distancia.

—Algo me contó el maestro —respondió el otro; un joven entallado, moreno, de aspecto atlético y atractivo—. Dicen que está muy nervioso, y todos temen que pueda hacer alguna tontería.

—Es lógico. Lleva demasiado tiempo con ese dichoso ayuno… Creo que está perdiendo la razón.

—¿La razón?

—La falta de alimento debe de estar provocándole alucinaciones. Está obsesionado con que lo descubran y lo alejen de los libros. Deberíais haberlo visto temblar de miedo anoche. Parecía un junco sacudido por el viento.

El fortachón miró entonces hacia donde estaba apostado, obligándome a apretar el paso si no quería ser descubierto. Todavía acerté a oírle decir una última cosa:

—¿Alejarlo de los libros, decís? Eso no es posible —sentenció—. No creo que se atrevan a hacerle algo así. Ha hecho demasiado bien su trabajo para merecer ese castigo…

—Entonces, ¿coincidís conmigo?

—Desde luego. El ayuno acabará matándolo.

Aquello me escamó. Que algo tan íntimo, tan intramuros, como el ayuno del padre Alessandro estuviera en boca de unos seglares ajenos a la comunidad, no era normal. Más tarde supe que el hombre de las calzas rojas era Salaino, el discípulo favorito y protegido de Leonardo, y que el moreno era un hidalgo aprendiz de pintor que obedecía por Marco d'Oggiono. Ellos, como ya me había advertido Bandello, usaban a menudo la llave del refectorio. Casi siempre lo abrían para preparar las mezclas de pintura para el maestro o tenerle los utensilios a punto. Ahora bien: ¿qué hacían allí un domingo, con el entierro de *donna* Beatrice a las puertas, y vestidos de gala? ¿Cómo es que hablaban de fray Alessandro con esa naturalidad y, sobre todo, con ese conocimiento de sus costumbres? ¿Y a cuento de qué afirmaban que estaba nervioso? Intrigado, pasé frente a ellos en dirección a la escalera de la biblioteca, tratando de no llamar demasiado su atención.

Mi mente, imparable, seguía bombeando preguntas: ¿dónde diablos había estado la noche anterior el bibliotecario? ¿Era cierto que se había encontrado con el maestro Leonardo? ¿Y para qué? ¿Acaso no había criticado abiertamente al maestro en nuestras conversaciones? ¿Es que ahora era amigo suyo?

Un escalofrío me recorrió la espalda. La última vez que hablé con fray Alessandro fue el día anterior, a las vísperas. Se esforzaba en mostrarme los manuscritos que Leonardo había consultado en la biblioteca del convento, al tiempo que yo trataba de identificar en ellos el libro cerrado que el abad había visto en los naipes de *donna* Beatrice. La verdad es que en ningún momento percibí cambio alguno en su humor. En cierta manera, me dio lástima. El fraile que mejor me recibió, que estuvo pendiente de mí desde el primer momento en que puse los pies en Santa Maria, era de los pocos que no conocía lo que se estaba cociendo en aquel lugar.

Aquella tarde sentí remordimientos, y terminé por confesarle lo que sabía de Leonardo y del desafío del *Cenacolo*. Se lo debía.

—Lo que os voy a contar —le advertí— no debe salir jamás de vuestra boca…

El bibliotecario me observó extrañado.

—¿Lo juráis?

—Por Cristo.

Asentí complacido.

—Está bien. El prior cree que meser Leonardo ha ocultado un mensaje secreto en el mural del refectorio.

—¿Un mensaje secreto? ¿En *La Última Cena*?

—El prior sospecha que es algo que vulnera la doctrina de la Santa Iglesia. Una creencia que meser Leonardo bien pudo tomar de uno de los libros que vos le proporcionasteis.

—¿Cuál? —se impacientó.

—Pensé que vos lo sabríais.

—¿Yo? El maestro solicitó muchos títulos de nuestra biblioteca.

—¿Cuáles?

—Fueron tantos… —dudó—. No sé. Tal vez le interesó el *De secretis artis et naturae operibus.**

—¿*De secretis artis?*

—Es un raro manuscrito franciscano. Si no me equivoco, debió oír hablar de él a fray Amadeo de Portugal. ¿Lo recordáis?

—El autor del *Apocalipsis Nova.*

—El mismo. En ese libro, un monje inglés llamado fray Roger Bacon, un célebre inventor y escritor acusado de herejía y encarcelado por el Santo Oficio, daba cuenta de las doce formas distintas que existen para esconder un mensaje en una obra de arte.

—¿Es un texto religioso?

—No. Es más bien técnico.

—¿Y qué otro libro pudo servirle de inspiración? —insistí.

Fray Alessandro se acarició el mentón, pensativo. No me pareció nervioso, ni alterado por mis preguntas. Estaba tan servicial como siempre, casi como si mis confesiones sobre Leonardo no lo hubieran afectado en lo más mínimo.

—Dejadme pensar —murmuró—. Tal vez se sirviera de las vidas de los santos de fray Jacobo de la Vorágine… Sí. Ahí podría haber encontrado lo que vos buscáis.

* En realidad, esta obra no fue impresa hasta 1542, cuando el parisino Claudio Celestino se decidió a llevarla a letras de molde. Con anterioridad circuló en ámbitos muy restringidos, siempre en forma manuscrita. Una copia se guardó en la biblioteca de Santa Maria delle Grazie.

—¿En las obras del famoso obispo de Génova? —repuse asombrado.

—Lo fue, en efecto, hace ya más de trescientos años.

—¿Y qué tiene que ver De la Vorágine con el mensaje oculto del *Cenacolo*?

—Si tal mensaje existe, estos libros podrían contener la clave para descifrarlo. —Los ojos del escuálido fray Alessandro se cerraron, como si buscara concentración—. Fray Jacobo de la Vorágine, dominico como nosotros, recogió en Oriente cuanta información pudo de las vidas de los primeros santos, así como de las de los discípulos de Nuestro Señor. Sus descubrimientos entusiasmaron al maestro Leonardo.

Arqueé las cejas, incrédulo.

—¿En Oriente?

—No os extrañéis, padre Leyre —prosiguió—. Los detalles que contiene este libro no son precisamente canónicos.

—¿Ah no?

—No. La Iglesia nunca aceptaría los grados de parentesco que fray Jacobo asegura que tuvieron los Doce entre sí. ¿Sabíais, por ejemplo, que Simón y Andrés eran hermanos? Tal vez eso explique que Leonardo los haya pintado gemelos en el refectorio.

—¿De veras?

—¿Y sabíais que De la Vorágine afirmó que a Santiago muchos lo confundían en vida con el mismísimo Cristo? ¿Y no habéis visto el enorme parecido que tiene con Jesús en el *Cenacolo*?

—Entonces —dudé—, Leonardo leyó esta obra.

—Debió de ser más que eso. La estudió a fondo. Y por lo que sugerís, lo hizo con más interés que el opúsculo de Roger Bacon. Podéis creerme.

Fray Alessandro suspendió ahí nuestra última conversación. Por eso, cuando escuché a los discípulos del toscano decir que el bibliotecario se había visto con Leonardo aquella misma noche, me estremecí. Su fortuita indiscreción no sólo confirmaba que el bibliotecario me había ocultado algo tan importante como su amistad con Leonardo, sino que quien creía que era mi único amigo en Santa Maria me había delatado.

Pero ¿por qué?

22

Busqué al bibliotecario por todas partes. En su pupitre descansaban aún los dos tomos del obispo De la Vorágine que me había mostrado la tarde anterior. Repujados en letras grandes destacaban el nombre del autor y el título italiano del libro: *Legendi di Sancti Vulgari Storiado*. Del otro libro, sin embargo, el de las artes secretas del padre Bacon, no había ni rastro. Si fray Alessandro lo custodiaba en su colección, debía de tenerlo a buen recaudo.

¿Eran imaginaciones mías o el bibliotecario había pretendido desviar mi atención de aquel tratado? ¿Por qué?

Las preguntas se acumulaban. Necesitaba que fray Alessandro me explicara algunas cosas. Sin embargo, por más que lo reclamé en la iglesia, en la cocina o en el edificio de las celdas, nadie supo darme cuenta de su paradero. Tampoco pude insistir demasiado. Con la creciente marea de gente que se arrimaba a Santa Maria para ver de cerca la comitiva fúnebre, no era difícil perder de vista al bibliotecario. Sabía que antes o después me lo toparía de bruces y que entonces me aclararía qué demonios estaba pasando allí.

A eso de las diez de la mañana, la plaza situada frente a la iglesia y todo el camino que separaba Santa Maria del castillo estaban ocupados por una muchedumbre silenciosa. Todos vestían sus mejores galas, y venían provistos de velas y palmas secas que agitarían al paso del féretro de la princesa. No cabía un alfiler en el recorrido. En la iglesia, en cambio, la entrada se había restringido a los invitados y embajadas por expreso deseo del dux. Bajo la tribuna se había erigido una tarima revestida de terciopelo y cruzada de cordones de oro terminados en borlas, en la que el Moro y sus hombres de confianza entonarían sus oraciones. Toda el área estaba bajo la protección de la guardia personal del duque y sólo los monjes de Santa Maria gozábamos de cierta libertad para entrar y salir de ella.

Me dirigí hacia la zona noble de la iglesia no tanto con la esperanza de encontrarme con fray Alessandro como con la idea de ver por primera vez al maestro Leonardo. Si sus ayudantes habían abierto el refectorio esa mañana, era probable que su mentor no anduviera muy lejos de allí.

Mi instinto no falló.

Al toque de las once, un repentino revuelo alteró la calma del templo de Santa Maria. La puerta principal, situada bajo el óculo más grande de todos, se abrió con gran estruendo. Las trompetas del exterior bramaron anunciando la llegada del Moro y su séquito. El aviso arrancó una muda ovación entre los fieles a los que se les había permitido el acceso. Fue entonces cuando una docena de hombres de rostro severo y miradas vacías, cubiertos con largas capas y adornos de piel negra, se adentraron con paso marcial rumbo a la tribuna. Ahí lo vi. Aunque cerraba el grupo, el maestro Leonardo destacaba como Goliat entre los filisteos. Pero no fue su altura lo único que llamó mi atención. El toscano, a diferencia de los brocados de piedras preciosas y mantos de seda que vestían el resto de los caballeros, iba cubierto de blanco de pies a cabeza, lucía unas barbas largas, rubias y bien recortadas que le caían lacias sobre el pecho, y mientras caminaba miraba a uno y otro lado, como si buscara rostros conocidos entre la concurrencia. Bien vista, su figura parecía la de un fantasma de otra época. Y comparada con la del Moro, que iba tres pasos por delante, la piel oscura y los cabellos como el betún cortados a tazón del dux eran lo opuesto al perfil solar del gigante. Todo el mundo reparaba en él. Los gonfalonieros, los portaestandartes de las diferentes casas reales que habían acudido al sepelio, percibían antes su presencia que la del propio Ludovico. Y, sin embargo, el toscano parecía vivir ajeno a todo ello.

—Sed bienvenidos a la casa del Señor —los recibió desde el altar el prior Bandello, rodeado de monjes ataviados para la ocasión. Junto a él se encontraban el arzobispo de Milán, el superior de los franciscanos y una docena de clérigos de la corte.

El Moro y su séquito se persignaron y se situaron sobre la tarima reservada para ellos, casi al tiempo que el grupo de músicos con el blasón de los Sforza penetraba en el templo anunciando la llegada del féretro.

El maestro Leonardo, de pie en la tercera fila de la tarima, miraba con ansiedad a todas partes y anotaba deprisa sabe Dios qué cosas en uno de aquellos *taccuini* que siempre llevaba consigo. Me pareció que lo mismo vigilaba los rostros de la multitud, que atendía los acordes del órgano de Santa Maria o el flamear de los pendones de las comitivas. Alguien me había dicho que la tarde anterior se había quedado extasiado admirando el vuelo de las cuatrocientas palomas que se liberaron en la plaza del Duomo, y hasta me aseguraron que anotó con deleite las salvas de cañón que el nuncio de Su Santidad ordenó disparar bajo las murallas de la ciudad en honor a la difunta. Para él todo merecía ser registrado. Todo encerraba los trazos de la ciencia secreta de la vida.

Por supuesto, no fui el único en observar sus movimientos durante la ceremonia. A mi alrededor la gente murmuraba sobre el toscano. Cuanto más me perdía en su mirada azul y su porte majestuoso, más necesidad sentía de conocerlo. El Agorero primero y el padre Bandello después habían acrecentado esa sed que ahora me quemaba por dentro.

Los invitados no ayudaron precisamente a sofocar mis ansias. Bisbiseaban como cotorras acerca de la última obcecación del toscano: terminar un tratado sobre la pintura en el que preveía insultar a poetas y escultores con tal de encumbrar la superioridad de sus pinceles. Su mente privilegiada lo mismo empleaba las horas en distraer al Moro de su dolor, que en diseñar puentes levadizos imposibles, torres de asalto que se moverían sin caballos o grúas para descargar barcos de lana desde los *navigli*.*

---

* Canales artificiales que cruzan Milán y que en época del Moro servían para el transporte de mercancías. (N. del E.)

El de Vinci, abstraído, ignoraba las pasiones que encendía. Ahora parecía garabatear en su cuaderno un boceto del extraño traje que el dux llevaba para la ocasión: un manto de seda negra bellísimo, acuchillado por doquier, quizá dando a entender que lo había rasgado con sus propias manos.

Poco podía imaginar entonces lo cerca que estaba de conversar con el maestro.

Fue el hermano Giberto, el sacristán de Santa Maria, quien me propició aquel primer contacto con el pintor, en medio de una circunstancia tan dramática como inesperada.

Ocurrió mientras fray Bandello pronunciaba la fórmula de la consagración. Aquel mocetón del norte, de mofletes sonrosados y pelo de color calabaza, se me acercó por la espalda y tiró con fiereza de mi hábito.

—¡Padre Agustín! ¡Escuchadme! —suplicó fray Giberto, desesperado. Sus ojos saltones casi no le cabían en la cara. Los tenía inyectados en sangre—. ¡Acaba de ocurrir algo terrible en la ciudad! ¡Debéis saberlo de inmediato!

—¿Algo terrible?

Las manos del germano temblaban.

—Es un castigo de Dios —siseó—. ¡Un castigo para quienes desafían al Altísimo…!

El sacristán no tuvo ocasión de terminar. Benedetto, el tuerto cascarrabias confesor del prior, y fray Andrea de Inveruno, con sus ademanes alicaídos, se nos acercaron con idéntico gesto de urgencia:

—Debemos ir de inmediato. ¡Y deprisa!

—¿Nos acompañáis, padre Agustín? —dijo casi sin fuelle el sacristán—. Creo que vamos a necesitar refuerzos.

Tanta premura me desarmó. No sabía adónde debía acompañarlos ni a qué, pero cuando vi a un paje del dux acercarse a Leonardo y susurrarle algo al oído mientras tiraba de él con expresión alarmada, acepté. Allí acababa de ocurrir algo raro. Grave. Y yo quería saber qué era.

23

Los dos alguaciles del dux casi no daban crédito a sus ojos. Frente a ellos el cuerpo sin vida de un fraile. Una soga del grosor de un puño lo sujetaba firme por el cuello, fijándolo a una de las vigas de la plaza de la Mercadería.

Andrea Rho, jefe de guardia, aún no había desayunado. De hecho, casi no había terminado de abrocharse el uniforme cuando aquella noticia truncó su aburrida mañana de domingo. Con las canas revueltas, el estómago vacío y el inconfundible perfume a oso recién despierto, Rho se acercó de mala gana a ver qué pasaba. Poco pudo hacer. El desgraciado tenía la piel azulada y fría; las venas del rostro hinchadas y los ojos abiertos y secos. El terror dibujado en aquellas pupilas sugería una muerte cruel. El difunto había agonizado un buen rato antes de ahogarse. Sus brazos, ahora lánguidos, caían paralelos al hábito blanco de santo Domingo mientras la caída de las mangas apenas dejaba entrever dos manos cuidadas, flacas, tiesas. Un suave hedor a muerto alcanzó la nariz del capitán.

—¿Y bien? —La mirada de Andrea se paseó entre una turbamulta de curiosos sedientos de espectáculo. Muchos regresaban a casa frustrados por no haber podido ver la suntuosa carroza mortuoria de la duquesa, y aquel revuelo callejero prometía compensarlos. Rho desconfiaba de todos. Buscaba algún rostro cómplice, alguien que mirara la escena con orgullo—. ¿Qué tenemos aquí?

—Es un religioso, señor. Un fraile —respondió marcial su compañero, mientras trataba de mantener a raya al gentío con los brazos en cruz y su pica clavada en el suelo.

—Eso ya lo veo, Adriano. Me han despertado con esa noticia.

—Veréis, señor —titubeó el soldado—. Este hombre apareció colgado esta misma mañana. Ningún taller ni almacén de esta zona ha abierto hoy, así que nadie ha visto nada…

—¿Lo has registrado?

—Todavía no.

—¿No? ¿Aún no sabes si le robaron antes de colgarlo?

El tal Adriano negó con gesto de aprensión. Probablemente nunca había tocado un cadáver. Rho le regaló una mueca de desprecio antes de dirigirse a la concurrencia.

—¡Nadie sabe nada!, ¿eh? —los increpó a gritos—. Sois un hatajo de cobardes. ¡Ratas!

Nadie se inmutó. Miraban extasiados el sutil movimiento pendular del monje, conjeturando en voz baja qué habría sucedido. Bien sabe Dios que los religiosos no suelen llevar una bolsa abultada y que a los salteadores no les compensa casi nunca agredirlos. Pero si no se trataba de ladrones, ¿quién había acabado con aquel monje? ¿Y por qué lo habían ajusticiado, abandonándolo en plena vía pública?

Andrea Rho rodeó un par de veces más el cadáver antes de formular otra pregunta maliciosa a su compañero:

—Está bien, Adriano. Seamos listos. ¿Tú qué dirías que ha pasado aquí? ¿Lo han matado o se ha ahorcado él solito?

El mozo, de espaldas cargadas y mirada intermitente, meditó un instante la pregunta, como si le fuera un ascenso en ello. Rumió su respuesta con cuidado, y cuando estaba a punto de abrir la boca para decir algo… no pudo. Un vozarrón magnífico se alzó entre la muchedumbre:

—¡Se ha quitado la vida! —gritó alguien desde muy atrás—. ¡Se la ha quitado! ¡De eso no hay duda, capitán!

Era un timbre varonil, seco, que casi hizo temblar los soportales del mercado, dejando impresionado al gentío.

—¡Y además —prosiguió—, también sé su nombre: fray Alessandro Trivulzio, bibliotecario del convento de Santa Maria delle Grazie! ¡Dios acoja esa alma en Su seno!

El desconocido dio entonces un paso al frente, abriéndose camino entre los curiosos. Adriano, aún con la boca abierta, se quedó mirándolo. Se trataba de un individuo extraordinario: alto, robusto, impecablemente vestido con una camisola de algodón que le caía hasta los pies y una larga melena recogida bajo un gorro de lana. Lo acompañaba un mozalbete de aspecto huidizo, que no tendría más de doce o trece años y que parecía muy impresionado por la cercanía del muerto.

—¡Vaya! ¡Al fin un valiente! ¿Y vos quién sois, si puede saberse? —interrogó Rho—. ¿Cómo podéis estar tan seguro de lo que decís?

El coloso buscó los ojos de Andrea Rho antes de responder.

—Es muy fácil, capitán. Si prestáis atención al aspecto de su cuerpo, veréis que no muestra otras señales de violencia que las del desgarro del cuello. Si se hubiera resistido a morir o hubiera sido atacado, sus hábitos estarían sucios, tal vez rotos o ensangrentados. Y no es el caso. Este fraile aceptó su final de buen grado. Y si prestáis aún mayor atención, bajo él veréis aún el barrilete que le sirvió de cadalso para encaramarse a la viga y anudarse la soga al pescuezo.

—Sabéis mucho de muertos, señor —dijo irónico.

—He visto más de los que imagináis, ¡y de cerca! Su estudio es una de mis pasiones. Incluso los he abierto en canal para convertir sus entrañas en ciencia. —El gigante enfatizó aquella frase, a sabiendas de que un murmullo de horror se extendería por toda la plaza—. Si usted hubiera tenido la ocasión de contemplar a tantos ahorcados como yo, capitán, también se habría dado cuenta de otra cosa.

—¿Otra cosa?

—Que este cuerpo lleva colgado aquí varias horas.

—¿De veras?

—Sin duda —afirmó—. Basta con fijarse en el ejército de moscas que revolotean a su alrededor. Las de esa clase, pequeñas y nerviosas, tardan de dos a tres horas en acercarse a un difunto. ¡Y mirad cómo revolotean en busca de alimento!… ¿No es extraordinario?

—¡Aún no habéis dicho quién sois!

—Me llamo Leonardo, capitán. Y sirvo al dux igual que vos.

—Nunca os había visto antes.

—Los dominios del Moro son extensos —dijo amagando una risotada impropia de las circunstancias—. Soy artista y trabajo en varios de sus proyectos, uno de ellos en el convento de Santa Maria delle Grazie; por eso conocía bien a este desgraciado. ¿Y sabéis? Era un buen amigo.

Mientras hacía intención de santiguarse, el alguacil repasó los modos de aquel extranjero. Terminó por aceptar que debía encontrarse ante un prohombre de la ciudad. Como todos en Milán, había oído hablar de cierto sabio llamado Leonardo y de sus extraordinarios poderes. Trataba de recordar lo que decían de él: que no sólo era capaz de atrapar el alma humana en un lienzo, o de fundir la más grande estatua ecuestre que vieran los siglos para recordar al difunto Francesco Sforza, sino que tenía conocimientos médicos que rayaban en el milagro. Aquel tipo cuadraba bastante bien con la idea que se había hecho de él.

—Decidme pues, maestro Leonardo. Según vos ¿por qué habría querido un fraile del convento de Santa Maria delle Grazie ahorcarse aquí?

—Eso lo ignoro, capitán —respondió más amable—. Aunque puedo interpretar con facilidad los signos externos, la voluntad de los hombres es a menudo imposible de captar. Sin embargo, tal vez la respuesta sea muy simple. Igual que yo vengo a menudo a comprar mis lienzos y pinturas a este lugar, él podría haberse acercado en busca de alguna otra mercancía. Después, algún pensamiento funesto se cruzaría por su mente y decidió que era un buen momento para morir… ¿No creéis?

—¿En domingo? —El capitán Rho receló—. ¿Y con el funeral de la princesa Beatrice celebrándose en su propio convento? No. No lo creo.

El gigante se encogió de hombros:

—Sólo Dios sabe qué puede cruzarse por la mente de uno de sus siervos…

—Ya.

—Tal vez si descolgarais y registrarais su cadáver con cuidado, encontraríais alguna pista sobre lo que vino a buscar a la Mercadería. Y si así lo estimáis oportuno, pongo a vuestro servicio la ciencia médica que conozco y mi completa disposición para establecer la causa y momento de su muerte. Bastaría con que enviaseis el cuerpo a mi estudio de…

El maestro no terminó su frase. Giberto, Andrea, Benedetto y yo alcanzamos el corro de curiosos en ese preciso instante. El tuerto marchaba al frente, mudo, con esa mirada que ponen las fieras antes de atacar. Cuando su único ojo distinguió la túnica blanca de Leonardo junto al cuerpo del hermano Alessandro, palideció.

—¡Ni se os ocurra profanar el cuerpo de un siervo de Santo Domingo, meser Leonardo! —gritó antes de alcanzarlo.

El toscano giró la cabeza hacia donde estábamos. Un segundo después, nos saludaba con una reverencia y nos presentaba sus excusas:

—Lo siento, padre Benedetto. Lamento esta muerte tanto como vos.

El tuerto echó un vistazo al rostro inerte de fray Alessandro, reconociéndolo de inmediato. Parecía impresionado. Aunque seguro que no lo estaba tanto como yo. Palpé atónito sus manos frías y rígidas, incapaz de creer que estuviera muerto. ¿Y qué pensar de Leonardo? ¿Qué hacía allí el maestro pintor, mostrando tanta preocupación por el bibliotecario? ¿No era ésa la confirmación definitiva de que fray Alessandro y él habían mantenido una estrecha relación? Me persigné jurándome aclarar el asunto, al tiempo que el toscano murmuró su pésame:

—Que el Señor lo acoja en su gloria —dijo.

—¿Y qué más os da? —Fray Benedetto, furioso, increpó al gigante con brío—: ¡Al fin y al cabo, no fue más que un tonto útil para vos, maestro! Admitidlo ahora, cuando aún lo tenéis de cuerpo presente.

—Siempre lo subestimasteis, padre.

—No tanto como vos.

Un respingo amenazó la fortaleza del maestro.

—Además —prosiguió Benedetto—, me sorprende que emitáis un juicio tan prematuro sobre su muerte. Es impropio de la fama que tenéis. Nuestro bibliotecario amaba la vida, ¿por qué habría de quitársela?

Aguardé la respuesta del toscano, pero no abrió la boca. Quizá intuyó el juego del tuerto. Los frailes de Santa Maria tratarían de convencer a la policía de que nuestro hermano había caído en una emboscada. Aceptar la hipótesis del suicidio sería deshonrarlo, y además haría inviable sepultarlo en suelo sagrado.

Con cuidado, descolgamos al cadáver de su improvisado cadalso. El bibliotecario conservaba aquella curiosa mueca dibujada en el rostro; era un mohín burlón, casi divertido, que contrastaba con su mirada desencajada, llena de terror. El toscano, en un gesto piadoso que nadie esperaba, se acercó a él, le bajó los párpados y le murmuró algo al oído.

—¿También habláis a los muertos, meser Leonardo?

La cabeza de Andrea Rho, a un palmo de la del pintor, rió la ocurrencia.

—Sí, capitán. Ya os dije que éramos buenos amigos.

Y diciendo aquello, agarró la mano del púber de rizos rubios y mirada transparente con el que había llegado, y enfiló sus pasos hacia el callejón de Cuchilleros.

24

Aún no me explico por qué reaccioné así.

Al ver alejarse al maestro Leonardo entre la multitud, recordé el consejo de fray Alessandro: «Quien menos penséis tendrá una solución para vuestro enigma». ¿Y si la solución a la identidad del Agorero la tuviera su mayor enemigo?, pensé. ¿Qué podía perder por consultarle? ¿Acaso debilitaría mi investigación intercambiar un par de frases con aquel gigante de túnica blanca y ojos azules?

Fue entonces cuando decidí intentarlo.

Dejé a fray Benedetto, al hermano Giberto y a Andrea arremangándose los hábitos y recogiendo los restos mortales de fray Alessandro. Me excusé como pude y apreté el paso hacia el mismo callejón por el que se acababa de marchar el maestro. Al torcer la esquina y no verlo, decidí echar a correr cuesta arriba.

—Os tomáis muchas molestias para detener a un pobre artista. —El vozarrón del maestro tronó de repente a mis espaldas. Se había detenido a curiosear en un puesto de verduras y había pasado de largo sin advertir su presencia.

Leonardo y su efebo sonrieron a la vez, estirando sus labios de la misma forma y arrugando sus mismos ojos claros al unísono.

—A ver si lo averiguo —prosiguió el gigante, mientras calibraba unos ajos—: os manda el lacayo del prior, el fraile de un solo ojo, Benedetto, para preguntarme si sé algo más sobre la muerte de vuestro hermano. ¿Me equivoco?

—Erráis, maestro —aclaré, mientras desandaba parte del camino—: No es el padre Benedetto quien me manda, sino mi propia curiosidad.

—¿Vuestra curiosidad?

Sentí un extraño cosquilleo en el estómago. De cerca, Leonardo era mucho más atractivo de lo que me había parecido en la tribuna de autoridades. Sus facciones rectas delataban a un hombre de principios. Tenía manos gruesas, fuertes, capaces de arrancar una muela de cuajo si fuera preciso... o de dar vida a una pared con sus diseños mágicos. Cuando me atravesó con su mirada, tuve la rara impresión de que no podría mentirle.

—Permitid que me presente —resoplé otra vez—. En realidad, no pertenezco a la comunidad de Santa Maria. Sólo soy su huésped. Me llamo Agustín Leyre. Padre Leyre.

—¿Y bien?

—Estoy de paso por Milán. Pero no quería perder la ocasión de manifestaros cuánto admiro vuestro trabajo en el refectorio. Hubiera deseado veros en circunstancias más propicias, sin embargo Dios dispone a su voluntad.

—El refectorio, sí. —El gigante desvió su mirada al suelo—. Es una lástima que no todos los frailes de Santa Maria piensen como vos.

—Fray Alessandro también os admiraba.

—Lo sé, hermano. Lo sé. El hermano bibliotecario me socorrió en algunas etapas difíciles de mi trabajo.

—¿Es a eso a lo que se refería el padre Benedetto cuando dijo que os sirvió de tonto útil?

Leonardo me observó con detenimiento, como si estudiara qué palabras debía emplear con el hombre que tenía delante. Tal vez no me identificó como el inquisidor del que sin duda le habrían hablado ya sus discípulos. O si lo hizo, trató de que no me diera cuenta.

—Quizá no lo sepáis aún, padre, pero fray Alessandro me fue de gran ayuda para concluir uno de los personajes más importantes del *Cenacolo*. Y fue tan generoso, tan desprendido conmigo, como para posar sin pedirme nada a cambio y aceptar las dificultades que le sobrevendrían tras su gesto.

—¿Dificultades? —Lamenté no entender—. ¿Qué dificultades?

Leonardo levantó las cejas al ver mi gesto de asombro. Supongo que no concebía cómo podía habérseme pasado por alto un detalle de tanto alcance. Y con aquel tono sereno y magnífico, se dignó a ilustrarme:

—El trabajo de un pintor es más duro de lo que la gente cree —dijo muy serio—. Durante meses, vagamos de aquí para allá en busca de un gesto, un perfil, un rostro que se adecue a nuestras ideas y que nos sirva de modelo. A mí me faltaba un Judas. Un hombre que tuviera el mal grabado en el rostro; pero no un mal cualquiera: necesitaba una fealdad inteligente y despierta, que reflejara la lucha interna de Judas por cumplir la misión que el propio Dios le confió. Coincidiréis conmigo en que sin su traición, Cristo nunca hubiera consumado su destino.

—¿Y lo encontrasteis?

—¿Cómo? —El gigante se sobresaltó—. ¿Aún no lo entendéis? ¡Fray Alessandro fue mi modelo para Judas! Su rostro tenía todas las características que buscaba. Era un hombre inteligente pero atormentado, de rasgos duros, afilados, que casi ofendían cuando te miraba.

—¿Y se dejó retratar como Judas? —pregunté atónito.

—De buen grado, padre. Y no fue el único. Otros padres de esa comunidad han posado para esa obra. Sólo elegí a aquellos de rasgos más puros.

—Pero Judas... —protesté.

—Comprendo vuestra estupefacción, padre. Sin embargo, debéis saber que fray Alessandro supo en todo momento a lo que se exponía. Era consciente de que nadie en su comunidad volvería a mirarlo del mismo modo después de prestarse a algo así.

—Es comprensible, ¿no creéis?

Leonardo meditó un momento si debía continuar hablándome, y mientras tomaba de nuevo la mano del niño, añadió algo que pareció provenir de lo más profundo de sus pensamientos:

—Lo que no podía prever, y mucho menos desear —susurró—, es que fray Alessandro fuera a terminar sus días como el mismísimo Iscariote: ahorcado y en soledad, lejos de sus compañeros y casi repudiado por todos. ¿O acaso no habíais reparado tampoco en esa extraña coincidencia, padre?

—La verdad, no hasta ahora.

—En esta ciudad, padre Leyre, pronto aprenderéis que nada ocurre por casualidad. Que todas las apariencias engañan. Y que la verdad está donde uno menos espera encontrarla.

Y diciendo aquello, sin atreverme a preguntarle de qué había hablado con fray Alessandro la noche antes de su muerte, ni plantearle si alguna vez había oído hablar de un feroz enemigo suyo al que algunos conocíamos como el Agorero, el maestro se esfumó cuesta arriba.

25

Luini deseó huir de allí con todas sus fuerzas, pero su escasa voluntad le falló una vez más. Aunque su conciencia le pedía a gritos que escapara de aquella joven, su cuerpo gozaba ya con los rítmicos embates de *donna* Elena. «¿Y qué más le daba a la conciencia?», pensó para arrepentirse un instante después.

El maestro no se había visto en otra igual. Una de las mujeres más deseables del ducado lo conducía por los senderos de la pasión sin que él hubiera abierto siquiera la boca. La hija de los Crivelli era hermosa; sin duda la Magdalena de rostro más angelical que había contemplado jamás. Y sin embargo, Luini no podía evitar sentirse como Adán arrastrado a la perdición de la mano de una Eva lujuriosa. Hasta podía sentir cómo mordía su manzana envenenada y sus jugos le hacían perder una inocencia guardada con tanto celo hasta entonces. Por extraño que parezca, el maestro Bernardino se contaba entre los pocos que aún creían que el verdadero árbol de la ciencia del bien y del mal fue ocultado por Dios entre las piernas de la mujer, y que comer de él, aunque fuera una sola vez, equivalía a la condenación eterna.

—*Miserere domine…* —desesperó.

Si *donna* Elena le hubiera dado entonces un segundo de descanso, el pintor habría roto a llorar. Pero no: rojo como el capelo de un cardenal, cedió a cada una de las peticiones de la condesita, horrorizándose cuando ésta, brincando sobre su virilidad, le preguntaba una y otra vez por las virtudes de María Magdalena.

—¡Contádmelo, contádmelo todo! —Jadeaba y reía con mirada de deseo—. ¡Explicadme por qué os interesa tanto la Magdalena! ¡Adelantadme el secreto de Leonardo!

Luini, sofocado, con las calzas por debajo de las rodillas y sentado sobre el mismo diván que momentos antes ocupara *donna* Lucrezia Crivelli, hacía verdaderos esfuerzos por no tartamudear.

—Pero Elena —respondía sin coraje—, así no puedo.

—¡Prometedme que me lo contaréis!

Luini no respondió.

—¡Prometédmelo!

Y aquel maestro pecador, extenuado, terminó haciéndolo dos veces por Cristo. Sólo Dios sabe por qué.

Cuando todo acabó y pudo recuperar el fuelle, el pintor se incorporó lentamente y se vistió. Estaba confundido. Azorado. El titán Leonardo ya le había advertido de lo peligrosas que eran las hijas de la serpiente y de cómo entregarse a ellas era faltar a la suprema obligación de todo pintor, violando el sagrado precepto de la creación solitaria. «Sólo si te mantienes lejos de esposa o amante, podrás dedicarte en cuerpo y alma al supremo arte de la creación —escribió—. Si, por el contrario, tienes mujer, dividirás tus dones por dos. Por tres si tienes un hijo, y lo perderás si traes dos o más criaturas al mundo.» Aquellos reproches comenzaron a emerger del interior de su mente, haciéndolo sentirse débil e indigno. Había pecado. En sólo unos minutos su reputación de hombre perfecto se había arruinado, dando paso a una mala parodia de sí mismo. Y el mal era irreversible.

Donna Elena, aún desabrigada sobre el diván, miraba a su pintor sin comprender por qué, de repente, se había quedado rígido.

—¿Estáis bien? —preguntó con dulzura.

El maestro calló.

—¿Acaso no os ha complacido?

Luini, con los ojos húmedos y una mueca contenida, trató de sofocar los remordimientos que lo angustiaban. ¿Qué podía decirle a aquella criatura? ¿Acaso entendería su sensación de fracaso, de debilidad frente a la tentación? Y lo peor: ¿no le acababa de prometer, poniendo a Jesús por testigo, que le revelaría el secreto que tanto deseaba conocer? ¿Y cómo lo haría? ¿No tenía él tantos deseos de conocerlo como la propia Elena? Dando la espalda a su amante, maldijo para sí su flaqueza. ¿Qué iba a hacer? ¿Pecaría dos veces en una misma tarde, faltando a su castidad primero y a su palabra después?

—Estáis triste, mi amor —susurró, acariciándole los hombros.

El pintor cerró los ojos, todavía incapaz de articular palabra.

—En cambio, vos me habéis llenado de felicidad. ¿Es que os sentís culpable de haberme dado lo que os pedía a gritos? ¿Os pesa haber complacido a una dama?

La condesita, leyendo en el silencio las funestas ideas de aquel varón deshecho, trató de aliviarle la conciencia:

—No debéis reprocharos nada, maestro Luini. Otros, como fray Filippo Lippi, aprovecharon sus trabajos en conventos para seducir a jóvenes novicias. ¡Y él era un clérigo!

—¿Qué decís?

—¡Oh! —rió al ver a su amante sobresaltado—. Deberíais conocer la historia, maestro. El padre Lippi murió no hace ni treinta años; seguro que vuestro Leonardo lo trató en Florencia. Fue muy famoso.

—¿Y decís que fray Filippo…?

—Desde luego —brincó sobre él—. En el convento de Santa Margarita, mientras terminaba unas tablas, sedujo a una tal Lucrezia Buti y hasta tuvo un hijo con ella. ¿No lo sabíais? ¡Oh, vamos! Muchos creen que la deshonrada familia Buti fue la que lo envió al otro mundo con una buena dosis de arsénico. ¿Lo veis? ¡Vos no sois culpable de nada! ¡No habéis atentado contra ningún voto sagrado! ¡Habéis dado amor a quien os lo pedía!

El maestro dudó. Aunque roto, era capaz de ver que la hermosa Elena trataba de ayudarlo. Conmovido, sus labios articularon al fin una frase inteligible:

—Elena… Si aún lo deseáis, si aún queréis acceder a ese

misterio que tanto os intriga y que inspira el retrato que estoy pintando para vos, os contaré el secreto de María Magdalena.

La condesita lo observó con curiosidad. Luini parecía arrancar con dolor cada una de sus palabras.

—Sois hombre de honor. Cumpliréis vuestra promesa. Lo sé.

—Sí. Pero prometedme vos ahora que nunca más volveréis a tocarme. Ni hablaréis de lo que os diré con nadie.

—Y ese secreto, maestro, ¿me dará a conocer la razón de vuestra tristeza?

El pintor buscó la mirada transparente de la condesita, aunque apenas pudo sostenerla. Aquella insistente preocupación de Elena Crivelli por su bienestar lo desarmó. Recordó entonces lo que había oído decir de la estirpe de las Magdalenas: que su mirada era capaz de ablandar el corazón de cualquier hombre gracias a su poderoso hechizo de amor. Los trovadores no mentían. ¿Cómo no iba a merecer aquella criatura conocer la verdad sobre sus orígenes? ¿Iba a ser él tan desalmado como para no indicarle dónde estaba el camino que debía recorrer para averiguarlo?

Y así, Bernardino Luini, forzando su mejor sonrisa, accedió al fin a sus deseos.

26

El secreto de María Magdalena
según el maestro Luini

—Atended, pues —dijo.

»Acababa de cumplir trece años cuando el maestro Leonardo me aceptó en su *bottega* de Florencia. Mi padre, un soldado de fortuna que había reunido cierta cantidad de dinero gracias a los Visconti de Milán, estimó conveniente que me instruyera en el arte de la pintura antes de consagrarme a la vida monástica o, al menos, a una existencia seglar regida por las leyes de Dios. Él, entonces, lo tenía más claro que yo: deseaba apartarme del fragor de la guerra y protegerme bajo el espeso manto de la Iglesia. Y como en Milán no existía un buen taller de bellas artes, me asignó una dote anual y me envió a la suntuosa Florencia, aún gobernada por Lorenzo el Magnífico.

»Allí empezó todo.

»Meser Leonardo da Vinci me instaló en una casona enorme y descuidada. Por fuera era negra. Asustaba. Por dentro, en cambio, era luminosa y casi desprovista de paredes. Sus habitaciones habían sido derribadas para dar paso a una sucesión de grandes espacios invadidos por los artefactos más extraños que uno pudiera imaginar. En la planta baja, junto al zaguán, se daban cita colecciones enteras de semilleros, tiestos y jaulas con alondras, faisanes y hasta halcones cetreros. Junto a ellas se apilaban moldes para fundir cabezas, patas de caballo y cuerpos de tritón en bronce. Espejos los había por todas partes. Y velas también. Para llegar a la cocina había que atravesar un corredor vigilado por esqueletos de madera y hélices que amedrentaban a cualquiera; y sólo pensar en lo que el maestro podía esconder en el desván me llenaba de pavor.

»En la casa también vivían otros discípulos del maestro. Todos eran mayores que yo, así que, tras las bromas de los primeros días, me gané una situación más o menos confortable y pude empezar a aclimatarme a la nueva vida. Creo que Leonardo se encaprichó conmigo. Me enseñó a leer y a escribir latín y griego clásicos, y me explicó que sin esa preparación sería inútil mostrarme otra forma de escritura a la que llamaba la "ciencia de las imágenes".

»¿Os lo imagináis, Elena? Mis asignaturas se multiplicaron por tres, e incluyeron cosas tan peculiares como la botánica o la astrología. En aquellos años, la divisa del maestro era *lege, lege, relege, ora, labora et invenies*,* y sus lecturas favoritas (y por

---

* «Lee, lee, relee, reza, trabaja y encontrarás.»

tanto, también las nuestras) eran las vidas de santos de Jacobo de la Vorágine.

»Tommaso, Andrea y los demás aprendices odiaban aquellos escritos, pero para mí fueron todo un hallazgo. Aprendí cosas increíbles de ellos. Sus páginas me hicieron disfrutar con decenas de noticias curiosas, milagros y aventuras de santos, discípulos y apóstoles que jamás hubiera imaginado que existieran. Por ejemplo, allí leí que a Santiago el Menor lo llamaban el "hermano del Señor" porque se parecía a Él como un copo de nieve a otro. Cuando Judas concertó con el sanedrín la contraseña de besar a Nuestro Señor en el monte de los Olivos temía que los sicarios confundieran al verdadero Jesús con su casi gemelo Santiago.

»Naturalmente, de esto los Evangelios jamás dijeron una palabra.

»También me deleité con las aventuras del apóstol Bartolomé. Aquel discípulo con aspecto de gladiador tuvo aterrorizados a los Doce gracias a su increíble capacidad para adelantarse al futuro. Sin embargo, tanta ciencia le sirvió de poco: no supo prever que lo desollarían vivo en la India.

»Aquellas revelaciones se fueron sedimentando dentro de mí, dotándome de una capacidad única para imaginar los rostros y el carácter de gentes tan importantes para nuestra fe. Era lo que Leonardo quería: estimular nuestra visión de las historias sagradas y dotarnos de ese don especial para trasladarlas a nuestros lienzos. Me entregó entonces una lista de virtudes apostólicas entresacadas de Jacobo de la Vorágine que aún conservo. Mirad: a Bartolomé lo llamó *Mirabilis*, el prodigioso, por su capacidad de anticiparse al futuro. Al hermano gemelo de Jesús, *Venustus*, el lleno de Gracia…

Elena, divertida al ver la veneración con la que Luini desplegaba aquel trozo de papel guardado en un bolsillo cosido a su camisola, se lo arrancó de las manos, y lo leyó sin entenderlo muy bien:

San Bartolomé	*Mirabilis*	El prodigioso
Santiago el Menor	*Venustus*	El lleno de gracia
Andrés	*Temperator*	El que previene
Judas Iscariote	*Nefandus*	El abominable
Pedro	*Exosus*	El que odia
Juan	*Mysticus*	El que conoce el misterio
Tomás	*Litator*	El que aplaca a los dioses
Santiago el Mayor	*Oboediens*	El que obedece
Felipe	*Sapiens*	El amante de las cosas elevadas
Mateo	*Navus*	El diligente
Judas Tadeo	*Occultator*	El que oculta
Simón	*Confector*	El que lleva a término

—¿Y habéis guardado esto tantos años? —dijo mientras jugueteaba con aquel papel cochambroso.

—Sí. Lo recuerdo como una de las lecciones más importantes del maestro Leonardo.

—Pues ya no lo veréis más —rió.

Luini no quiso darse por aludido. La provocadora Elena levantaba su lista por encima de la cabeza, esperando que el pintor se abalanzara sobre ella. No cayó en la trampa. Había visto tantas veces aquella lista, la había estudiado con tan intensa devoción tratando de exprimir de sus cualidades los perfiles de los Doce, que ya no la necesitaba. Se la sabía de memoria.

—¿Y la Magdalena? —preguntó al fin la condesita algo decepcionada—. Ella no está entre estos nombres. ¿Cuándo me hablaréis de ella?

Luini, con la mirada perdida en el crepitar de la chimenea, prosiguió su relato:

—Como os dije, estudiar la obra de fray Jacobo de la Vorágine me marcó. Ahora, con el tiempo, reconozco que de todos sus relatos el que más me llamó la atención fue el de María Magdalena. Por alguna razón, meser Leonardo quiso que lo estudiara con especial detenimiento. Y así lo hice.

»En aquella época, las revelaciones con las que el maestro completó la lección del obispo de Génova no me horrorizaron en absoluto. A los trece años todavía no distinguía entre ortodoxia y heterodoxia, entre lo aceptado por la Iglesia y lo inaceptable. Quizá por eso, lo primero que se me grabó fue el significado de su nombre: María Magdalena quería decir "mar amargo", "iluminadora" y también "iluminada". Sobre el primer término, el obispo escribió que tenía que ver con el torrente de lágrimas que esta mujer derramó en vida. Amó con todo su corazón al Hijo de Dios, pero Éste había venido al mundo con una misión más importante que la de formar familia con ella, así que la Magdalena tuvo que aprender a quererlo de un modo distinto. Leonardo me mostró que el mejor símbolo para recordar las virtudes de esta mujer era el nudo. Ya en tiempos de los egipcios, el nudo se asoció a la magia de la diosa Isis. En sus mitos, me explicó, Isis ayudó a resucitar a Osiris y se valió de su destreza en deshacer nudos para conseguir su objetivo. La Magdalena fue la única que asistió a Cristo cuando regresó a la vida, y es justo pensar que también ella debió ser ducha en la ciencia de los nudos. Una ciencia, dijo el maestro, no exenta de amargura, pues ¿a quién no le angustia vérselas con un lazo bien amarrado a la hora de abrirlo?

»"Cuando veas un nudo pintado bien visible en un lienzo, recuerda que esa obra ha sido dedicada a la Magdalena", me enseñó.

»En cuanto a las otras dos acepciones de su nombre, más profundas y misteriosas si cabe, tenían que ver con un concepto caro al maestro Leonardo y del que nos hablaba de continuo: la luz. Según él, la luz es el único lugar en el que descansa Dios. El Padre es luz. El cielo es luz. Todo, en el fondo, lo es. Por eso repetía tantas veces que si los hombres aprendiéramos a dominarla, seríamos capaces de convocar al Padre y hablar con él cada vez que lo necesitáramos.

»Lo que entonces no sabía era que esa idea de la luz como transmisora de nuestros diálogos con Dios había llegado a Europa gracias, precisamente, a la Magdalena.

»También os lo contaré:

»Tras la muerte de Jesús en el Gólgota, María Magdalena, José de Arimatea, Juan el discípulo amado y un pequeño número de fieles seguidores del Mesías huyeron a Alejandría para protegerse de la represión que se había abatido sobre ellos. Algunos se quedaron en Egipto y fundaron las primeras y más sabias comunidades cristianas que se recuerdan, pero la Magdalena, depositaria de los grandes secretos de su amado, no se sentía a salvo en una tierra tan cercana a Jerusalén. Por eso terminó ocultándose en Francia, en cuyas costas recaló buscando un refugio más seguro.

—¿Y qué secretos eran ésos?

La pregunta de la condesita sacó de su ensimismamiento al maestro.

—Grandes secretos, Elena. Tan grandes que desde entonces sólo unos pocos y muy selectos mortales han accedido a ellos.

La joven abrió los ojos.

—¿Son los secretos que Jesús le reveló después de resucitar de entre los muertos?

Luini asintió.

—Ésos son. Pero a mí todavía no me han sido revelados.

Después, el maestro retomó su relato.

—María Magdalena, también llamada de Betania, pisó tierra en el sur de Francia, en un pueblecito que en adelante se llamaría Les Saintes-Maries de la Mer, porque fueron varias las Marías que arribaron con ella. Allá predicó la buena nueva de Jesús e inició a sus gentes en el «secreto de la luz» que aceptarían de inmediato herejes como los cátaros o albigenses, y que incluso terminaría convirtiéndose en la nueva patrona de Francia, Notre-Dame de la Lumière.

»Pero la época de revelaciones pacíficas se acabó pronto. La Iglesia se dio cuenta de que esas ideas suponían un peligro para la hegemonía de Roma y quiso poner fin a su expansión. Desde su punto de vista era lógico: ¿cómo podría ningún Papa aceptar la existencia de comunidades cristianas que no necesitaran de una curia regular para dirigirse a Dios? ¿Acaso podía el representante de Cristo en la Tierra situarse en inferioridad, o siquiera en igualdad de condiciones respecto a la Magdalena? ¿Y qué decir de sus seguidores? ¿No era idolatría venerar algo como la luz? La Iglesia, pues, anatemizó, insultó y degradó de inmediato a aquella mujer que amó a Jesús y que supo como ningún otro mortal de su condición humana.

»Dejadme, querida Elena, explicaros algo más:

»Un día de inicios de 1479, cuando Florencia todavía se recuperaba del furibundo atentado contra nuestro venerado Lorenzo de Médicis,* el maestro Leonardo recibió una extraña visita en su *bottega*. Un hombre que rondaría la cincuentena llegó a nuestro taller con el sol de media mañana en lo alto. Presumía de cabellera rubia y ensortijada, y se pavoneaba de su parecido con los querubines que entonces esbozábamos con torpeza sobre nuestros lienzos. Aquel extraño era de trato afable e iba impecablemente vestido de negro. Llegó sin anun-

* Luini se refiere a la célebre «conjura de los Pazzi» que trató de acabar con la vida de Lorenzo el Magnífico en la catedral de Florencia. Lorenzo logró escapar, pero no así su hermano Giuliano, al que asestaron veintisiete puñaladas. La represión posterior de este crimen fue una de las más intensas del siglo XV. *(N. del E.)*

ciarse y se paseó por los dominios del maestro como si fueran los suyos. Incluso se tomó la libertad de repasar uno por uno los trabajos que estábamos haciendo. El mío, casualmente, era un retrato de una Magdalena que sostenía un recipiente de alabastro entre sus manos, lo que al visitante pareció alegrarle sobremanera:

»"¡Veo que meser Leonardo os enseña bien!", aplaudió. "Vuestro boceto tiene grandes posibilidades… Seguid así."

»Me sentí halagado.

»"Por cierto", dijo después, "¿sabéis cuál es el significado del frasco que sostiene vuestra Magdalena?".

»Negué con la cabeza.

»"Está en el capítulo trece del Evangelio de san Marcos, pequeño. Esa mujer ungió a Jesús rompiéndole el frasco con ungüentos sobre su cabellera, como una sacerdotisa se lo haría a un verdadero rey… Un rey mortal, de carne y hueso."

»El maestro llegó en ese momento. Para sorpresa de todos, no sólo no se ofendió al ver a un intruso en su *bottega*, sino que su rostro se iluminó. Nada más reconocerlo, se fundieron en un abrazo, se besaron en las mejillas y comenzaron a hablar allí mismo sobre lo divino y lo humano. Fue entonces cuando escuché por primera vez algo que jamás hubiera imaginado sobre la verdadera María Magdalena:

»"Los trabajos prosiguen a buen ritmo, querido Leonardo", dijo ufano el querubín. "Aunque desde la muerte de Cosme el Viejo, tengo la impresión de que nuestros esfuerzos pueden caer en saco roto en cualquier momento. La república de Florencia, estoy seguro, se enfrentará a pruebas terribles no tardando mucho."

»El maestro tomó las manos delicadas del visitante y las apretó contra las suyas, grandes como las de un herrero.

»"¿En saco roto, dices?", su vozarrón lo sacudió todo. "¡Si tu Academia es un templo del saber tan sólido como las pirámides de Egipto! ¿O no es cierto que en pocos años se ha convertido en lugar de peregrinación favorito para jóvenes que quieren saber más sobre nuestros brillantes antepasados? Has traducido con éxito obras de Plotino, Dionisio, Proclo y hasta del mismísimo Hermes Trismegisto, y has vertido al latín los secretos de los antiguos faraones. ¿Cómo va a hacer agua todo ese bagaje? ¡Eres el pensador más notable de Florencia, viejo amigo!"

»El hombre del sayal negro se sonrojó.

»"Tus palabras son muy amables, amigo Leonardo. Sin embargo, nuestra lucha por recuperar el saber que la Humanidad perdió en los míticos tiempos de la Edad de Oro está en su momento más débil. Por eso he venido a verte."

»"¿Hablas de fracaso? ¿Tú?"

»"Ya sabes cuál es mi obsesión desde que traduje las obras de Platón para el viejo Cosme, ¿verdad?"

»"Claro. ¡Tu vieja idea de la inmortalidad del alma! ¡Todo el mundo honrará tu nombre por ese hallazgo! Casi puedo verlo esculpido en letras de oro sobre grandes arcos de triunfo: 'Marsilio Ficino, héroe que nos devolvió la dignidad'. ¡Hasta el Papa te colmará de bendiciones!"

»El querubín rió:

»"Siempre tan exagerado, Leonardo."

»"¿Eso crees?"

»"En realidad el mérito es de Pitágoras, de Sócrates, de Platón y hasta de Aristóteles. No mío. Yo sólo los he traducido al latín para que todos puedan acceder a ese saber."

»"¿Y entonces, Marsilio, qué te preocupa?"

»"Me preocupa el Papa, maestro. Hay muchas razones para creer que fue él quien mandó asesinar a Lorenzo de Médicis en la catedral. Y estoy seguro de que no fueron sólo ambiciones políticas las que motivaron su intentona, sino religiosas."

»Leonardo enarcó sus gruesas cejas, sin atreverse a interrumpirlo.

»"Llevamos ya muchos meses con ese maldito *interdicto* en la ciudad. Desde el atentado contra los Médicis la situación se ha vuelto insostenible. Las iglesias tienen prohibida la celebración de sacramentos o actos de culto, y lo peor es que esta presión continuará hasta que yo me rinda…"

»"¿Tú?" —El titán dio un respingo. "¿Y qué tienes que ver tú en esto?"

»"El Papa quiere que la Academia renuncie a la posesión de una serie de textos y documentos antiguos en los que se afirman cosas contrarias a la doctrina de Roma. La conjura contra Lorenzo buscaba, entre otras cosas, apoderarse de ellos por la fuerza. En Roma están especialmente interesados en arrebatarnos los escritos apócrifos del apóstol Juan que obran, como sabes, en nuestras manos desde hace algún tiempo."

»"Entiendo…"

»Mi maestro se acarició las barbas como hacía siempre que meditaba alguna cosa.

»"¿Y qué informaciones temes perder, Marsilio?", preguntó.

»"En esos escritos, copias de copias de líneas inéditas del apóstol amado, se nos habla de lo que ocurrió con los Doce tras la muerte de Jesús. Según ellos, las riendas de la primera Iglesia, de la original, nunca estuvieron en manos de Pedro, sino de Santiago. ¿Te imaginas? ¡La legitimidad del papado saltaría por los aires!"

»"Y crees que en Roma saben de la existencia de esos papeles y pretenden hacerse con ellos a toda costa…"

»El querubín asintió con la cabeza, añadiendo algo más:

»"Los textos de Juan no se detienen ahí."

»"¿Ah no?"

»"Dicen que además de la Iglesia de Santiago, en el seno de los discípulos nació otra escisión encabezada por María Magdalena y secundada por el propio Juan."

»El maestro torció el gesto, mientras el hombre del sayal negro proseguía:

»"Según Juan, la Magdalena siempre estuvo muy cerca de Jesús. Tanto, que muchos creyeron que debía ser ella quien continuara con sus enseñanzas, y no el hatajo de discípulos cobardes que renegaron de Él en los momentos de peligro…"

»"¿Y por qué me cuentas todo esto ahora?"

»"Porque tú, Leonardo, has sido elegido como depositario de esta información."

»El querubín de mirada noble tomó aire antes de continuar:

»"Sé lo peligroso que es conservar estos textos. Podrían llevar a cualquiera a la hoguera. Sin embargo, antes de destruirlos te ruego que los estudies, que aprendas cuanto puedas sobre esa Iglesia de la Magdalena y de Juan de la que te hablo, y que en cuanto tengas una buena ocasión vayas dejando la esencia de estos nuevos Evangelios en tus obras. Así se cumplirá el viejo mandato bíblico: quien tenga ojos para ver..."

»"... que vea."

»Leonardo sonrió. No lo pensó mucho. Aquella misma tarde le prometió al querubín hacerse cargo de aquel legado. Sé incluso que volvieron a verse y que el hombre del sayal negro entregó al maestro libros y papeles que después estudió con mucha atención. Más tarde, ante el cariz de los acontecimientos, el ascenso del fraile Savonarola al poder y el derrumbe de la casa Médicis, nos trasladamos a Milán al servicio del dux y comenzamos a trabajar en las tareas más diversas. De estar consagrados a la pintura pasamos al diseño y la construcción de máquinas de asalto o de ingenios para volar. Pero aquel secreto, aquella extraña revelación que presencié en la *bottega* de Leonardo, jamás se me fue de la memoria.

»¿Queréis que os sorprenda con algo más, Elena?

»Aunque el maestro nunca volvió a hablar de ello con ninguno de sus aprendices, creo que meser Leonardo está justamente ahora cumpliendo con la promesa que le hizo a aquel Marsilio Ficino en Florencia. Os lo digo con el corazón en la mano: no hay día que visite sus trabajos en el refectorio de los dominicos que no recuerde las últimas palabras que el maestro le dijo al querubín esa lejana tarde de invierno…

»"Cuando veas en una misma pintura el rostro de Juan y el tuyo propio, amigo Marsilio, sabrás que es ahí, y no en cualquier otro lugar, donde he decidido esconder el secreto que me has confiado."

»¿Y sabéis? ¡Ya he encontrado el rostro del querubín en *La Última Cena*!

27

Al hermano bibliotecario lo enterramos en el Claustro de los Muertos poco antes de las vísperas del martes 17 de enero. No querían que su cuerpo comenzara a descomponerse en la capilla en la que fue velado y se decidió que fuera inhumado con rapidez. Dos novicios lo envolvieron en un lienzo blanco que sujetaron con correas, y lo descendieron al fondo de un nicho que no tardó en cubrirse de tierra y nieve. La suya fue una ceremonia veloz, sin protocolo, una despedida con prisas, apenas justificable por nuestra obligación de cenar antes de que oscureciera. Y mientras los frailes murmuraban sobre el arroz con legumbres que los esperaba o los pastelillos de miel que aún sobraban de la Navidad, una extraña desazón se fue apoderando de mí. ¿Por qué motivo el prior y su séquito —tesorero, cocinero, Benedetto el tuerto y el responsable del *scriptorium*— habían presidido el segundo sepelio en Santa Maria en menos de una semana como si tal cosa? ¿Por qué parecía importarles tan poco el hermano Alessandro? ¿Es que nadie iba a derramar una lágrima por él?

Sólo el padre Bandello tuvo, a la postre, un amago de humanidad para el desdichado que yacía bajo nuestros pies. En su breve sermón había insinuado que tenía pruebas para demostrar que había sido víctima del complot de algún demente que se había instalado en Milán por aquellos días. «Por eso, nadie como él merece cristiana sepultura en este lugar.» Bandello, sin embargo, nos aleccionó seriamente: «No creáis las mentiras que ya circulan por la ciudad —dijo sin levantar la vista del fardo funerario, mientras lo veía descender poco a poco—. El hermano Trivulzio, al que Dios tenga ya en su gloria, murió mártir a manos de un criminal abominable que tarde o temprano recibirá su castigo. Yo mismo haré que así sea».

Crimen o suicidio, por más que tratara de acallar mis sospechas, no resultaba fácil aceptar que dos entierros en tan corto espacio de tiempo fueran cosa normal en Santa Maria. Las últimas palabras que el maestro Leonardo me dirigió antes de perderse hacia su taller golpearon mi mente como el trueno que presagia tormenta: «En esta ciudad —dijo antes de despedirse en el callejón de Cuchilleros— nada ocurre por casualidad. Jamás lo olvidéis».

Aquella tarde no cené.

No pude.

El resto de los frailes, menos escrupulosos que este pobre siervo de Cristo, corrieron a llenarse el estómago a un salón cercano habilitado como cenador, dando cuenta de las sobras del ágape ofrecido por el dux el día del entierro de su esposa. Con el refectorio inutilizado por andamios y barnices, las costumbres de los frailes llevaban años trastocadas y ya casi veían normal que el rancho se subiera a la primera planta.

Entre tanta provisionalidad, no tardé en descubrir algo bueno: mientras duraran las obras, sabía que la habitación de *La Última Cena* sería el escondite perfecto para retirarme a meditar a la hora de la pitanza. Ningún fraile turbaría allí mis pensamientos; y nadie ajeno al convento curiosearía en un lugar en obras, frío y polvoriento como aquél.

Y hacia allí, con la mente puesta en los días compartidos con fray Alessandro y en el enigma interrumpido que nos ocupó, dirigí mis pasos para orar por el descanso de su alma.

La sala estaba vacía. Las últimas luces de la tarde apenas iluminaban la parte inferior de la obra del toscano, realzando los pies de Nuestro Señor, que aparecían cruzados el uno sobre el otro. ¿Era aquello una profecía de lo que Cristo estaba a punto de vivir en el Calvario? ¿O el maestro había dispuesto así sus pies por alguna otra oscura razón? Me persigné. La fina claridad filtrada por el columnado irregular del patio vecino confería una impresión fantasmal a la escena.

Sólo entonces, al mirar a los comensales de la Santa Cena, caí en la cuenta.

Era cierto. Judas tenía la cara del hermano Alessandro.

¿Cómo no lo había advertido antes?

El mal apóstol estaba allí sentado, a la diestra del Galileo, admirando mudo su serena belleza. De hecho, salvo la mueca de asombro de Santiago el Mayor y la animada discusión que parecían mantener Mateo, Judas Tadeo y Simón en el otro extremo de la mesa, el resto de los apóstoles sellaba sus labios con el silencio. Tenía algo de irónico pensar que en aquel preciso instante el alma de fray Alessandro podría estar contemplando *de verdad* el rostro del Padre Eterno.

Si, como Judas, el bibliotecario había decidido quitarse la vida y Bandello se engañaba presumiendo su inocencia, su destino a esas horas no sería la Gloria sino los tormentos perpetuos del Seol.

Al pasear mi mirada por el mural, un nuevo detalle captó mi atención. Judas y Nuestro Señor parecían competir por un trozo de pan, quizá una fruta, que ninguno de los dos terminaba de alcanzar. El traidor, que sostenía en su derecha la bolsa de monedas de la infamia, alargaba la mano izquierda hacia el exterior de la mesa tratando de coger algo. El Señor, ajeno a aquel gesto, extendía su diestra en la misma dirección. ¿Qué podría haber allí que interesara lo mismo a Uno que a otro? ¿Qué podría robarle Judas al Nazareno en ese instante, cuando el Hijo de Dios ya sabía que lo había traicionado y que su suerte estaba echada?

En esas cavilaciones estaba, cuando una visita inesperada interrumpió mis pensamientos:

—Apuesto diez contra uno a que no entendéis nada, ¿verdad?

Di un respingo. Una figura que no fui capaz de identificar atravesó la penumbra cubierta por una capa granate y se detuvo a pocos pasos de mí:

—¿Sois el padre Leyre, por ventura? —interrogó.

Mis pupilas se dilataron al distinguir el rostro de una mujer, dulce y redondeado, bajo un emplumado birrete violeta. Aquella doncella estaba disfrazada de varón, algo no sólo ilegal sino peligroso, y me miraba con una nada disimulada curiosidad. Tendría más o menos mi altura, y sus hechuras de hembra estaban bien disimuladas bajo sus amplios ropajes. Mientras aguardaba mi respuesta, uno de sus guantes de piel acariciaba la empuñadura reluciente de un estoque.

Creo que tartamudeé al responderle.

—No os preocupéis, padre. —Sonrió—. La espada es para protegeros. No os hará daño. He venido a por vos porque todas vuestras dudas merecen respuesta. Y para recibirla mi señor cree que debéis permanecer vivo.

Enmudecí.

—Necesito que me acompañéis a un lugar más discreto —añadió—. Un asunto urgente reclama vuestra presencia en otra parte de la ciudad.

Su invitación no sonó a amenaza, sino a petición cortés. La mujer de finos modales resplandecía bajo su capa, destilando una fuerza poco habitual. Tenía una mirada despierta, felina, y una actitud firme que no aceptaría un no por respuesta. Y aunque las tinieblas ya se enseñoreaban del lugar, la intrusa deshizo su camino, arrastrándome por el corredor que unía el refectorio con la iglesia y que habitualmente sólo transitábamos los frailes. ¿Cómo podía conocer tan bien esas estancias? Cuando desembocamos en la calle sin haber visto ni la sombra de un dominico, la travestida me conminó a apretar el paso.

Tardamos diez minutos en alcanzar la iglesia de Santo Stefano, que está cuatro o cinco manzanas más abajo; por entonces ya era casi de noche. Rodeamos el templo por su derecha y nos adentramos por una callejuela en la que era difícil reparar sin un buen guía. La fachada de ladrillo de un imponente palacio de dos plantas, flanqueada por dos antorchas recién encendidas, titilaba al fondo del estrecho corredor. Mi interlocutora, que no había vuelto a decir palabra desde que abandonamos Santa Maria, señaló el camino.

—¿Ya hemos llegado? —pregunté.

Un mayordomo con jubón de lana ceñido al talle y cubierto por un capucho salió a nuestro encuentro.

—Si vuestra paternidad lo tiene a bien —dijo ceremonioso—, os conduciré hasta mi señor. Está impaciente por recibiros.

—¿Vuestro señor?

—Así es. —Se deshizo en una exagerada reverencia.

La espadachina sonrió.

La mansión estaba decorada con piezas de extraordinario valor. Viejas columnas romanas de mármol, estatuas arrancadas a la tierra no hacía mucho tiempo, lienzos y tapices se amontonaban en descansillos y paredes de toda la casa. Aquel inmueble soberbio se ordenaba alrededor de un patio central, amplio, con un laberinto de setos en el centro, hacia el que nos dirigimos. Me extrañó aquel silencio. Y mucho más que al salir a cielo abierto las calles del laberinto estuvieran salpicadas de rostros graves que parecían esperar alguna fatalidad.

En efecto: al atravesar el patio distinguí un corrillo de sirvientes que no perdían ojo a dos individuos que se miraban con fiereza. Estaban en mangas de camisa, sostenían dos hierros desenvainados de hoja estrecha y, pese al frío, sudaban copiosamente. Mi anfitriona se destocó y contempló la escena extasiada.

—Ya ha empezado —dijo decepcionada—. Mi señor quería que vierais esto.

—¿Esto? —me alarmé—. ¿Un duelo?

Antes de que pudiera replicar, el mayor de aquellos hombres, un varón corpulento, alto, de poco pelo y ancho de espaldas, se lanzó sobre el más joven, descargando contra él toda la fuerza de su arma.

—*Domine Jesu Christe!* —gritó el agredido mientras detenía la embestida cruzando su arma sobre el pecho y abría los ojos de puro terror.

—*Rex Gloriae!* —replicó su agresor.

Aquello no era un entrenamiento. La furia del calvo crecía por momentos, mientras sus metales chocaban con dureza. Sus golpes eran rápidos, duros. Clan, clan, clan. Cada impacto sonaba cual nota de una melodía frenética y mortal.

—Mario Forzetta —volvió a susurrarme la espadachina, señalando al joven, que reculaba ahora para tomar aire— es un aprendiz de pintor, de Ferrara. Ha querido engañar a mi señor en un trato. El duelo es a primera sangre, como en España.

—¿Como en España?

—El que hiere primero al adversario, gana.

La lucha se recrudeció. Uno, dos, tres, cuatro nuevos golpes retumbaron en el patio como cañonazos. Los destellos metálicos de los filos se proyectaban contra los balcones.

—¡No es vuestra juventud la que os salvará la vida —gritó el calvo—, sino mi clemencia!

—¡Guardáosla donde mejor os quepa, Jacaranda!

El orgullo de aquel Forzetta duró poco. Tres violentos mandobles minaron su resistencia al punto, hincándolo de rodillas y obligándolo a apoyar las manos contra el suelo. Su adversario sonrió triunfal, mientras una ovación recorría el patio. El enemigo del señor de la casa había perdido el lance. Ya sólo restaba cumplir con el ritual: y así, con precisión de cirujano, la espada del vencedor rasgó el aire hasta rozar con su punta la mejilla del joven, que al instante liberó un líquido bermellón intenso.

Primera sangre.

—¿Lo veis? —rugió satisfecho—. Dios ha hecho justicia con vuestras mentiras. Nunca más osaréis engañarme con falsas antigüedades. Nunca.

Entonces, dirigiéndose hacia donde me encontraba, complacido de ver mis hábitos blancos y mi caperuza negra entre los suyos, hizo una reverencia y añadió algo más para que todos lo oyeran:

—Este rufián ya tiene su justicia… —sentenció—. Aunque creo que aún no la hay para alguien tan notable como vos, ¿verdad, padre Leyre?

Me quedé mudo. El diabólico brillo de sus ojos me hizo recelar. ¿Quién era aquel individuo que sabía mi nombre? ¿A qué injusticia se refería?

—Los predicadores son siempre bienvenidos a esta casa —dijo—. Aunque a vos os he mandado llamar porque deseo que juntos rehabilitemos el nombre de un amigo común.

—¿Lo tenemos? —balbucí.

—Lo tuvimos —precisó—. ¿O acaso no os contáis vos entre quienes creen que algo raro se esconde tras la muerte de nuestro fray Alessandro Trivulzio?

El vencedor, que pronto supe se llamaba Oliverio Jacaranda, dejó el escenario del duelo y se me acercó, golpeando suavemente mi hombro en señal de amistad. Después se perdió palacio adentro. Mi acompañante me pidió que lo esperásemos. Pude ver así al pequeño ejército de servidores de Jacaranda entrar en acción: en poco más de diez minutos habían desmantelado el podio sobre el que se había realizado el duelo, y se habían llevado a aquel Forzetta, herido y maniatado, hasta algún lugar de los bajos del palacio. Al pasar junto a mí, pude ver que el desgraciado era casi un niño. Un joven de rostro redondo y ojos de esmeralda que, durante un instante fugaz, se clavaron en los míos implorando socorro.

—Los españoles son hombres de honor. —La mujer, que se había soltado su cabellera rubia y había colgado el cinturón con su estoque, me habló con amabilidad—: Oliverio es de Valencia, como el Papa. Y además, es su proveedor favorito.

—¿Su proveedor?

—Es anticuario, padre. Una profesión nueva, muy rentable, que rescata del pasado los tesoros que dejaron enterrados quienes nos precedieron. ¡No os podéis ni imaginar lo que puede encontrarse en Roma con sólo arañar el suelo de las siete colinas!

—¿Y vos, doncella, quién sois?

—Su hija. María Jacaranda, para serviros.

—¿Y por qué quería vuestro padre que lo viera pelear con ese Forzetta? ¿Qué tiene que ver todo esto con la memoria del padre Trivulzio?

—Os lo explicará enseguida —respondió—. La culpa la tiene el negocio de los libros antiguos. No sé si sabéis que circulan por estas tierras volúmenes que valen más que el oro, y no faltan rateros como ese Forzetta que trafican con ellos o, aún peor, que pretenden hacer pasar libros modernos por antiguos, cobrando sumas desproporcionadas por ellos.

—¿Y creéis de veras que ese tema es de mi incumbencia?

—Lo será —prometió enigmática.

28

El señor, en efecto, no tardó en regresar al patio. Sus sirvientes ya habían hecho desaparecer casi todas las huellas del duelo y la mansión recobraba poco a poco su confortable y desaliñado aspecto.

El padre de María no podía ocultar su satisfacción. Se había aseado y perfumado, y regresaba cubierto con una toga de lana nueva que le llegaba hasta los pies. Saludó a su hija con un cumplido y enseguida me invitó a pasar a su estudio. Quería hablarme en privado.

—Sé que mi trabajo no gusta a los hombres de fe como vos, padre Leyre.

Su primera frase me desconcertó. Aquel sujeto hablaba una mezcla de español y dialecto milanés, que le conferían un halo ciertamente peculiar. En verdad era tan extraño como su estudio; un lugar único, atestado de instrumentos musicales, lienzos y restos de capiteles antiguos.

—¿Os admira lo que veis? —Su pregunta interrumpió mi examen del lugar—. Dejadme que os lo explique, padre: mi trabajo consiste en rescatar del olvido cosas que nuestros ante-pasados dejaron bajo tierra. A veces son monedas, otras simples huesos y a menudo efigies de dioses paganos que, según personas como vos, jamás deberían haber vuelto a la luz. Adoro esas esculturas de la Roma imperial. Son hermosas, proporcionadas... perfectas. Y caras. Muy caras. Mi negocio, a qué negarlo, va mejor que nunca.

Jacaranda escanció vino en las copas de plata y me ofreció una, antes de continuar jactancioso:

—Creo que María os habrá dicho que el Santo Padre bendice mis actividades. De hecho, hace años que se reservó el privilegio de ver mis piezas antes que nadie. Las elige desde que era cardenal y las paga generosamente.

—Lo dijo, cierto. Aunque —torcí el gesto—, dudo que me hayáis mandado llamar para ponerme al corriente de vuestros asuntos. ¿O me equivoco?

El señor del palacio dejó escapar una risita cínica.

—Sé muy bien quién sois, padre Leyre. Hace unos días os acreditasteis como inquisidor ante los funcionarios del dux, y pretendisteis presentarle vuestros respetos antes de los funerales por *donna* Beatrice. Venís de Roma. Os habéis alojado en el convento de Santa Maria y pasáis la mayor parte de vuestro tiempo resolviendo enigmas en latín. Como veis, apenas tenéis secretos para mí, padre.

El anticuario bebió de aquel caldo rojo y con cuerpo antes de matizar:

—Apenas...

—No os entiendo.

—Permitidme que vaya directamente al grano. Parecéis un hombre inteligente y quizá podáis ayudarme a resolver un problema que tenemos en común. Se trata de fray Alessandro Trivulzio, padre.

Al fin sacó a colación la muerte del bibliotecario.

—Mucho antes de que vos llegarais a Milán, él y yo éramos buenos amigos. Incluso podríamos decir que éramos socios. Trivulzio actuaba como intermediario entre algunas familias importantes de Milán y mi negocio. A través de él, les hacía llegar mis ofertas de anticuario sin levantar sospechas entre la curia, y fray Alessandro recibía ciertas compensaciones por ello.

Di un paso atrás.

—¿Os extraña, padre Leyre? Otros frailes en Bolonia, Ferrara o Siena me ayudan en esta clase de tareas. No matamos a nadie; sólo burlamos prohibiciones y escrúpulos absurdos que, estoy seguro, un día los recordaremos como algo risible, propio de mentes anticuadas. ¿Qué hay de malo en recuperar fragmentos de nuestro pasado y entregarlos a los ricos para su disfrute? ¿Acaso no luce un obelisco egipcio en la plaza de San Pedro de Roma?

—Os estáis metiendo en la boca del lobo, señor —repliqué muy serio—. Os recuerdo que formo parte de esa curia a la que evitáis.

—Ya, ya, pero dejadme continuar. Por desgracia, no es sólo vuestra severa curia la que pone trabas a nuestro trabajo. Como podréis suponer, vendo obras de arte y piezas antiguas a ricas señoras de la corte, aun a espaldas de sus maridos, que tampoco aprueban esta clase de tratos. Fray Alessandro fue clave en algunas de mis operaciones más importantes. Tenía la exquisita habilidad de invitarse a cualquier mansión de Milán con el pretexto de una confesión, y después era capaz de cerrar un trato en las mismas barbas de los nobles lombardos.

—¿Y qué obtenía a cambio? ¿Dinero?… Permitid que lo dude.

—Libros, padre Leyre. Recibía libros escritos a mano, o impresos, según fuera el valor de la venta. Obras copiadas con delicadeza o fabricadas con planchas modernas en Francia o Alemania. Cobraba en especie, si es que preferís llamarlo así. Toda su obsesión era reunir volúmenes y más volúmenes para la biblioteca de Santa Maria. Aunque supongo que eso ya lo sabíais.

—Lo que no acabo de entender es por qué me contáis esto. Si el hermano Alessandro era vuestro amigo, ¿por qué mancháis su memoria con vuestras confidencias?

—Nada más lejos de mi intención —rió nervioso—. Permitid que os explique algo más, padre: poco antes de morir, vuestro bibliotecario participó en un encargo muy especial. Estaba relacionado con una de mis mejores clientas, así que puse el asunto en sus manos sin dudarlo un minuto. La verdad, era la primera vez que alguien de alcurnia no me pedía la estatua de algún fauno para decorar una villa. Su pedido, por extraño, nos entusiasmó a los dos.

Miré a Jacaranda intrigado.

—Mi clienta sólo necesitaba que le despejara un pequeño enigma, casi doméstico. Como experto en antigüedades, pensó que podría identificar cierto objeto precioso del que poseía una descripción exterior bastante precisa.

—¿Una joya, tal vez?

—No. Nada de eso. Era un libro.

—¿Un libro? ¿Como los que vos utilizabais para pagar a…?

—Ése no había sido impreso jamás —me atajó—. Al parecer, se trataba de un antiguo manuscrito de una rareza y un valor excepcionales. Un ejemplar único, cuya existencia había llegado a sus oídos por fuentes bien diversas, y que mi clienta ansiaba poseer más que cualquier otro tesoro en el mundo.

—¿Y qué libro era ése?

—¡Nunca lo supe! Únicamente me proporcionó algunos detalles de su aspecto: un tomo de pastas azules, de pocas páginas, con la cubierta remachada por cuatro clavos de oro y el perfil de sus hojas iluminado con el mismo metal precioso. Una pequeña joya con aspecto de breviario, sin duda importada de Oriente.

—Y os pusisteis manos a la obra con ayuda de fray Alessandro —tercié.

—Teníamos dos valiosas pistas que seguir. La primera era la persona a la que mi clienta había oído hablar por primera vez de aquel texto: el maestro Leonardo da Vinci. Por fortuna, vuestro bibliotecario lo conocía bien, y no le sería difícil acceder a él y averiguar si el pintor lo tenía o no en su poder.

—¿Y la segunda?

—Me entregó un dibujo exacto del libro que debía recuperar.

—¿Vuestra clienta tenía un dibujo del libro?

—Así es. Figuraba en un juego de naipes muy querido por ella. En una de sus cartas, la que mostraba el retrato de una gran mujer, aparecía representada esa obra. No era gran cosa, cierto, pero muchas veces había iniciado negocios con bastante menos información. En el naipe se identificaba a una religiosa que sostenía ese libro en sus manos. Un libro cerrado, sin título en la cubierta ni ningún otro signo identificativo.

«¿Un libro en un juego de naipes?», me alarmé. «¿No había sido fray Bandello quien me había hablado antes de algo parecido?»

—¿Puedo preguntaros quién era vuestra clienta? —le interrogué.

—Claro. Por eso precisamente os he convocado a esta reunión: la princesa Beatrice d'Este.

Mis ojos se abrieron de par en par.

—¿Beatrice d'Este? ¿La esposa del Moro? ¿Queréis decir que fray Alessandro y *donna* Beatrice se conocían?

—Y mucho. Y ahora, ya lo veis, ambos están muertos.

—¿Qué insinuáis?

Jacaranda buscó asiento detrás de su escritorio, satisfecho de haber captado toda mi atención:

—Veo que comenzáis a entender mi preocupación, padre Leyre. Decidme, ¿hasta qué punto habéis conocido a meser Leonardo?

—Sólo he hablado con él una vez. Esta mañana.

—Debéis saber que se trata de una persona extraña, la más extravagante y oscura que haya venido jamás a estas tierras. Emplea cada minuto del día en trabajar, leer, dibujar y pensar sobre los asuntos más absurdos que uno pueda imaginar. Lo mismo inventa recetas de cocina con las que divierte al dux, que modela en mazapán máquinas de guerra de aspecto extravagante para sus banquetes. También es un hombre desconfiado. Tiene un gran celo por sus cosas, sus propiedades. Nunca deja que nadie curiosee en sus notas y mucho menos que husmee en su biblioteca, que no es difícil de imaginar grande y valiosa. ¡Incluso escribe de derecha a izquierda, como los judíos!

—¿De veras?

—No os mentiría sobre algo así. Si quisierais leer alguno de sus cuadernos deberíais recurrir a un espejo. Sólo reflejando en él sus páginas lograríais comprender lo que ha escrito en ellas. ¿No es un ardid endiablado? ¿Quién conocéis vos capaz de escribir invertido, como si tal cosa? Ese hombre, creedme, esconde secretos terribles.

—Sigo sin comprender por qué me contáis esto —insistí.

—Porque... —hizo una pausa teatral—, estoy seguro de que han acabado con nuestro común amigo el padre Alessandro por orden de Leonardo da Vinci. Y creo que la culpa de todo la tiene la posesión de ese maldito libro, el mismo que ambicionó la princesa y que también ha terminado por costarle la vida.

Debí de palidecer.

223

—¡Ésa es una acusación muy grave!

—Comprobadla —me instó—. Vos sois el único que podéis. Vivís en Santa Maria delle Grazie, pero no estáis vendido al dux como los demás. El prior desea que el monasterio se termine con los dineros del Moro, y dudo que se atreva a arremeter contra su artista favorito y que peligren sus subvenciones. Os invito a resolver este enigma conmigo: conseguid ese libro y no sólo arrojaréis luz sobre las muertes de la princesa y de fray Alessandro, sino que os haréis con pruebas para acusar a Leonardo de asesinato.

—No me gustan vuestros métodos, señor Jacaranda.

—¿Mis métodos? —rió—. ¿Os habéis fijado en el hombre que he derrotado en duelo?

—¿Forzetta?

—Ese mismo. Pues os diré algo más de mis métodos: trabajaba para mí. Le ordené que se hiciera con el «libro azul» de la *bottega* de Leonardo. Forzetta había sido un viejo discípulo del toscano y conocía bien los lugares en los que podría estar escondido.

—¿Le ordenasteis robar a Leonardo da Vinci?

—Quería resolver este asunto, padre. Pero reconozco mi fracaso. Ese inútil tomó de su estudio una obra distinta: la *Divini Platonis Opera Omnia*. Un libro impreso hace unos años en Venecia, de escasísimo valor. Y pretendió estafarme con él, vendiéndomelo como si fuera el incunable que buscaba.

—*Divini Platonis…* —murmuré—. Conozco esa obra.

—¿De veras?

M. V.

Bartolomé

Santiago el Menor

Andrés

Judas Iscariote

Pedro

Juan

Jesús

Tomás

Santiago el Mayor

Felipe

Mateo

Judas Tadeo

Simón

Asentí:

—Es la famosa traducción de las obras completas de Platón que hizo Marsilio Ficino para Cosme el Viejo de Florencia.

—Pues el muy bribón asegura que Leonardo la tenía en gran aprecio. Que llevaba días usándola para dar forma a uno de los apóstoles del *Cenacolo*. ¡Y a mí qué diablos me importa eso! He perdido a un amigo por culpa suya y quiero saber por qué. ¿Me ayudaréis?

29

Porta Romana era el barrio elegante de la ciudad. Transitado día y noche por los carruajes más espléndidos de la Lombardía, presumía de ser el único acceso monumental a Milán. Sus pórticos estaban siempre atestados de gentes de buena presencia y las damas gustaban de pasar bajo ellos para tomarle el pulso diario a la ciudad. Nuncios papales, legaciones extranjeras o caballeros, todos procuraban dejarse ver por allí, aspirando a sentirse admirados. Su situación junto al principal canal de la ciudad hacía de Porta Romana una galería de vanidades sin igual.

Justo en la mitad de la calle se alzaba el Palazzo Vecchio. Era un edificio público querido por los milaneses, foro habitual de fraternidades, gremios e incluso de jueces. Tenía tres plantas, seis amplios salones y un laberinto de despachos que cambiaban de dueño con facilidad.

Pues bien, la noche que pasé en casa de Oliverio Jacaranda, todas sus estancias hervían de expectación. Más de trescientas personas hacían cola en la calle para admirar la última obra del maestro Leonardo; muchos de los prohombres de la ciudad se habían citado con tan oportuno pretexto para comentar los últimos acontecimientos de la corte. No había ciudadano o ciudadana que no quisiera invitación para aquel acto.

El toscano organizó su muestra a toda prisa, tal vez a instancias del propio dux, que a sólo cuarenta y ocho horas del entierro de su esposa ya pensaba en reactivar la vida pública milanesa.

El maestro Luini acudió acompañado por una radiante Elena Crivelli. Había insistido tanto que el joven maestro accedió a llevarla consigo. Todavía se sonrojaba al pensar en lo que había ocurrido entre ambos hacía sólo un par de días, y su interior seguía agitado como mar en tormenta. Para ponérselo más difícil, la hija de *donna* Lucrezia había elegido un impresionante atuendo para la ocasión: un vestido azul guarnecido de pieles, tocado con un corpiño de escote cuadrado, bordado con hilo de oro. El pelo recogido en una redecilla de pedrería y el tono carmín de sus labios la elevaban a la categoría de diosa. Luini se esforzaba por mantener las distancias; por no rozarla siquiera.

—¡Maestro Bernardino! —El vozarrón de Leonardo los detuvo al poco de subir a la segunda planta del Palazzo Vecchio—. Qué alegría veros. ¡Y tan bien acompañado! Decidme, ¿a quién traéis con vos?

Luini inclinó ceremonioso la cabeza, sorprendido por la descarada curiosidad del maestro:

—Es Elena Crivelli, meser —respondió sin dilación—. Una joven que os admira y que ha insistido en acompañarme a vuestra presentación.

—¿Crivelli? ¡Vaya sorpresa! ¿Sois acaso familia del pintor Carlo Crivelli?

—Soy su sobrina, señor.

Los ojos claros de Elena removieron ciertos recuerdos del toscano. Leonardo parecía embriagado.

—Sois, por tanto, hija de…

—De Lucrezia Crivelli, a la que bien conocéis.

—¡*Donna* Lucrezia! ¡Claro! —dijo mirando otra vez a Luini—. Y habéis venido con el maestro Bernardino, al que sin duda habéis conocido durante vuestras sesiones de posado. ¡Vos sois su nueva Magdalena!

—Así es.

—¡Magnífico! Habéis llegado en un momento más que oportuno.

Leonardo examinó de nuevo a la joven, en busca de los rasgos que tanto lo habían impresionado en su progenitora. Un rápido vistazo le bastó para identificar una misma arquitectura de frente, idéntica nariz, incluso pómulos y barbilla gemelos. El prodigio geométrico del rostro de *donna* Lucrezia había logrado una noble continuación en el de su hija.

—Si disponéis de tiempo, me gustaría que me acompañarais a la estancia que he preparado para mostrar mi retrato. Pronto estará llena de invitados, y ya no tendremos ocasión de admirarlo en privado.

El maestro les señaló una habitación pequeña, contigua al gigantesco distribuidor de la escalera. El habitáculo había sido habilitado con mimo. Cada una de sus paredes estaba cubierta con enormes telas negras que dejaban sólo visible una pequeña tabla de nogal, de 63 × 45 centímetros, enmarcada por una cenefa de madera clara de pino, lisa.

—¿Sabéis? —prosiguió Leonardo—. Pensé que ésta era la mejor ocasión para mostrarla. La muerte de *donna* Beatrice nos ha ensombrecido tanto que necesitamos toda la belleza posible para recuperar el ánimo. El maestro Luini quizá os lo haya dicho ya: necesito alegría a mi alrededor. Vida. Y como siempre que he sacado de mi taller alguna tabla, ha tenido tanta aceptación…

—Habéis pensado que mostrar una nueva obra vuestra podría devolver la gente a las calles —aplaudió Bernardino.

—Exacto. Y aun a pesar del frío, parece que lo conseguiré. ¿Y bien? —El toscano cambió de tercio, señalando ahora su composición—. ¿Qué os parece?

Los tres clavaron sus miradas en la pared señalada. El óleo era sensacional. Una mujer joven, ataviada con un vestido rojo al que Leonardo había conseguido exprimirle no sólo los tonos del terciopelo, sino incluso las puntadas del brocado del cuello, les miraba serena desde su misma altura. Tenía el cabello recogido en una larga cola y una fina diadema abrazaba sus sienes con ternura infinita. Era un retrato increíble. Otra obra cumbre del maestro. Si en vez de un marco lo rodeara una ventana, nadie podría decir que aquella dama no estaba realmente ahí, observándolos.*

---

* Se trata de la tabla conocida por los críticos como *La belle Ferronière,* actualmente en el Louvre.

Elena y Bernardino se miraron perplejos, sin saber qué decir.

—Creíamos… —balbució Luini—. Creíamos que ibais a mostrar un retrato de *donna* Beatrice, maestro.

—¿Y por qué habría de hacerlo? —Sonrió—. La princesa d'Este nunca encontró el momento de posar para mí.

Los ojos de Elena se humedecieron de emoción.

—Pero ella es… es…

—Es vuestra madre, *donna* Lucrezia. Sí —dijo el toscano, arrugando su enorme nariz—. Sin duda, una de las mujeres más hermosas que he conocido. Y belleza, armonía, es justo lo que precisamos en estos momentos de duelo, ¿no os parece?

La joven Elena no podía apartar la mirada del retrato.

—Jamás habría mostrado en público este trabajo si no hubiera sido necesario. Debéis creerme.

—¿Es…? —dudó—. ¿Es acaso por vuestra teoría de la luz? Bernardino me ha explicado lo importante que es para vos.

—¿De veras?

Un brillo de malicia destelló en los ojos del toscano.

—Para vos, la luz es la esencia de lo divino. Su presencia o su ausencia en un cuadro lo revelan todo sobre el propósito final del artista. ¿No es cierto?

—Vaya… Me sorprendéis, Elena. Y decidme: ¿qué clase de propósito oculto adivináis en este retrato?

La condesita examinó el lienzo una vez más. Al rostro refulgente de su madre sólo le faltaba empezar a hablar.

—Es como una señal, maestro.

—¿Una señal?

—Oh, sí. Estáis enviando señales en medio de la oscuridad. Como lo haría un faro en la noche. Enviáis señales a los hombres con fe. A los que prefieren la luz a las sombras.

El maestro quedó confundido.

De repente, su sorpresa se había tornado en preocupación. Y Elena lo notó. Vio al maestro cerciorarse de que nadie más escuchaba su conversación y solicitó a la condesita que les concediera a Bernardino y a él un minuto para conversar a solas. La dama, solícita, se alejó hasta uno de los ventanales con vistas a Porta Romana.

—Pero ¿se puede saber qué habéis hecho, maestro Luini?

El susurro de Leonardo se clavó como una daga en los oídos de su discípulo.

—Maestro, yo…

—¡Le habéis hablado de la luz! ¡A una niña!

—Pero…

—Nada de peros. ¿Sabe también que la luz es uno de los atributos de su familia? ¿Qué más le habéis revelado, insensato?

Luini estaba paralizado de terror. De repente comprendía la terrible equivocación que suponía el que Elena le hubiera acompañado a aquel acto. Sofocado, agachó la cabeza sin saber qué decir.

—Ya veo —prosiguió Leonardo—. Ahora lo comprendo todo.

—¿Qué comprendéis, maestro?

Un nudo le aprisionó la garganta, como si fuera a estrangularlo.

—Habéis yacido con ella. ¿No es cierto?

—¿Yacido?

—¡Contestadme!

—Yo… Lo siento, maestro.

—¿Lo sentís? ¿No os dais cuenta de lo que habéis hecho?

Leonardo trató de sofocar sus palabras para no llamar la atención de la condesita.

—¡Os habéis acostado con una Magdalena! ¡Vos! ¡Un fiel a la causa de Juan!

El maestro tragó saliva. Necesitaba tiempo para pensar. Su mente trataba de encajar aquella situación de igual modo que buscaba que las piezas de sus máquinas se ajustaran unas con otras. ¿Qué otra cosa podía hacer? El gigante terminaría encajándolo como una señal más de la Providencia. Otra indicación de que los tiempos estaban cambiando a gran velocidad, y de que pronto su secreto se le escaparía de las manos.

¿Cómo había podido ser tan ingenuo? ¿Cómo no había previsto la eventualidad de que el joven discípulo encargado de vigilar de cerca a la hija de *donna* Lucrezia pudiera acabar en sus brazos? Leonardo, que repudiaba el amor carnal, debía darse prisa. Creo que fue ese día cuando el maestro decidió la conveniencia de iniciar a Elena en los misterios de su apostolado, antes de que otros amantes la desviaran de su camino.

Sí. Fue entonces cuando reclamó a la condesita a su lado e

hizo algo que nadie le había visto hacer antes: le habló de sus preocupaciones.

—Disculpad este paréntesis —se excusó—. Quiero deciros que vuestra visita no puede ser más oportuna. Necesitaba hablar con alguien de confianza. Creo que me espían. Que vigilan mis movimientos y los de mis ayudantes.

—¿A vos, maestro? —Luini se estremeció.

—Veréis —prosiguió—. Llevo años sospechándolo. Vos sabéis, Bernardino, que siempre he recelado de la gente. Hace años que cifro toda mi correspondencia, anoto mis ideas de manera que muy pocos puedan leerlas y desconfío de aquellos que se me aproximan sólo para husmear en mis cosas. Sin embargo, el domingo, el día que enterramos a la princesa, esos viejos temores se confirmaron de un modo dramático. Esa jornada, cerca de aquí, murieron dos hombres de Dios en extrañísimas circunstancias.

Bernardino y Elena sacudieron la cabeza incrédulos. No habían tenido noticias de ello.

—Uno apareció ahorcado en la plaza de la Mercadería. Llevaba encima un naipe que vos, maestro Luini, conocéis tan bien como yo. Pertenece a una baraja diseñada para los Visconti a mediados de la centuria, y que muestra a una hermana de san Francisco, con la cruz del Bautista en una mano y el Libro de Juan en la otra.

—¡La Magdalena…!

—Es una de sus muchas representaciones, en efecto —prosiguió—. Los nudos en la cuerda que rodea su vientre hin-

chado lo evidencian. Pero son pocos, poquísimos, los que conocen el código.

—Continuad, por favor —le instó Bernardino.

—Como podréis imaginar, meser Luini, interpreté el hallazgo del naipe como una señal. Un aviso de que alguien trataba de cercarme. Intenté convencer a los soldados del dux de
que el fraile se había suicidado. Quería ganar tiempo para hacer mis averiguaciones, pero la segunda muerte confirmó mis
temores.

—¿Qué temores? —Elena no pestañeó.

—Veréis, Elena, el otro también era un viejo amigo mío.

La condesita dio un respingo.

—¿Los... conocíais?

—Así es. A los dos. Giulio, la segunda víctima, murió de-
sangrado delante de la *Maestà*. Alguien le atravesó el corazón
con una espada. No le robó dinero, ni ninguna pertenencia,
salvo...

—¿Salvo?

—... salvo el naipe de la franciscana que después encon-
trarían junto al fraile. Tengo la desagradable impresión de que
el asesino quería que yo estuviera al corriente de sus crímenes.
A fin de cuentas, la *Maestà* es obra mía y el fraile ahorcado pertenecía al convento de Santa Maria.

Aun temiendo importunar, Elena tomó de nuevo la palabra.

—Maestro, ¿y está eso relacionado con vuestro deseo de
mostrar ahora el retrato de mi madre? ¿Tiene algo que ver con
estas horribles noticias?

—Enseguida lo comprenderéis, Elena —respondió el maestro—. Vuestra madre no sólo posó para mí con ocasión de este retrato. Cuando era más joven, sirvió de modelo para la Virgen de la *Maestà*. Volví a recurrir a ella cuando la pinté de nuevo hace sólo unos meses. Cuando entregué ese encargo, hace diez días, los franciscanos lo sustituyeron por la vieja versión. Todo fue tan rápido, que no tuve tiempo de advertir a los Hermanos de su sustitución.

«¿Los Hermanos?» Esta vez Elena no lo interrumpió.

—Veo que el maestro Luini no os lo ha contado todo aún —susurró Leonardo—. Esa tabla es como un evangelio para ellos. Era su alivio espiritual, sobre todo después de que la Inquisición los desposeyera de sus libros sagrados. Venían a venerarla por decenas. Sin embargo, cuando los franciscanos se dieron cuenta y empezaron a litigar contra mí, me vi forzado a presentarles una nueva versión, desprovista de los símbolos que la hacían tan especial. He tardado diez años en cumplir con su encargo, pero ya no pude retrasarlo más. Por desgracia, no avisé a los Hermanos para que dejaran de ir a San Francesco a buscar su iluminación, y el último de ellos, mi querido Giulio, pagó con su vida el error. Alguien lo estaba esperando.

—¿Tenéis idea de quién pudo ser?

—No, Bernardino. Pero su móvil fue el de siempre; el mismo que llevó a santo Domingo a fundar la Inquisición: acabar con los últimos cristianos puros. Pretenden sofocar por la fuerza lo que no consiguieron sofocar en Montségur aplastando a los cátaros.

—Entonces, meser, ¿adónde irán ahora los Hermanos a saciar su fe?

—Al *Cenacolo*, naturalmente. Pero eso será cuando esté acabado. ¿Por qué creéis que lo pinto sobre muro y no sobre tabla? ¿Acaso pensáis que es por el tamaño? Nada de eso. —Levantó su índice en señal de negación—. Es para que nadie pueda arrancarlo ni obligarme a rehacerlo. Sólo así los Hermanos encontrarán un lugar para su consuelo definitivo. A nadie se le ocurrirá buscarlos bajo las mismas barbas de los inquisidores.

—Es ingenioso, maestro… pero muy arriesgado.

Leonardo sonrió de nuevo:

—Entre los cristianos de Roma y nosotros hay una gran diferencia, Bernardino. Ellos necesitan sacramentos tangibles para sentirse bendecidos por Dios. Ingieren pan, se ungen con aceites o se sumergen en aguas benditas. Sin embargo, nuestros sacramentos son invisibles. Su fuerza radica en su abstracción. Quien llega a percibirlos dentro de sí, nota un golpe en el pecho y una alegría que lo inunda todo. Uno sabe que está salvado cuando siente esa corriente. Mi Última Cena les dispensará semejante privilegio. ¿Por qué creéis que Cristo no ostenta allí la hostia de los romanos? Porque su sacramento es otro…

—Maestro —Luini lo interrumpió—. Habláis ante Elena como si ella ya supiera de vuestra fe. Y lo cierto es que aún no conoce el alcance de cuanto decís.

—¿Y bien?

—Espero que me concedáis una gracia: que me deis permiso para llevarla al *Cenacolo* e iniciarla allí en vuestro idioma. En vuestros símbolos. Tal vez así… —Bernardino dudó, como si midiera sus palabras—, tal vez podamos ambos purificarnos y merecer un nuevo lugar junto a vos. Ella así lo desea.

El toscano no pareció muy sorprendido.

—¿Es eso cierto, Elena?

La joven asintió.

—Pues debéis saber que el único modo de conocer mi obra es participar de ella. Y vos lo sabéis mejor que nadie, Bernardino —refunfuñó—. Yo soy el único Omega hacia el que deberéis, en adelante, dirigiros.

—Si vuestra intención es guiarla hacia vos, maestro, entonces, ¿por qué no la tomáis como modelo? Su madre os sirvió para vuestro evangelio de la *Maestà*. ¿Por qué no habría de serviros su hija para el mural que ultimáis?

Leonardo titubeó.

—¿Para el *Cenacolo*?

—¿Y por qué no? —respondió Luini—. ¿Acaso no precisáis de un modelo para el apóstol amado? ¿Creéis que vais a hallar un rostro más angelical que éste para terminar a Juan?

Elena bajó la mirada, complacida. Aquel santón de hábitos blancos acarició pensativo sus barbas espesas, mientras escrutaba de nuevo a la joven Crivelli. Después soltó una carcajada que retumbó por toda la habitación.

—Sí —tronó—. ¿Y por qué no? A fin de cuentas, no imagino a nadie mejor que ella para ese destino.

30

—¿Oliverio Jacaranda?

Una mueca de desprecio se dibujó en el rostro del prior nada más pronunciar aquel nombre. Fray Vicenzo me hizo llamar en cuanto supo que había regresado al convento. Al parecer, la comunidad llevaba horas en alerta por culpa de mi inesperada ausencia. Algunos padres, armados con palos y antorchas, habían salido en mi busca al poco de caer la noche. Por eso, cuando María Jacaranda me devolvió a las puertas del convento, ileso aunque con la mente algo turbada, el prior se apresuró a reclamarme a su vera.

—¿Y decís, hermano Leyre, que habéis pasado la velada en compañía de Oliverio Jacaranda, en su casa?

Su tono era de franca preocupación.

—Veo que lo conocéis, prior.

—Desde luego que sí —replicó—. Todo Milán sabe quién es esa sabandija. Comercia con objetos litúrgicos, lo mismo compra y vende retratos de santos que de Venus desnudas, y maneja más dinero y recursos que muchos nobles de la casa del dux. Lo que no entiendo —añadió entrecerrando los ojos con gesto astuto— es qué podría querer de vos.

—Deseaba hablarme de fray Alessandro, prior.

—¿Del padre Trivulzio?

Asentí. Bandello parecía desconcertado.

—Al parecer, ambos mantenían una especie de relación comercial. Estaban, digámoslo así, asociados.

—¡Eso es una estupidez! ¿Qué podría interesarle al padre Trivulzio, que en gloria esté, de un hombre inmoral y depravado como ése?

—Si lo que el señor Jacaranda me dijo es cierto, fray Alessandro llevaba una doble vida. De cara a vos era un hombre temeroso de Dios, amante de las letras y el estudio; pero lejos de vuestra mirada protectora se había convertido en un traficante de antigüedades.

La mente de Bandello hervía como una olla de sopa.

—Me cuesta creeros —masculló—. Aunque, bien mirado, tal vez eso explique ciertas cosas…

—¿Ciertas cosas? ¿A qué os referís, prior?

—He hablado con la policía del Moro sobre las circunstancias que rodearon la muerte de fray Alessandro. Hay un punto oscuro en ella que ninguno hemos sabido interpretar. Una contradicción suprema, que nos tiene desconcertados.

—Explicaos, os lo ruego.

—Veréis, la policía no encontró signos de violencia ni de resistencia en el cuerpo del padre Trivulzio. Sin embargo, parece que no se ahorcó solo. Alguien más estuvo con él en ese preciso momento. Alguien que dejó una extraña tarjeta de visita prendida en uno de los pies descalzos del bibliotecario.

El prior se hurgó en los bolsillos, tendiéndome un trozo de pergamino lleno de garabatos y líneas de aspecto incomprensible. Habían sido trazados sobre una especie de cartón apaisado, de bordes finos, muy deteriorado por el uso.

—Mirad —dijo tendiéndome aquello.

Debí poner cara de asombro, porque el prior me observó satisfecho por haber captado toda mi atención. ¿Cómo no iba a hacerlo? Parte de aquellos trazos correspondían al acertijo que me había llevado hasta allí. En efecto: *Oculos ejus dinumera*, la extraña firma del Agorero, ocupaba el centro de la tarjeta. Sus siete versos habían sido escritos con letra temblorosa y daban la impresión de haber pasado por un intenso escrutinio, como si las anotaciones que los rodeaban fueran parte de los esfuerzos de un erudito por encontrarles sentido.

—¡Es mi enigma! —admití.

—«Cuéntale los ojos / pero no le mires a la cara. / La cifra de mi nombre / hallarás en su costado…» Sí. Lo sé. Me lo confiasteis antes de morir fray Alessandro. ¿Recordáis? Pero estas notas —dijo dibujando un círculo con el dedo alrededor del escrito— no son mías, padre Leyre.

La malicia brilló en sus ojos.

—Y eso no es todo. Mirad.

El padre Bandello volvió la tarjeta. La inconfundible estampa de una franciscana sosteniendo en la mano derecha una cruz y en la izquierda un libro me paralizó.

—¡Santo Cristo! —exclamé—. El naipe... ¡Vuestro naipe!

—No. El naipe de Leonardo —me corrigió—. Nadie sabe quién colocó este naipe en el cuerpo de fray Alessandro después de muerto, pero es obvio que significa algo. Os recuerdo que el toscano nos desafió con ese mismo dibujo. Y ahora éste aparece junto a vuestro enigma, en los pies del bibliotecario. ¿Qué pensáis de esto?

Respiré hondo.

—Hay algo que no os he contado aún, prior.

Bandello arrugó la frente.

—No sé cómo interpretarlo a la luz de vuestras revelaciones, pero el señor Jacaranda y yo hemos estado hablando *precisamente* de ese naipe. O, para ser más exacto, del libro que sostiene esa mujer.

—¿El libro?

—No es un libro cualquiera, prior. Jacaranda quiso hacerse con él para satisfacer un importante encargo, y confió ese trabajo a fray Alessandro. Según parece, quien posee tan importante volumen es el maestro Leonardo, así que pensó que a nuestro bibliotecario le sería más fácil que a ningún otro llegar hasta él y hacerle una oferta. Una simple operación comercial que se ha cobrado ya la vida de dos personas.

—¿Dos personas, decís?

—Aún no os lo he dicho, prior, pero la clienta que deseaba hacerse con ese libro era Beatrice d'Este, que en paz descanse.

—Dios del cielo.

El prior me invitó a proseguir:

241

—Jacaranda no sabe por qué razón la duquesa contrató sus servicios para hacerse con el libro y no se lo requirió directamente al maestro Leonardo. Pero está convencido de que, de un modo u otro, Leonardo está implicado en estas muertes.

—¿Y vos qué pensáis, padre Leyre?

—Me resisto a creerlo. Leonardo es un artista, no un soldado.

Fray Vicenzo bajó la vista, preocupado.

—También yo soy de esa misma opinión, pero por lo que veo las muertes se acumulan de forma insólita alrededor del maestro.

—¿Qué queréis decir?

—Ayer mismo ocurrió algo extraño no muy lejos de aquí. La iglesia de San Francesco fue profanada con el asesinato de un peregrino.

—¿Un crimen? —La noticia me sobrecogió—. ¿En suelo sagrado?

—Así es. Al desdichado le atravesaron el corazón justo delante del altar mayor, debajo del nuevo retablo de Leonardo. Debió de ocurrir unas horas antes de la muerte de fray Alessandro. ¿Y queréis saber algo más?

El prior tomó aire antes de proseguir:

—La policía encontró entre sus enseres la baraja a la que pertenece este naipe. El que mató a ese hombre le robó esa carta, anotó vuestro enigma en su reverso y después la depositó junto al cuerpo de nuestro bibliotecario. Debéis ayudarme a encontrarlo. O mucho me equivoco, o nuestro asesino, sea quien sea, también va en busca de ese maldito libro de Leonardo.

31

—Necesito que me entreguéis a vuestro prisionero.

María Jacaranda me miró estupefacta. Ya no vestía las ropas de varón de la noche anterior, sino un vestido poco entallado, de mangas blanquiazules y corpiño a rayas. Llevaba recogida su melena rubia en una simpática redecilla, y su aspecto era radiante.

Era evidente que la joven Jacaranda no esperaba volver a verme tan pronto, y mucho menos que regresara a su palacio por un motivo tan… peculiar. Lo que ignoraba era que, en el fondo, a este inquisidor no le quedaba otra elección. Mario Forzetta, el espadachín al que su padre había derrotado en duelo era, que supiera, la última persona que había tratado de hacerse con el «libro azul» del naipe de Leonardo. Y la única que aún seguía con vida. ¿Cómo no iba a querer hablar con él?

—No creo que a mi padre le complazca mucho esa idea, la verdad —dijo nada más escuchar mis torpes explicaciones.

—En eso os equivocáis, María. Estabais presente cuando

don Oliverio me pidió que le ayudara a hacerse con el libro de Leonardo. Y eso es precisamente a lo que he venido.

—¿Y qué pensáis hacer con Mario?

—Primero, ponerlo bajo mi custodia, que es la del Santo Oficio. Y después, llevármelo para interrogarlo.

La mención a la Santa Inquisición fue la que minó las escasas reticencias de la joven. La bella María, impresionada por mi seriedad, cambió sus recelos por parabienes y accedió a acompañarme hasta los sótanos de palacio con tal de evitar un conflicto con los dominicos en ausencia de su padre. Me explicó que éste había partido de viaje justo después de nuestra entrevista, y que era previsible que no regresara a Milán hasta al cabo de una semana. Mientras estuviera fuera, ella era la responsable de velar por el buen funcionamiento de la casa y custodiar todas sus posesiones; entre ellas, naturalmente, al joven Forzetta.

—¿Es violento? —pregunté.

—Oh, no. Nada de eso. Creo que sería incapaz de matar una mosca. Pero es astuto. Tened cuidado con él.

—¿Astuto?

—Es una cualidad que aprendió con Leonardo —añadió María—. Todos sus discípulos lo son.

El muchacho había sido encarcelado en una parte del palacio que antaño había servido de cárcel. Muros gruesos y profundas escaleras daban paso a un extraño mundo subterráneo imposible de imaginar si sólo se tenía acceso a los jardines de la superficie. La benevolencia de Jacaranda había arrojado a su osado sirviente a una de las prisiones *murus strictus*, esto es, a una celda de las dimensiones justas para que pudiera acostarse, ponerse en pie y dar un par de pasos de una pared a otra. Sin ventanas, ni otra visión que la más impenetrable oscuridad, Mario Forzetta podía sentirse afortunado. A pocos metros de allí María me mostró las celdas *murus strictissimus*, donde no hubiera podido ni levantarse ni tumbarse a lo largo, y de la que todos salían locos o muertos.

Cuando me dejó frente a la puerta de su celda, una sensación de sofoco se apoderó de mí. No quería que la hija de Jacaranda me viera vacilar. Detestaba visitar prisiones; los lugares cerrados me ponían enfermo. De hecho, el único trabajo de inquisidor que jamás rechazaba era el administrativo. Prefería la abrumadora carga de los legajos a aquel olor a humedad y al golpeteo de las goteras sobre la piedra. Fue ese ambiente el que cortó mi respiración. Cuando me quedé a solas, sosteniendo entre mis manos el candil y un manojo de pesadas llaves de hierro, aún tardé un tiempo en poder articular palabra.

—¿Mario Forzetta?

Nadie respondió.

Al otro lado de aquel pestillo comido por el óxido sólo parecía esperar la muerte. Introduje una de las llaves en la cerradura, y me abrí paso hasta su interior. Forzetta, en efecto, estaba allá dentro, de pie, apoyado contra uno de los muros, y con la mirada perdida. De hecho, el pobre se tapó los ojos en cuanto notó la presencia de mi lámpara. Aún vestía la camisa llena de manchas de sangre. La herida de la mejilla había adquirido un tono cerúleo preocupante. Su melena estaba cubierta de polvo y su aspecto, pese al poco tiempo de reclusión transcurrido, era deplorable.

—Así que eres de Ferrara, como *donna* Beatrice... —dije mientras tomaba asiento en su camastro y le daba tiempo para acostumbrarse a la luz. Él asintió confundido. Nunca había oído mi voz, ni sabía exactamente quién era.

—¿Qué edad tienes, hijo?

—Diecisiete años.

«¡Diecisiete años! —pensé—. Ni siquiera es un hombre.» Mario no dejaba de mirar mis hábitos blanquinegros, y de maravillarse por tan extraña visita. Si he de ser sincero, una corriente de simpatía se estableció enseguida entre ambos. Decidí sacarle partido:

—Está bien, Mario Forzetta. Te diré a qué he venido. Tengo permiso para sacarte de aquí y ponerte en libertad, siempre que alcancemos un acuerdo —mentí—. Sólo tendrás que responderme a unas cuantas preguntas. Si respondes con la verdad te dejaré marchar.

—Yo siempre digo la verdad, padre.

El joven se despegó de la pared en la que estaba y accedió a sentarse a mi lado. Visto de cerca no parecía, en efecto, un muchacho peligroso. Algo enclenque y cargado de hombros, era evidente que estaba poco dotado para los trabajos físicos. No me extrañó que Jacaranda lo abatiera tan fácilmente.

—Sé que fuiste discípulo del maestro Leonardo, ¿verdad? —le pregunté.

—Sí. Así es.

—¿Qué pasó? ¿Por qué dejaste su taller?

—No fui digno de él. El maestro es muy exigente con los suyos.

—¿Qué quieres decir?

—Que no superé las pruebas a las que me sometió. Sólo eso.

—¿Pruebas? ¿Qué clase de pruebas?

Mario respiró hondo, mientras contemplaba sus manos atadas con grilletes. A la luz de mi lámpara descubrió que tenía las muñecas amoratadas.

—Eran pruebas de inteligencia. Al maestro no le basta con que sus discípulos sepan mezclar los colores o esbozar un perfil sobre un cartón. Exige mentes despiertas…

—¿Y las pruebas? —insistí.

—Un día me llevó a ver algunas de sus obras y me pidió que se las interpretara. Estuvimos en el *Cenacolo*, cuando casi no había empezado a pintarlo, pero también en el castillo del dux, admirando algunos de sus retratos. Supongo que debí de hacerlo mal, porque al poco me pidió que abandonara su taller.

—Entiendo. Y por eso decidiste vengarte y robarle, ¿no es así?

—¡No! Nada de eso. —Se agitó—. Yo nunca robaría al maestro. Él fue como un padre para mí. Nos llevaba a todas partes para enseñarnos a trabajar e incluso nos daba de comer. Cuando el dinero no le alcanzaba, recuerdo que nos reunía en vuestro refectorio, el de los dominicos de Santa Maria; nos sentaba como a los apóstoles, alrededor de una gran mesa, y nos contemplaba desde cierta distancia mientras manducábamos...

—Entonces, has sido testigo de la evolución del *Cenacolo*.

—Claro. Es la gran obra del maestro. Lleva años estudiando para poder completarla.

—Estudiando libros como el que le robaste, ¿verdad?

Mario volvió a protestar:

—¡No le he robado nada, padre! Fue don Oliverio quien me pidió que fuera a su *bottega* y que consiguiera de su biblioteca un libro antiguo con las cubiertas azules.

—Eso es robar.

—No, no lo es. La última vez que estuve en su taller se lo pedí al maestro. Cuando le expliqué para qué lo quería, y le dije que era para contentar a mi nuevo señor, me entregó el tomo que más tarde deposité en manos de don Oliverio. Fue como un regalo. Algo que me entregó en recuerdo de los viejos tiempos. Me dijo que ya no lo necesitaría más.

—Y tú quisiste vendérselo al señor Jacaranda.

—Fue meser Leonardo quien me enseñó que a los que viven del oro, oro hay que pedirles. Por eso le puse un precio. Nada más. Pero don Oliverio no escuchó mis súplicas. Fuera de sí, me entregó una espada y me obligó a defender la honra en un duelo. Después me encerró aquí.

Aquel muchacho me pareció sincero. Desde luego, mucho más que Jacaranda, un ser mezquino, capaz de traficar con frailes y con adolescentes con tal de hacerse con una antigüedad a la que sacar un buen puñado de ducados. ¿Y si ponía a Mario a mi servicio? ¿Y si me aprovechaba de los conocimientos de aquel antiguo alumno de Leonardo, maestro de acertijos, y lo tanteaba con mis problemas?

Decidí probar suerte:

—¿Qué sabes de un juego de cartas en el que aparece una mujer vestida de franciscana, con un libro en el regazo?

Mario me miró sorprendido.

—¿Sabes de qué te hablo? —insistí.

—Don Oliverio me enseñó esa carta antes de enviarme a por el libro del maestro.

—Continúa.

—Cuando fui a pedírselo a meser Leonardo, se la mostré y él se rió. Me dijo que encerraba un gran enigma, y que a menos que yo fuera capaz de descifrarlo por mí mismo, jamás me hablaría de él. Siempre actúa así. Nunca te desvela nada, a menos que uno lo averigüe antes.

—¿Y te dijo cómo podrías hacerlo?

—El maestro forma a todos sus discípulos en el arte de la lectura oculta de las cosas. Fue él quien nos adoctrinó en el *Ars Memoriae* de los griegos, los códigos numéricos de los judíos, las letras que dibujan figuras de los árabes, la matemática oculta de Pitágoras… Aunque, como os he dicho, fui un alumno torpe que no sacó demasiadas enseñanzas en claro.

—¿Trabajarías en un enigma para mí, si yo te lo pidiera?

Mario titubeó un segundo, antes de asentir con la cabeza.

—Es un acertijo digno de vuestro antiguo maestro —le expliqué mientras buscaba un pedazo de papel con el que poder

250

hacerme entender—. Encierra el nombre de una persona a la que busco. Mira con cuidado el texto, y estúdialo —dije tendiéndoselo—. Hazlo por mí. En gratitud por el don que hoy te concederé.

El muchacho se acercó a la lumbre de la lámpara para verlo mejor.

—«*Oculos ejus dinumera*»… Está en latín.

—Así es.

—Entonces, ¿me liberaréis?

—Después de preguntarte una última cosa, Mario. Tengo entendido que a don Oliverio le dijiste que Leonardo había utilizado el libro que os entregó para dar forma a uno de los discípulos del *Cenacolo*.

—Es cierto.

—¿Qué discípulo era ése, Mario?

—El apóstol Mateo.

—¿Y sabes por qué usó esa obra para darle forma?

—Creo que sí… Mateo fue el redactor del evangelio más popular del Nuevo Testamento, y él quería que el hombre que le había prestado el rostro para ese apóstol alcanzara al menos su misma dignidad.

—¿Y qué hombre es ése? ¿Platón?

—No. Platón, no. —Sonrió—. Es alguien vivo. Quizá hayáis oído hablar de él: tradujo la *Divini Platonis Opera Omnia* y lo llaman Marsilio Ficino. Una vez oí decir al maestro que cuando lo pintara en una de sus obras, sería la señal.

—¿Señal? ¿Qué señal?

Forzetta dudó un instante antes de responder.

—Hace mucho que no hablo con el maestro, padre. Pero si cumplís vuestra promesa y me liberáis, lo averiguaré para vos. Os lo apalabro. Igual que ese acertijo que me habéis confiado. No os fallaré.

—Debes saber que te comprometes ante un inquisidor.

—Y os reitero mi palabra. Dadme la libertad y seré fiel a ella.

¿Qué podía perder? Aquella misma tarde, antes de la hora nona, Mario y yo abandonamos el palacio de los Jacaranda, ante la mirada desconfiada de María. Afuera, en la calle, el muchacho de cabellos negros y cicatriz en el rostro besó mi mano, se acarició sus muñecas libres y echó a correr hacia el centro de la ciudad. Fue curioso: nunca me pregunté si volvería a verlo. En el fondo, me importaba poco. Ya sabía más del *Cenacolo* que muchos de los frailes que compartían su mismo techo.

32

A primera hora de la mañana del jueves 19 de enero, Matteo Bandello, el sobrino adolescente del prior, irrumpió en el refectorio de Santa Maria delle Grazie. Tenía la mirada desencajada y los ojos húmedos. Llegó jadeando, con el alma en vilo y el miedo dibujado en el rostro. Necesitaba hablar con su tío. Encontrárselo allí, frente al enigmático mural de Leonardo, lo reconfortó y estremeció a partes iguales. Si lo que le habían dicho cerca de la plaza de la Mercadería era cierto, permanecer demasiado tiempo en aquel lugar, observando los progresos de aquella obra diabólica, podría llevarlos a todos a la tumba.

Matteo se aproximó con cautela, tratando de no interrumpir la conversación que el abad mantenía con su inseparable secretario, el padre Benedetto.

—Decidme una cosa, prior —escuchó—: cuando meser Leonardo pintó los retratos de san Simón y san Judas Tadeo en el refectorio, ¿apreciasteis algo raro en su comportamiento?

—¿Raro? ¿Qué entendéis por raro, padre?

—¡Vamos, prior! ¡Sabéis exactamente qué quiero decir!

¿Visteis si consultó algún apunte o boceto para dotar a esos discípulos de sus rasgos característicos? ¿O tal vez recordáis si lo visitó alguna persona de la que pudiera recibir instrucciones para terminar esos retratos?

—Es una pregunta extraña, padre Benedetto. Ignoro adónde queréis llegar.

—Bueno… —carraspeó el tuerto—. Me pedisteis que averiguara cuanto pudiera sobre el acertijo que fray Alessandro y el padre Leyre se traían entre manos. Y, la verdad, a falta de noticias me distraje averiguando qué hicieron ambos durante los días previos a la muerte del bibliotecario.

Matteo tiritó de terror. El prior y su secretario hablaban del mismo asunto que lo había llevado hasta allí.

—¿Y bien? —insistió su tío, ajeno a su espanto.

—El padre Leyre pasaba aquí sus horas muertas, gracias a la llave que vos le disteis. Lo normal.

—¿Y fray Alessandro?

—Eso es lo extraño, prior Bandello. El sacristán lo sorprendió varias veces hablando con Marco d'Oggiono y Andrea Salaino, los discípulos predilectos de Leonardo. Se reunían en el Claustro de los Muertos, y charlaban allí durante largo tiempo. Quienes se cruzaron con ellos coinciden en haberlos oído hablar de la enorme preocupación del toscano por el retrato de san Simón.

—¿Y eso os llamó la atención? —Matteo vio a su tío gruñir encogiendo la nariz y arrugando la frente, como tantas veces hacía—. El maestro es un enfermo del detalle, del dato, de lo minúsculo… Deberíais saberlo. No conozco a ningún artista que revise tantas veces lo que hace.

—Es tal como decís, prior. Sin embargo, en aquellos días fray Alessandro atendió más que de costumbre los caprichos de Leonardo. Buscó libros y grabados para él. Trabajó fuera de sus horas de biblioteca. Incluso visitó la fortaleza del dux para garantizar el transporte de un bulto muy pesado del que nada he podido averiguar aún.

El prior se encogió de hombros:

—Quizá no sea tan raro como parece, padre. ¿No posó fray Alessandro para él? ¿No lo eligió entre otros muchos para darle rostro a Judas? Está claro que pudieron trabar amistad, y que pudo haberle pedido que le ayudara en las jornadas que precedieron a su óbito.

—¿Vos creéis que fue una casualidad? Creo que el padre Leyre os habló ya de sus sospechas, ¿no?

—El padre Leyre, el padre Leyre —rezongó—. Ese hombre nos guarda algún secreto. Puedo verlo en su cara cada vez que hablamos…

Matteo dudaba si interrumpirlos o no. Cuanto más los escuchaba divagar sobre el *Cenacolo* y sus secretos, más se impacientaba. ¡Él sabía algo importante de aquel mural!

—Pero él cree que Leonardo pudo participar en el asesinato de fray Alessandro, ¿no es cierto?

—Os equivocáis. Eso fue lo que le dijo Oliverio Jacaranda, un viejo enemigo del maestro. Que Leonardo sea un hombre extravagante, de gustos insólitos, que no lo veamos mucho por misa y que presuma de haber encerrado un misterio en este mural, no lo convierte en un asesino.

—Humm… —el tuerto vaciló—. Eso es cierto. Lo convierte en un hereje. Porque, ¿a quién sino a un hombre de su vanidad se le ocurriría pintarse en *La Última Cena*? ¡Y nada menos que como Judas Tadeo!

—Es una ambigüedad interesante. Él se pinta a sí mismo como el Judas «bueno», y a fray Alessandro lo utiliza como Judas «malo».

—Con todos los respetos, prior: ¿os habéis fijado cómo se ha dispuesto Leonardo en *La Última Cena*?

—Desde luego —respondió mientras lo ubicaba en la pared—. Está de espaldas a Nuestro Señor.

—¡Exacto! Leonardo, o el Tadeo, como gustéis, conversa con san Simón en vez de prestar atención al anuncio de la traición que Cristo acaba de hacerles. ¿Por qué? ¿Por qué es más importante san Simón que Nuestro Señor para el maestro? Y llevando la duda aún más lejos: si sabemos que cada discípulo representa a una persona significativa para el maestro, ¿quién es ese apóstol en concreto?

—No veo adónde queréis conducirme.

—Muy fácil —replicó Benedetto—. Si los personajes de *La Última Cena* no son quienes parecen, y el propio meser Leonardo muestra más su predilección por san Simón que por el Mesías, ese san Simón tiene, por fuerza, que ser alguien fundamental para él. Y eso lo sabía fray Alessandro.

—San Simón… san Simón Cananeo…

El prior se acarició las sienes como si tratara de encajar en el mural la pieza que fray Benedetto acababa de brindarle. Matteo, en silencio, se impacientaba. ¡Su mensaje era urgente!

—Ahora que insistís, hermano, recuerdo que algo extraño sucedió cuando Leonardo completó esa parte del *Cenacolo* —dijo al fin su tío, que continuaba ignorando su presencia en el refectorio.

—¿De veras?

El único ojo de Benedetto se iluminó.

—Fue bastante peculiar. Leonardo llevaba tres años entrevistándose con candidatos para encarnar a los apóstoles. Nos hizo posar a todos, ¿lo recordáis? Luego reclamó a la guardia del dux, a los jardineros, a los orfebres, a sus pajes… De todos sacaba algo de provecho: un gesto, un perfil, el contorno de una mano, un brazo. Pero cuando llegó la hora de pintar la esquina derecha, Leonardo interrumpió sus entrevistas y dejó de guiarse por modelos humanos…

El tuerto se encogió de hombros.

—Lo que trato de explicaros, padre Benedetto, es que para pintar a san Simón, meser Leonardo no utilizó a ninguno de aquellos sujetos.

—¿Lo inventó, entonces?

—No. Utilizó un busto. Una escultura que mandó traer desde el castillo del Moro.

—¡Ahí lo tenéis! ¡La caja de fray Alessandro!

—Recuerdo bien el día que trajeron aquella pieza de mármol al convento —prosiguió sin inmutarse—. Hacía un sol de justicia y el tiro de dos caballos hizo un esfuerzo memorable para subir hasta aquí el cajón que protegía la pieza. La verdad es que no sé por qué se empeñó tanto en aquella maniobra, pero cuando estaban ya descendiéndolo, llegó *donna* Beatrice.

—¿*Donna* Beatrice?

—¡Oh, sí! Estaba radiante, con uno de aquellos trajes cuajados de redecillas que tanto le gustaban, y con los mofletes arrebolados de calor. Llegó escoltada, como siempre, pero rompió el protocolo para acercarse a los operarios que manejaban su busto. ¿Y sabéis algo? Les gritó.

—¿Les gritó? ¿La princesa dio una orden directa a unos porteadores?

—Fue más que eso, hermano. Perdió su regia compostura. Los insultó. Los humilló con palabras soeces y los amenazó con ahorcarlos si le hacían algún daño a su filósofo.

—¿A su… filósofo? Pero ¿no era un busto de san Simón?

—Vos me habéis preguntado si recordaba algo raro, ¿no? Pues eso es lo más raro que recuerdo.

—Perdonad, prior. Proseguid, os lo ruego.

—Leonardo instaló aquel busto cerca de la entrada al refectorio, sobre una pila de sacos de tierra. Era un busto viejo, una antigüedad. Lo movía de tanto en tanto para estudiar cómo influían en él las distintas luces del día, y cuando se lo hubo aprendido de memoria, se apresuró a dibujar sus rasgos sobre la pared. Su técnica era prodigiosa.

—¿Y de dónde había sacado ese busto?

—Eso es lo más curioso: según supe después, *donna* Beatrice lo había mandado traer desde Florencia sólo para complacer al maestro.

Matteo ya no podía más. Necesitaba interrumpirlos, pero seguía sin atreverse.

—¿Siempre fue tan complaciente *donna* Beatrice con el maestro? —preguntó el tuerto.

—Desde luego. Leonardo era su artista favorito.

—¿Y podéis aclararme por qué ese interés de Leonardo por un san Simón de Florencia?

—También a mí me extrañó. Que fueran a Florencia para traerse un Bautista, que al fin y al cabo es el patrón de la ciudad, tendría cierto sentido. Pero un Simón…

—¡Ése no es Simón, tío! ¡No lo es!

Matteo, rojo de desesperación, sorprendió a los frailes. Sabía que no debía interrumpir las conversaciones de los mayores, pero no fue capaz de morderse la lengua por más tiempo.

—¡Matteo! —El prior estaba atónito. Su sobrino de doce años se encontraba allí plantado, balanceándose de un lado a otro, la cara manchada por las lágrimas y la mirada desencajada—. ¿Qué te ha pasado?

—Yo sé quién es ese apóstol, tío —murmuró, mientras trataba de disimular sus temblores. Después se desmayó.

33

Fray Benedetto y el prior Bandello tardaron un buen rato en reanimar a Matteo. Se despertó nervioso. Le era muy difícil articular palabra y, cuando lo hacía, su cuerpo se estremecía de frío y de miedo. Toda su obsesión era que salieran del refectorio lo antes posible. «Es una obra de Satanás», balbuceaba entre sollozos para asombro del tuerto y de su tío. Como era imposible calmarlo, accedieron a sus súplicas buscando refugio en la biblioteca. Allí, al calor de su calefacción, el niño fue volviendo en sí poco a poco.

Al principio no quiso hablar. Se agarraba al brazo del prior con todas sus fuerzas, y negaba con la cabeza cada vez que le dirigían la palabra. El niño no presentaba heridas ni hematomas visibles; aunque sucio y con su hábito manchado de barro, no parecía haber sido agredido. ¿Y entonces? Benedetto bajó a la cocina a por un poco de leche caliente y algo de mazapán de Siena que guardaban para las ocasiones especiales. Con el estómago reconfortado y el cuerpo entrado en calor, Matteo fue soltando la lengua.

Lo que les contó los dejó mudos de asombro.

Como era su costumbre, el novicio había acudido aquella jornada a la plaza de la Mercadería a comprar algunas vituallas para la despensa del convento. Los jueves era el mejor día para aprovisionarse de grano y verduras, así que tomó algunas monedas de la bolsa de fray Guglielmo y se dispuso a resolver su misión lo más veloz posible. Al pasar por delante del palacio de la Razón, el solemne inmueble de piedra y ladrillo de tres plantas que preside la Mercadería, se tropezó con un corro enorme de gente. Parecían extasiados. Escuchaban sin pestañear las arengas de un orador que había improvisado un escenario justo debajo de los soportales del palacio. Al principio, la escena no le llamó demasiado la atención. Sin embargo, cuando ya estaba a punto de dar la espalda al gentío, algo terminó por cautivarlo. Matteo conocía a aquel predicador.

—¡Aquí mismo, en estos corredores, dio la vida por Dios un verdadero creyente! —lo oyó vociferar—. ¡Un *bonhomme* que se sacrificó por su fe y por vosotros! ¡Como Cristo! ¿Y para qué? ¡Para nada! ¡Ni siquiera os inmutáis cuando lo recuerdo! ¿No advertís que cada vez nos parecemos más a los animales? ¿No veis que con vuestra actitud pasiva estáis dando la espalda a Dios?

El prior y el tuerto ahogaron su asombro. Bajo aquel porche que les estaba describiendo Matteo habían encontrado ahorcado a fray Alessandro. Entre sorbo y sorbo de leche, el novicio continuó con su relato. Cuando les desveló la identidad de aquel orador, se quedaron todavía más perplejos. Matteo titubeó. El hombre que acusaba a los paseantes de haber perdido su alma por no reconocer a los enviados del Altísimo era fray Giberto. El sacristán germano, el del pelo de calabaza, el hombre que guardaba las puertas de Santa Maria, había abandonado aquella misma mañana sus funciones para lanzarse a predicar justo donde el bibliotecario había puesto fin a sus días. ¿Por qué?

Pero lo más extraño de su descripción estaba aún por llegar:

—¡Vais a condenaros todos si no renunciáis a la Iglesia de Satanás y regresáis a la auténtica religión! —clamaba el sacristán fuera de sí—. ¡No comáis nada que proceda del coito! ¡Rechazad la carne de animales! ¡Abominad de los huevos y la leche! ¡Preservaos de los falsos sacramentos! ¡No comulguéis ni os bauticéis en falso! ¡Desobedeced a Roma y revisad vuestra fe si aún queréis salvaros!

El tuerto sacudió la cabeza. «¿Fray Giberto dijo eso?» El prior lo animó a seguir. Matteo, más sereno, les contó que cuando el sacristán lo descubrió entre la muchedumbre, bajó como una centella de su improvisado altar y lo cogió por el pescuezo, mostrándolo a todo el mundo.

—¿Lo veis bien? —dijo zarandeándole como un saco—. Es el sobrino del prior de Santa Maria delle Grazie. Si ahora que es un niño nadie lo educa en la verdadera fe, ¿qué será de él? ¡Yo os lo diré! —bufó—. ¡Se convertirá en un servidor de Satanás como su tío! ¡En un maldito renegado de Dios! ¡Y arrastrará a cientos de borregos como vosotros a la condenación eterna!

El rostro del prior se arrugó, severo.

—¿Eso dijo? ¿Estás seguro, hijo?

El novicio asintió.

—Luego me desnudó.

—¿Te desnudó?

—Y me levantó en volandas para que todo el mundo pudiera verme.

—¿Y por qué, Matteo? ¿Por qué?

Los ojos del niño se humedecieron al recordar aquella parte.

—No lo sé, tío. Yo… yo sólo le oí gritar al gentío que no creyeran que un niño es puro sólo porque no ha perdido su inocencia. Que todos venimos a este mundo para purgar nuestros pecados y que si no lo hacemos en esta existencia, regresaremos de nuevo a este valle de lágrimas de materia ruin a una vida aún peor que la primera.

—¡La reencarnación no es una doctrina cristiana! —protestó el tuerto.

—Pero sí cátara —lo atajó el prior—. Dejadlo continuar, hermano.

Matteo se enjugó los ojos y prosiguió:

—Luego… luego dijo que aunque los frailes de este convento profesan en la Iglesia de Satán, y siguen a un Papa que adora a dioses antiguos, prometió que esta casa no tardaría en convertirse en el faro que guiaría al mundo hasta su salvación.

—¿Eso dijo? —El tuerto frunció el gesto—. ¿Y explicó por qué?

—No lo atosiguéis, hermano.

El novicio se agarró otra vez a su tío.

—No es cierto, ¿verdad? —Lloriqueó—. No es cierto que somos la Iglesia de Satán.

—Claro que no, Matteo. —Bandello le acarició la cabeza—. ¿Por qué dices eso?

—Es que… es que fray Giberto se enfadó mucho cuando dije que eso no era verdad. Me abofeteó y gritó que sólo cuando os echaran del *Cenacolo* y éste se abriera a la contemplación de todo el mundo, podría volver a brillar la verdadera Iglesia.

Una sensación creciente de rabia invadió al prior.

—¡Te puso la mano encima! —concluyó indignado.

Matteo no hizo caso.

—Fray Giberto decía que cuanto más miráramos el *Cenacolo*, más nos acercaríamos a su Iglesia. Que el muro del maestro Leonardo escondía el secreto de la salvación eterna. Que por eso tanto él como fray Alessandro aceptaron que los retratara junto a Cristo.

—¿Eso dijo?

—Sí… —Ahogó un sollozo—. Allí pintados ya se habían ganado la gloria.

El niño escrutó los serios semblantes de sus dos superiores. Fue el tuerto quien lo sacó de dudas: no fue sólo el bibliotecario el que había posado para Judas. Otros frailes, como Giberto, se dejaron retratar por él haciendo las veces de apóstoles. El germano encarnó a Felipe, pero también Bartolomé, los dos Santiagos o Andrés tenían rostros cedidos por los monjes. Hasta el mismo Benedetto se prestó a dejarse retratar como Tomás. «Estoy de perfil, para que no se me vea el ojo perdido», explicó.

El tuerto acarició al impresionado Matteo.

—Eres un joven valiente —dijo—. Has hecho bien en querer sacarnos de ahí dentro. El mal puede hacernos perder la razón, como la serpiente a Eva.

Algo debía de barruntar sobre las verdaderas identidades de los apóstoles, porque sin casi venir a cuento, Benedetto interpeló a Matteo con una pregunta que sorprendió hasta al mismo prior:

—Hace un momento dijiste que sabías quién era de verdad el apóstol Simón. ¿Se lo oísteis decir al sacristán?

El novicio desvió la vista hacia los pupitres vacíos del *scriptorium* y asintió.

—Mientras me tenía allí desnudo, colgado para que me vieran todos, contó la historia de un hombre que vivió antes de Cristo y que predicó sobre la inmortalidad del alma.

—¿De veras?

—Dijo que ese hombre aprendió de los sabios más antiguos del mundo. También predicó cosas sobre el ayuno, la oración y el frío.

—¿Qué fue lo que dijo exactamente? —insistió Benedetto.

—Que esas tres cosas nos ayudan a abandonar el cuerpo, que es donde viven todos los pecados y ruindades, y a identificarnos sólo con el alma… Y también dijo que en el *Cenacolo* ese varón sigue impartiendo aún sus enseñanzas vestido de blanco inmaculado.

—Sólo uno de los trece viste así en el mural —observó Bandello—. Y ése es Simón.

—¿Y dio el nombre de sabio tan grande? —insistió el tuerto.

—Sí. Lo llamó Platón.

—¡Platón! —Benedetto dio un salto—. ¡Claro! ¡El filósofo de *donna* Beatrice! ¡El busto que mandó traerse desde Florencia era suyo…!*

El prior se rascó sus sienes, perplejo:

—¿Y por qué habría de pintarse Leonardo atendiendo a Platón en vez de a Cristo?

—¿Cómo? ¿Aún no lo veis, padre? ¡Si está clarísimo! Leonardo está indicándonos en su mural de dónde vienen sus conocimientos. Leonardo, prior, como fray Giberto y fray Alessandro, es cátaro. Vos lo dijisteis antes. Y tenéis razón. Platón, como los cátaros después, defendió que el verdadero conocimiento humano se obtiene directamente del mundo espiritual, sin mediadores; sin Iglesias, ni misas. A eso lo llamaba *gnosis*, prior, la peor de las herejías posibles.

—¿Cómo podéis estar tan seguro? Un testimonio así no bastará para acusarlo de herejía.

—¿Ah, no? ¿No veis que Leonardo siempre viste de blanco, como Simón en el *Cenacolo*? ¿No sabéis que rehúsa comer

---

* Existe en los Uffizi de Florencia un busto de Platón atribuido al escultor griego Silanión, que fue, que sepamos, el único que retrató en vida al filósofo por orden del rey Mitrídates, en 325 a.C. Es probable que el busto florentino al que se alude en estas líneas sea ése o una copia ya que, en efecto, presenta una asombrosa similitud con el apóstol Simón de *La Última Cena*.

carne y practica el celibato? ¿Acaso le habéis conocido mujer alguna vez?

—Nosotros también vestimos hábitos claros y ayunamos, padre Benedetto. Además, de Leonardo dicen que le gustan los hombres, que no es tan célibe como afirmáis —acotó fray Vicenzo ante la desconcertada mirada del joven Matteo.

—¡Dicen! ¿Y quién lo dice, prior? No son más que habladurías. Leonardo es una persona solitaria. Rehúye la idea de emparejarse como si fuera la peste. Apuesto a que es célibe como los *parfaits* del catarismo... ¡Todo encaja!

El prior no ocultó su desazón.

—Supongamos que estáis en lo cierto. En ese caso, ¿qué debemos hacer?

—Lo primero —prosiguió Benedetto—, convencer de su herejía al padre Leyre. Él es inquisidor, está aquí casi por milagro de Dios, y seguramente sabrá de catarismo más que nosotros.

—¿Y luego?

—Detener a fray Giberto e interrogarlo, por supuesto —respondió.

—Eso no va a poder ser...

Matteo susurró aquella frase temiendo importunar. Aunque ya se sentía más reconfortado, todavía no había terminado de contar lo que había visto en la Mercadería.

—¿Cómo dices?

—Que ya no podréis detenerlo.

—¿Y por qué, Matteo?

—Porque... —titubeó—, después de terminar el sermón,

el hermano Giberto prendió fuego a sus hábitos y se quemó a la vista de todos.

—¡Santo Dios! —El tuerto se tapó la boca horrorizado—. ¿Lo veis, prior? Ya no hay duda. El sacristán prefirió someterse a la *endura* antes que a nuestro juicio…

—¿La *endura*?

La duda del joven Matteo quedó sin respuesta, flotando en la enrarecida atmósfera de la biblioteca. Benedetto pidió permiso para retirarse a meditar aquello, y abandonó el recinto a toda prisa. Aquella mañana, impresionado por las revelaciones de Matteo, no tardó en venir a contarme que en Santa Maria delle Grazie habían vivido por lo menos dos *bonhommes*, que era como los antiguos cátaros se llamaban a sí mismos. Un inquisidor debía saberlo. Pero el tuerto puso el acento en un segundo descubrimiento que creyó más de mi incumbencia: por fin había logrado identificar al interlocutor del maestro Leonardo en la mesa pascual del *Cenacolo*. Ya sabía quién era realmente el hombre del manto blanco y las manos oferentes que distraía la atención de al menos dos discípulos de Cristo: Platón. Su oportuna confidencia llenó una laguna que no acertaba a comprender desde que me reuní con Oliverio Jacaranda. La presencia del filósofo en el refectorio aclaraba por qué el maestro Da Vinci custodiaba en su biblioteca las obras completas del ateniense. Unos libros que, por cierto, a esas horas debían de estar en algún rincón del palacio de Jacaranda sin que nadie les prestara la atención que merecían.

El círculo, pues, se iba cerrando.

34

Roma, tres días después

El guardia pontificio señaló al frente, tenso como una ballesta, indicando al maestro general de los dominicos el camino que debía seguir. Las medidas de seguridad le parecieron extremas incluso al padre Torriani, a quien los hombres del Papa conocían de sobra. Pero sus órdenes eran estrictas: acababa de morir de indigestión el tercer cardenal en sólo seis meses, y el Pontífice, a quien muchos incriminaban de aquellas repentinas muertes, había ordenado un simulacro de investigación que incluía el riguroso control de los accesos al palacio pontificio.

El ambiente no era bueno. Roma tenía razones suficientes para temblar cuando Alejandro VI nombraba cardenal a algún prohombre de su comunidad. Todos sabían que si el Santo Padre ambicionaba sus posesiones, todo lo que tenía que hacer era nombrarlo cardenal primero y asesinarlo discretamente después. Las leyes lo asistían: el Papa era el único y legítimo heredero de los bienes de su curia. Y con Su Eminencia el cardenal Michieli, riquísimo patriarca de Venecia cuyo cuerpo se enfriaba ya en el depósito pontificio, la ley había vuelto a ejecutarse con absoluta precisión.

Torriani se sometió a las nuevas normas de acceso a las estancias Borgia sin rechistar. Al cabo de unos minutos, justo al dejar atrás la puerta de oro de la capilla del Santo Sacramento, los distinguió claramente: estaban en la tercera sala, con los ojos clavados en el techo y un extraño gesto de triunfo dibujado en sus rostros. Allí, junto a las ventanas del ala este, a resguardo de los rigores del invierno romano, el maestre Annio de Viterbo y Su Santidad departían animadamente bajo unos frescos que parecían recién terminados. De hecho, todavía olían a barniz y resina.

El Pontífice, rasurado y con el pelo mitad castaño mitad cano, disimulaba su barriga bajo una sotana color vino que lo cubría de pies a cabeza. Por el contrario, Annio tenía el aspecto de una comadreja, nariz afilada de la que colgaba un bosque de pelillos negros e hirsutos y manos largas y huesudas, casi de espantapájaros, con las que hacía ampulosos aspavientos en dirección a las pinturas.

El verbo encendido de Nanni, que era como todos llamaban a aquel sabio, retumbaba como los truenos de una tormenta de verano:

—¡El arte es la más necesaria de vuestras armas, Santo Padre! ¡Tenedlo siempre a vuestro servicio, y dominaréis a la cristiandad! ¡Perdedlo, y fracasaréis en vuestra tarea pastoral!

Torriani vio a Alejandro VI asentir sin articular palabra,

mientras notaba cómo su estómago iba agriándosele poco a poco. Había escuchado aquel discurso muchas veces. Esa idea peregrina había invadido Roma y, con ella, la flor y nata de las artes florentinas. El Papa en persona había arrebatado un verdadero ejército de artistas a Lorenzo de Médicis, el Magnífico, sólo para satisfacer los deseos ocultos de Annio. Y eso por no hablar de los sufrimientos de Torriani ante el imparable ascenso de los privilegios de pintores y escultores, siempre en detrimento de los de frailes y cardenales. Molesto, celoso de la influencia que aquel pernicioso monje de Viterbo ejercía sobre el Santo Padre, el general de los dominicos se hizo el distraído y se dirigió al jefe de guardia para que anunciara su llegada. El máximo responsable de la Orden de Santo Domingo estaba allí tal y como Alejandro VI había solicitado.

El Papa sonrió:

—¡Celebro veros por fin, querido Gioacchino! —exclamó tendiendo su anillo al visitante, que lo besó con respeto—. Llegáis en el momento oportuno. Justo hace un momento Nanni y yo hablábamos de ese asunto que tanto os preocupa…

El dominico levantó la vista del aro pontificio.

—¿Qué… qué sabéis de ello?

—¡Oh, vamos, maestro Torriani! No es necesario que guardéis tanta discreción conmigo. Lo sé prácticamente todo: incluso que habéis enviado un espía en mi nombre a Milán para comprobar ciertos rumores que hablan de una herejía que está tomando cuerpo en la corte del Moro.

—Yo… —el anciano predicador titubeó—. Precisamente

venía para poneros al tanto de lo que nuestro hombre ha descubierto.

—Me alegro —rió—. Soy todo oídos.

Annio de Viterbo y el Santo Padre abandonaron la contemplación de los frescos para tomar asiento en dos grandes sillas de tiras de cuero que sendos camareros acababan de disponer para ellos. Torriani, nervioso, prefirió permanecer de pie. Llevaba un cartapacio bajo el brazo en el que guardaba una extensa carta que yo mismo le había escrito al descubrir una cepa cátara en el corazón de Milán.

—Desde hace meses —comenzó a explicarse Torriani, todavía impresionado por mis averiguaciones— venimos recibiendo informes que insinúan que el dux de Milán utiliza a un célebre maestro florentino, Leonardo da Vinci, para difundir ideas heréticas en una obra majestuosa que prepara sobre la Última Cena de Cristo.

—¿Leonardo, decís?

El Papa miró a Nanni, aguardando alguno de sus sabios apuntes:

—Leonardo, Santidad —repitió éste—. ¿No lo recordáis?

—Vagamente.

—Es natural —la comadreja lo disculpó—. Su nombre no figuraba en la lista de artistas que os recomendó la casa Médicis para embellecer Roma cuando vos aún erais cardenal. Por lo que sabemos de él, se trata de un varón orgulloso, irascible y, ciertamente, poco amigo de nuestra Santa Madre Iglesia. Los Médicis lo sabían y, con buen criterio, evitaron recomendároslo.

El Papa suspiró:

—Otro hombre problemático, ¿no?

—Sin duda, Santidad. Leonardo se sintió desairado por no haber sido recomendado para trabajar en Roma, así que en 1482 abandonó Florencia, dio la espalda a los Médicis, y se instaló en Milán para trabajar como inventor, cocinero, y a ser posible no como pintor.

—¿En Milán? ¿Y cómo acogieron a un hombre así? —El gesto del Papa se tornó burlesco, antes de proseguir—: Ajá. Ya entiendo... Por eso decís que el dux no me es fiel, ¿no es cierto, Nanni?

—Eso preguntádselo al maestro dominico, Santidad —respondió secamente—. Al parecer, os trae las pruebas para demostrároslo.

Torriani, aún de pie, protestó:

—Todavía no son pruebas; sólo indicios, Santidad. Leonardo, guiado y protegido por el Moro, se ha embarcado en la elaboración de una obra de proporciones colosales y tema cristiano, pero llena de irregularidades que preocupan al prior de nuestro convento de Santa Maria delle Grazie.

—¿Irregularidades?

—Sí, Santidad. Se trata de una Última Cena.

—¿Y qué tiene de rara una obra así?

—Veréis, Santidad: sabemos que sus doce apóstoles no son tales, sino retratos de personajes paganos o de dudosa fe, cuya secreta disposición parece querer transmitir una información que no es cristiana.

El Papa y Nanni se miraron. Cuando el sabio de Viterbo le requirió más detalles, el dominico echó mano de su cartapacio:

—Acabamos de recibir el primer informe de nuestro hombre en la ciudad —dijo esgrimiendo mi carta—. Es un erudito de Betania, un experto en lenguajes cifrados y códigos secretos, que en estos momentos está estudiando tanto la obra como a meser Leonardo. Ha examinado retrato por retrato de esa Última Cena y ha buscado concordancias entre ellos. Nuestro experto lo ha probado casi todo: desde comparar cada apóstol con un signo del zodiaco hasta buscar equivalencias entre la posición de sus manos y las notas musicales. Las conclusiones no tardarán en llegarnos y lo que hoy son indicios mañana tal vez sean pruebas.

Nanni se exasperó.

—Pero ¿ha descubierto algo concreto o no?

—Desde luego, padre Annio. La verdadera identidad de tres de los apóstoles ha sido totalmente desvelada. Sabemos que el rostro de Judas Iscariote, por ejemplo, se corresponde con el de cierto fray Alessandro Trivulzio, un dominico que murió poco después del día de Reyes ahorcado en el centro de Milán…

—¡Vaya! Como el auténtico Judas —susurró el Pontífice.

—Así es, Santidad. Todavía no hemos podido determinar si se suicidó o fue asesinado, pero nuestro informante cree que pertenecía a una comunidad de cátaros infiltrada en nuestro convento.

—¿Cátaros?

El Santo Padre dilató sus pupilas de asombro.

—Cátaros, Santidad. Se creen la verdadera Iglesia de Dios. Sólo aceptan el Padre Nuestro como oración y rechazan el sacerdocio o la figura del vicario de Cristo como único representante de Dios en la Tierra...

—¡Conozco a los cátaros, maestro Torriani! —dijo el Papa, colérico—. Pero creíamos que los últimos ardieron en Carcasona y Tolosa en 1325. ¿No acabó con ellos el obispo de Pamiers?

Torriani conocía aquella historia. No todos perecieron. Después del triunfo de la cruzada contra los cátaros del sur de Francia y de la caída de Montségur en 1244, se produjo una desbandada de familias herejes hacia Aragón, Lombardía y Germania. Los que cruzaron los Alpes se asentaron en las inmediaciones de Milán, donde fuerzas políticas más tibias, como las de los Visconti, los dejaron vivir en paz. Sin embargo, sus ideas extremistas fueron cayendo en desuso y muchos terminaron por desaparecer sin perpetuar sus ritos e ideas heterodoxas.

—La situación puede ser grave, Santidad —prosiguió Torriani muy serio—. Fray Alessandro Trivulzio no era el único sospechoso de profesar el catarismo en nuestro monasterio milanés. Hace tres días otro fraile declaró abiertamente su herejía y después se quitó la vida.

—¿*Endura*? —Los ojos de la comadreja chispearon.

—Así es.

—¡Por todos los santos! —bramó—. La *endura* fue una de

las prácticas más extremas de los cátaros. Hace doscientos años que nadie recurre a ella.

El asistente del Papa miró al Pontífice, que parecía no haber entendido muy bien qué era eso de la *endura*. Annio lo explicó de inmediato:

—En su versión pasiva —dijo—, consistía en el voto solemne de no ingerir alimentos ni nada que contaminara el cuerpo del cátaro que aspiraba a la perfección. Si moría puro, aquel desgraciado creía que salvaba su alma y se integraba en Dios. Aunque también existió una versión activa, la del suicidio por fuego, que sólo se consumó durante el sitio de Montségur. Los habitantes de aquel último bastión militar cátaro prefirieron arrojarse a una gran pira de troncos antes que entregarse a las tropas pontificias.

—Este fraile del que le hablo se inmoló por fuego, padre.

Nanni no salía de su asombro.

—Me cuesta creer que alguien haya resucitado esa vieja fórmula, maestro Torriani. Supongo que dispondréis de otras noticias sobre las que fundamentar vuestra alarma.

—Por desgracia, así es. De hecho, tenemos razones para pensar que las pruebas de la existencia de una comunidad cátara en activo en Milán se esconden en el mural de *La Última Cena* que en estos momentos ultima Leonardo da Vinci. Él mismo se ha retratado en su obra conversando con un apóstol que en realidad enmascara a Platón. Ya sabéis, el referente antiguo de esos malditos herejes.

La comadreja dio un brinco en su silla plegable.

—¿Platón? ¿Estáis seguro de lo que decís?

—Por completo. Lo peor, padre Annio, es que ese vínculo no está exento de una lógica perversa. Como sabéis, Leonardo se formó en Florencia a las órdenes de Andrea del Verocchio, un artista poderoso, bien considerado entre los Médicis y muy cercano a la Academia que Cosme el Viejo puso bajo la dirección de cierto Marsilio Ficino. Y como sabéis también, esa Academia se creó para imitar la de Platón en Atenas.

—¿Y bien? —El asistente de Alejandro VI torció el gesto, recelando de tanta erudición.

—Nuestra conclusión no puede ser más obvia, padre: si los cátaros compartieron con Platón muchas de sus doctrinas más dudosas, e incluso la Academia de Ficino aún practica costumbres cátaras como no ingerir carne de animal, ¿qué nos impide pensar que Leonardo esté utilizando su obra para transmitir doctrinas contrarias a Roma?

—¿Y qué nos pedís? ¿Que lo excomulguemos?

—Aún no. Necesitamos probar sin género de dudas que Leonardo ha introducido sus ideas en ese mural. Nuestro hombre en Milán trabaja para reunir esas evidencias. Después actuaremos.

—Pero, maestro Torriani —lo atajó el de Viterbo antes de que su discurso se encendiera—, muchos artistas como Botticelli o Pinturicchio se formaron en la Academia y sin embargo son excelentes cristianos.

—Sólo lo parecen, maestro Annio. Debéis desconfiar.

—¡Los dominicos siempre tan suspicaces! Mirad a vuestro

alrededor. Pinturicchio ha pintado estos frescos maravillosos para Su Santidad —replicó, señalando al techo—. ¿Acaso veis en ellos sombra de herejía? ¡Vamos! ¿La veis?

El dominico conocía bien aquella decoración. Betania había abierto en secreto un expediente sobre ella que nunca llegó a prosperar.

—No os conviene exaltaros, maestro Annio. Sobre todo porque, sin querer, me estáis dando la razón. Fijaos en la obra de ese Pinturicchio: dioses paganos, ninfas, animales exóticos y escenas que jamás encontraréis en la Biblia. Sólo a un seguidor de Platón, imbuido en viejas doctrinas paganas, se le ocurriría pintar algo así.

—¡Es la historia de Isis y Osiris! —protestó la comadreja, casi fuera de sí—. Osiris, por si no lo sabéis, resucitó de entre los muertos como Nuestro Señor. Y su recuerdo, aunque pagano en la forma, nos renueva la esperanza en la salvación de la carne. Osiris aparece aquí como un toro, como toro es nuestro Santo Padre. ¿O es que nunca habéis visto el blasón de los Borgia? ¿No es obvia la relación entre esa figura mitológica, símbolo de fuerza y valor, y el astado que luce en su escudo de armas? ¡Los símbolos no son herejías, maestro!

Cuando fray Gioacchino Torriani iba a responder, la voz aterciopelada y cansina del Pontífice atajó la discusión:

—Lo que no entiendo muy bien —dijo, arrastrando sus palabras, como si aquella discusión lo aburriera— es dónde veis el pecado del Moro en todo esto...

—¡Eso es porque no habéis examinado la obra de Leonardo, Santidad! —saltó Torriani—. El dux de Milán la está costeando en su totalidad y protege al artista de las recomendaciones de nuestros frailes. El prior de Santa Maria lleva meses intentando reconducir el esquema del mural hacia una estética más piadosa, pero es imposible. Es el Moro quien ha permitido a Leonardo que se retratara a sí mismo de espaldas a Cristo, entregado a una conversación con Platón.

—Ya, ya… —bostezó el Pontífice—. Habéis mencionado también a Ficino, ¿no?

Torriani asintió con la cabeza.

—¿Y no es ése el hombre del que tantas veces me habéis hablado, querido Nanni?

—Así es, Santidad —asintió éste con falsa sonrisa—. Se trata de un personaje extraordinario. Único. No creo que sea un hereje como el que pretende pintarnos el maestro Torriani. Es canónigo de la catedral de Florencia que ahora debe rondar los sesenta y cuatro o sesenta y cinco años. Su espíritu iluminado os admiraría.

—¿Espíritu iluminado? —El Pontífice tosió—. ¿No será otro como ese Savonarola, verdad? ¿O es que acaso ambos no son canónigos de la misma catedral?

El Papa guiñó un ojo a Torriani, que tembló al escuchar el nombre del exaltado dominico que predicaba la llegada del fin de la «Iglesia rica».

—Es verdad que comparten templo, Santidad —se excusó la comadreja, turbado—, pero son varones de personalidades opuestas. Ficino es un estudioso que merece todos nuestros respetos. Un sabio que ha traducido al latín innumerables textos antiguos, como los tratados egipcios que han servido a Pinturicchio para decorar estos techos.

—¿De veras?

—Antes de trabajar en vuestros frescos, Pinturicchio leyó las obras de Hermes que Ficino acababa de traducir del griego. En ellas se narran estas hermosas escenas de amor entre Isis y Osiris...

—¿Y Leonardo? —gruñó el Pontífice a Nanni—. ¿También él leyó a Ficino?

—Y trató con él, Santidad. Pinturicchio lo sabe. Ambos fueron discípulos suyos en el taller del Verocchio, y ambos siguieron sus explicaciones sobre Platón y su creencia en la inmortalidad del alma. ¿Puede haber algo más profundamente cristiano que esa idea?

Nanni pronunció aquella última frase desafiando las críticas del maestro Torriani. Sabía de sobra que la mayoría de los dominicos eran tomistas, defensores de la teología de Tomás de Aquino inspirada en Aristóteles, y enemigos de todo lo que significara rescatar a Platón del olvido. Mi maestro general entendió que tenía las de perder contra aquel interlocutor, porque enseguida bajó la mirada y anunció sumiso su despedida:

—Santidad. Venerable Annio —los saludó cortés—. Es inútil que sigamos especulando sobre las fuentes de inspiración de esa Última Cena de Milán, en tanto no concluyan nuestras averiguaciones. Si dais vuestra bendición, la investigación proseguirá tal como hasta ahora y determinará la clase de pecado que Leonardo está cometiendo contra nuestra doctrina.

—Si lo hubiere —matizó el de Viterbo.

El Papa devolvió el saludo a Torriani y, trazando la señal de la cruz en el aire, añadió:

—Os daré un consejo antes de que os retiréis, padre Torriani: en adelante, vigilad bien el terreno que pisáis.

35

Nunca vi rostros tan largos como los de los monjes de Santa Maria aquella mañana de domingo. Antes de tocar maitines, el prior en persona había recorrido el convento, celda por celda, despertándonos a todos. A gritos ordenó que nos aseáramos cuanto antes y que preparáramos nuestras conciencias para un capítulo extraordinario de la comunidad.

Por supuesto, nadie rechistó. No había fraile que no supiera que la muerte de su sacristán les pasaría factura tarde o temprano. Quizá eso explicara por qué todos habían comenzado a recelar de todos casi de un día para otro. A ojos de un extranjero como yo, la situación se había hecho insostenible. Los frailes se juntaban en pequeños grupos según su origen. Los del sur de Milán no se hablaban con los del norte, quienes, a su vez, evitaban relacionarse con los de los lagos, como si éstos hubieran tenido algo que ver en el desgraciado fin de fray Giberto. Santa Maria estaba dividida… y yo ignoraba por qué.

Esa madrugada, después de lavarme y vestirme en penumbra, comprendí cuán profunda era la crisis. Aunque era cierto que no había fraile que no murmurara contra otro, todos parecían estar de acuerdo en algo: debían mantenerme lo más alejado posible de sus cuitas. Y es que, si había algo que los aterrorizaba era que, en virtud de mis poderes como inquisidor, pudiera abrir un proceso contra su comunidad. El rumor de que fray Giberto había muerto predicando como un cátaro los aterraba. Ninguno, por supuesto, se atrevió a manifestarlo abiertamente. Me miraban como si yo hubiera obligado a fray Alessandro a ahorcarse y hubiera conseguido que su sacristán perdiera el juicio. Tal era el diabólico poder que me conferían.

Aunque lo que más llamó mi atención fue ver el modo en el que Vicenzo Bandello sacó provecho de aquellos miedos.

Tras despertarnos, el prior nos condujo a una gran mesa vacía que él mismo había dispuesto en un salón cerca de las caballerizas. Hacía frío y la estancia estaba aún peor iluminada que nuestras celdas. Pero fue así, casi a tientas, como Bandello nos hizo partícipes del intenso programa que nos había preparado. De maitines a completas, dijo, nos entregaríamos a ejercicios espirituales, revisión de los pecados, actos de contrición y confesión pública. Y para cuando acabara el día, un grupo de hermanos designado por él mismo se ocuparía de acudir al Claustro de los Muertos y exhumar los restos de fray Alessandro Trivulzio. No sólo se arrancarían sus pobres despojos del abrazo de la tierra, sino que se llevarían más allá de los muros de la ciudad para exorcizarlos, quemarlos y aventarlos. Y con ellos, también los huesos del hermano Giberto.

Bandello quería que su monasterio quedara limpio de herejía antes del anochecer. Él, que había creído en la inocencia del hermano bibliotecario y había defendido incluso la existencia de un complot contra su vida, sabía ya que fray Alessandro había vivido de espaldas a Cristo, poniendo en serio peligro la integridad moral de su priorato.

Vi a Mauro Sforza, el enterrador, persignarse nervioso en un extremo de la mesa.

Encontramos al padre Vicenzo más serio y taciturno que nunca. No había dormido bien. Las bolsas de sus ojos caían a plomo sobre sus mejillas, confiriéndole un aspecto desolador. Y en parte, la culpa de aquel deplorable estado la tenía yo. La tarde anterior, mientras el maestro Torriani y el papa Alejandro se entrevistaban en Roma a mis espaldas, Bandello y este humilde siervo de Dios conversamos sobre lo que implicaba haber tenido a dos cátaros infiltrados en la comunidad. Milán —le expliqué— estaba siendo atacada por las fuerzas del mal como nunca en los últimos cien años. Todas mis fuentes lo confirmaban. Al principio, el prior me miró incrédulo, como si dudara de que un recién llegado pudiera comprender los problemas de su diócesis, pero a medida que le fui exponiendo mis argumentos fue mudando de actitud.

Le argumenté por qué creía que la extraña cadena de muertes que habíamos sufrido no obedecía a simples casualidades. Incluso le expliqué el modo en el que estaban vinculadas a las de los peregrinos asesinados en la iglesia de San Francesco. La propia policía del Moro me daba la razón. Sus oficiales concluyeron que también esos desgraciados murieron sin oponer re-

284

sistencia, igual que fray Alessandro. Es más: el lugar exacto de los crímenes de San Francesco había sido el altar mayor, justo debajo de una tabla del maestro Leonardo a la que llamaban la *Maestà*. Ese detalle, unido al de que entre sus pertenencias sólo encontraron una hogaza de pan y un mazo de cartones ilustrados, me hizo recelar. Todos los muertos llevaban encima el mismo equipaje. Como si aquello formara parte de algún oscuro ritual. Tal vez, admití, de un ceremonial cátaro hasta entonces desconocido.

Era extraño. Leonardo, tal y como sugerí al prior, era una singular fuente de problemas. Fray Alessandro había muerto después de posar para él como Judas Iscariote, y me constaba que el sacristán también estaba entre los frailes que más simpatizaban con el toscano. Y eso por no hablar de *donna* Beatrice: desposeída de la vida después de haberle extendido toda su protección. ¿Cómo era posible no ver el hilo sutil que unía aquellos acontecimientos? ¿No resultaba evidente que Leonardo da Vinci estaba rodeado de poderosos enemigos, quizá tan celosos de su heterodoxia como nosotros mismos, pero capaces de llegar a las armas para acabar con él y los suyos?

Fueron las víctimas, y la amenaza de que pudieran sumárseles algunas más, las que me obligaron a hablar a Bandello acerca del Agorero. Y creo que hice bien.

Al principio me miró incrédulo cuando le expliqué que Roma ya estaba advertida sobre este cúmulo de desgracias. De hecho, altas instancias pontificias llevaban tiempo recibiendo noticias de un misterioso comunicante que había anunciado que sucedería todo aquello si no se detenían los trabajos del *Cenacolo*. El perfil de aquel emisario —le expliqué— era el de un individuo sagaz, inteligente, de probable formación dominica, que escondía su identidad por temor a sufrir represalias del dux. Un hombre que, sin duda, actuaba por despecho contra el maestro y cuya única obsesión parecía la de conducirlo a la ruina y el descrédito. Un varón, en suma, al que había que localizar de inmediato si queríamos detener aquel incesante goteo de muertes y acceder a las clarísimas pruebas incriminatorias contra Leonardo que aseguraba poseer.

—Si no me equivoco, padre, la pasividad de Roma ante sus amenazas le ha obligado a tomarse la justicia por su mano.

—¿Y por qué, padre Leyre? ¿Qué puede tener ese hombre contra nuestro pintor? —preguntó el prior, atónito.

—He pensado mucho en ello y, creedme, sólo encuentro una explicación posible. —Bandello me miró intrigado, invitándome a proseguir—. Mi hipótesis es que en algún momento del pasado reciente el Agorero fue cómplice de Leonardo da Vinci, e incluso llegó a comulgar profundamente con sus creencias heterodoxas. Pudo ocurrir que por alguna oscura razón, que deberemos determinar, nuestro hombre se sintiera defraudado por el pintor, y decidiera delatarlo. Primero escribió obsesivas cartas a Roma informándonos de sus delitos contra la fe y de las maldades que estaba escondiendo en el *Cenacolo*, pero ante nuestro escepticismo, se desesperó y decidió pasar a la acción.

—¿A la acción? No os entiendo.

—No puedo reprochároslo, prior. Tampoco yo tengo todas las claves. Sin embargo, mi hipótesis cobra sentido si concluimos que el Agorero fue tan cátaro como Alessandro o Giberto. Durante un tiempo, también él debió de creerse heredero de los auténticos apóstoles de Cristo y, como ellos, debió de aguardar con paciencia la llegada del día de la Segunda Venida del Mesías. Es el sueño de todo *bonhomme*. Ellos creen que ese día se confirmará su «verdadera religión» a ojos de la cristiandad. —Aproveché la atención del padre Vicenzo para rematar mi idea en tono solemne—: Lo que yo creo es que tras una larga y vana espera, alterado por algún serio contratiempo, el Agorero perdió los papeles, renegó de sus votos de no violencia y se dispuso a cobrarse en sangre el tiempo que había perdido con los «hombres puros».

—Es una acusación horrible, padre.

—Estudiemos los hechos, prior —lo invité—. Los cátaros conocen muy bien el Nuevo Testamento, así que cuando el Agorero mató a fray Alessandro, lo preparó todo para que pareciera un suicidio. Leonardo, en cambio, se dio cuenta de inmediato y aunque trató de desviar la atención de la policía, aquel día, sin querer, me proporcionó una pista fundamental: Alessandro había muerto de la misma manera que Judas Iscariote lo hizo tras delatar a Jesús.

—¿Y qué importancia puede tener eso?

—Mucha, prior. El universo cátaro se mueve gracias al poder de los símbolos. Si el Agorero lograba hacer creer a la comunidad de perfectos que estaban reproduciéndose los acontecimientos que precedieron a la muerte de Jesús, podría hacerles ver que la Segunda Venida estaba cerca. ¿Lo entendéis? El «suicidio» del bibliotecario les estaba anunciando que estaban a punto de cumplirse los tiempos proféticos: que Cristo iba a regresar a la Tierra en breve, y que su fe resurgiría triunfante de entre las sombras.

—La Parusía…

—En efecto. Por eso Giberto, impresionado por la revelación, dejó atrás sus miedos y salió a predicar como cátaro, dando su vida sin temor, en la certeza de que cuando regresara el Señor, resucitaría salvado de entre los muertos. El Agorero está consumando su venganza con una inteligencia diabólica.

—Parecéis muy seguro de vuestra hipótesis.

—Y lo estoy —acepté—. Ya os he dicho antes que nuestro comunicante tiene una personalidad compleja; es brillante y no ha dejado nada al azar, ni tan siquiera el lugar que eligió para ahorcar a Alessandro.

—¿Ah no?

—Creí que os habríais dado cuenta. —Sonreí cínico—. Cuando visité los soportales del palacio de la Razón e inspeccioné la viga de la que colgó a nuestro bibliotecario, vi un bajorrelieve curioso. Pertenece a cierto Orlando da Tressano, antiguo martillo de herejes al que la inscripción describe como «*Spada e Tutore della fede per aver fatto bruciare come si doveva i Catari*».* Curiosa burla, ¿no creéis?

_____

* «Espada y maestro de la fe por haber quemado a los cátaros como se merecían.»

288

Vicenzo Bandello estaba sorprendido. La peste de la herejía había infectado su convento más allá de lo imaginable.

—Decidme, padre Leyre —preguntó consternado—, ¿hasta qué punto estimáis que el Agorero tiene engañados a los suyos?

—Lo suficiente para haber obligado a esos peregrinos de San Francesco a abandonar sus escondites en las montañas y acudir a la ciudad en busca de la salvación. Han dado la vida dócilmente ante la proximidad de la Parusía. El Agorero ha conseguido así que la comunidad cátara se delate sola. Y debe creer que es sólo cuestión de tiempo que el maestro Leonardo dé un mal paso.

—Entonces… —titubeó el prior— creéis que el Agorero vive aún entre nosotros.

—Estoy convencido. —Sonreí—. Y se esconde porque sabe que es tarde para conseguir vuestro perdón. No sólo ha pecado contra la doctrina de la Iglesia, sino que ha infringido el quinto mandamiento: no matarás.

—¿Cómo lo identificaremos?

—Por suerte, ha cometido un pequeño error.

—¿Un error?

—En sus primeras cartas, cuando aún tenía esperanzas en la intervención de Roma, nos entregó una pista para que pudiéramos localizarlo.

La frente arrugada del prior se estiró por la sorpresa. Su mente bien entrenada en relacionar información dispar y en resolver enigmas le dio la solución a la velocidad del rayo:

—¡Claro! —exclamó, llevándose las manos a la cabeza—. ¡Eso es vuestro acertijo! ¡La firma del Agorero! ¡Por eso estaba escrita en el naipe que encontramos junto al bibliotecario!

—Fray Alessandro quiso descifrar el misterio por su cuenta. Incauto, yo mismo le facilité el texto y tal vez fue su curiosidad lo que aceleró su muerte.

—En ese caso, padre Leyre, ya lo tenemos. Bastará con descifrar su jeroglífico para dar con él.

—Ojalá fuera tan fácil.

36

El buen prior no debió de pegar ojo en toda la noche. Nada más verlo delante de sus monjes, de pie, con los ojos enrojecidos y ojerosos, supuse que la había pasado dándole vueltas al dichoso *Oculos ejus dinumera*. Casi me dio lástima haberlo cargado con aquella nueva responsabilidad. Y es que, a su obligación de desenmascarar quiénes de entre sus monjes profesaban creencias heréticas, o de determinar qué clase de provocador mensaje se estaba escondiendo en la decoración de su propio refectorio, estaba en esos momentos la de localizar al fraile que había instigado ya varias muertes, convencido de obrar por una causa justa.

Sus hermanos lo miraron desconcertados. El capítulo iba a comenzar.

—Hermanos. —El prior lo abrió solemne, en pie, con la voz dura y los puños apretados sobre la mesa—: Hace casi treinta años que vivimos entre estos muros, y nunca hasta ahora nos habíamos enfrentado a una situación como ésta. Dios Nuestro Señor ha puesto a prueba nuestra templanza, permitiéndonos ser testigos de la muerte de dos de nuestros hermanos más queridos y revelándonos que sus almas estaban ennegrecidas por el hedor de la herejía. ¿Cómo creéis que se siente el Padre Eterno al ver nuestra flaqueza? ¿Con qué disposición vamos a rogarle si nosotros, con nuestra actitud, no hemos sido capaces de ver sus errores y hemos permitido que murieran en pecado? Los difuntos que hoy repudiamos comían de nuestro pan y bebían de nuestro vino. ¿No nos hace eso cómplices de sus faltas?

Bandello tomó aire:

—Pero Dios, queridos hermanos, no nos ha abandonado en este trance terrible. En su infinita misericordia, ha querido que esté entre nosotros uno de sus más sapientísimos doctores.

Un murmullo se extendió entre los presentes, mientras el prior me señalaba con su índice.

—Por eso él está aquí —dijo—. He pedido a nuestro ilustre padre Agustín Leyre, del Santo Oficio romano, que nos ayude a comprender los tortuosos senderos por los que discurrimos en estos momentos de dolor.

Me levanté para que pudieran verme, y saludé con una ligera reverencia. En tono conciliador, el prior continuó con su sermón, haciendo verdaderos esfuerzos para no intimidar a sus frailes:

—Todos convivisteis con fray Giberto y fray Alessandro —dijo—. Los conocíais bien. Y, sin embargo, ninguno denunció irregularidades en sus comportamientos, ni supo ver su funesta adscripción al catarismo. Dormíamos tranquilos creyendo que esa doctrina se había apagado hacía más de cincuenta años, y pecamos de soberbia al creer que nunca más volveríamos a enfrentarnos a ella. Y no ha sido así. El mal, queridos hermanos, es reacio a disolverse. Se aprovecha de nuestra ignorancia. Se nutre de nuestra torpeza. Por eso, para prevenirnos de nuevos ataques, he rogado al padre Leyre que nos ilumine sobre la más pérfida de las desviaciones cristianas. Es probable que en sus palabras identifiquéis hábitos y costumbres que tal vez hayáis practicado sin conocer su origen. No temáis: muchos procedéis de familias lombardas cuyos antepasados tuvieron algún contacto con los herejes. Mi firme propósito es que antes de que el sol se ponga, antes de que abandonéis esta sala, abjuréis de todo ello y os reconciliéis con la Santa Iglesia de Roma. Escuchad a nuestro hermano, meditad sus palabras, arrepentíos y pedid confesión. Quiero saber si nuestros difuntos hermanos no fueron los únicos infectados por la peste cátara, y tomar las medidas oportunas.

El prior me cedió la palabra, haciéndome un gesto para que me acercara a la cabecera de la mesa. Nadie pestañeó. Los frailes más viejos, Luca, Jorge y Esteban, demasiado ancianos ya para asumir ninguna tarea activa en el convento, estiraron sus cuellos para escucharme. Los demás, lo sé, siguieron mis pasos con auténtico pavor. No tuve más que mirarlos a los ojos.

—Estimados hermanos, *laudetur Jesus Christus.*

—Amén —respondieron a coro.

—Ignoro, hermanos, hasta qué punto tenéis presente la vida de santo Domingo de Guzmán. —Un murmullo se extendió en la asamblea—. No importa. Hoy será un día excelente para que juntos reavivemos su recuerdo y el de su obra.

Un suspiro de alivio recorrió la mesa.

—Dejadme que os cuente algo. A principios del año mil doscientos, los primeros cátaros se habían extendido por buena parte del Mediterráneo occidental. Predicaban la pobreza, el regreso a las costumbres de los cristianos primitivos y abogaban por una religión simple, que no requería iglesias, ni diezmos o privilegios para los ministros del Señor. Sus seguidores rechazaban el culto a los santos y a la Virgen, como si fueran salvajes o, aún peor, musulmanes. Renegaban del bautismo. Y esas alimañas no titubeaban al afirmar que el creador de este mundo no había sido Dios, sino Satán. ¡Qué perversión de la doctrina! ¿Podéis imaginarlo? Para ellos Yahvé, el Dios Padre del Antiguo Testamento, fue en realidad un espíritu diabólico que lo mismo expulsaba a Adán y Eva del Paraíso que destrozaba ejércitos al paso de Moisés. En sus manos, los hombres apenas éramos marionetas incapaces de discernir el bien del mal. El pueblo llano acogió aquellas calumnias con entusiasmo. Veía en ellas una fe que les disculpaba del pecado y les hacía fácil entender que hubiera tanto sufrimiento en un mundo creado por el Maligno. ¡Qué anatema! ¡Situaban a Dios y al Diablo, al bien y al mal, a la misma altura, con competencias y poderes idénticos!

»La Iglesia —proseguí— quiso corregir a aquellos bastardos desde los púlpitos, pero su remedio no funcionó. Sus cada vez más numerosos simpatizantes se dieron cuenta de lo desproporcionada que era su lucha y la mayoría terminó apiadándose de los herejes, a los que muchos consideraban vecinos ejemplares. Argumentaban que los cátaros les predicaban con el ejemplo, dándoles muestras de humildad y pobreza, mientras que los clérigos se revestían de finas casullas y oropeles para condenarlos desde altares cubiertos de costosos adornos. Así, lejos de desterrar la herejía, lo que consiguió la Iglesia fue extenderla como la peste. Santo Domingo fue el único que comprendió el error y decidió bajar al terreno de los «puros», pues eso significa *katharos* en griego, para predicarles desde la misma pobreza apostólica que admiraban. El Espíritu Santo lo hizo fuerte. Le dio valor para adentrarse en los bastiones herejes de Francia, allá donde los cátaros eran multitud, donde les replicó uno por uno. Domingo desmontó sus absurdas tesis y proclamó a Dios como único Señor de la creación. Pero incluso semejante esfuerzo fue inútil. El mal estaba muy extendido.

Bandello me interrumpió: también él había estudiado esa historia durante sus años de preparación teológica y sabía que el catarismo no sólo había ganado adeptos entre campesinos y artesanos, sino también entre reyes y nobles que lo consideraron la fórmula perfecta para evitar el pago de impuestos y las cesiones de privilegios a los eclesiásticos.

—Eso es cierto —admití—. No cumplir con los diezmos que la Biblia* estableció para los sacerdotes era despreciar las leyes de Dios. Roma no podía quedarse cruzada de brazos. A

---

* Génesis 14, 20. Amós 4, 4. I Macabeos 3, 49.

nuestro amado Domingo le preocupó tanto aquella desviación que decidió ponerse manos a la obra. Por eso fundó un grupo de predicadores con los que volver a evangelizar amplios territorios como el Languedoc francés. Hoy somos los herederos de esa orden y de su divina misión. Sin embargo, a su muerte, viendo que era imposible combatir el mal sólo con la palabra, el Papa y las coronas fieles a Roma decidieron poner en marcha una represión militar a gran escala que terminara con los malditos. Sangre, muerte, ciudades enteras pasadas a fuego y cuchillo, persecución y dolor sacudieron durante años los cimientos del pueblo de Dios. Cuando las tropas del Papa entraban en una ciudad en la que se había instalado la herejía, los mataban a todos sin discernir entre cátaros o cristianos. Dios, decían, ya distinguiría a los suyos cuando llegaran al cielo.

Alcé la vista hacia la mesa antes de continuar. Mi silencio debió de sobrecogerlos.

—Hermanos —proseguí—, aquélla fue nuestra primera cruzada. Parece increíble que ocurriera hace menos de doscientos años, y tan cerca de aquí. Entonces no dudamos en alzar las espadas contra nuestras propias familias. Los ejércitos administraron la justicia de las armas, dividieron a los «puros», terminaron con muchos de sus líderes y obligaron a exiliarse a cientos de herejes lejos de las tierras que un día dominaron.

—Y fue así, huyendo de las tropas del Santo Padre, como los últimos cátaros llegaron a la Lombardía —añadió Bandello.

—Arribaron a estas tierras muy debilitados. Y aunque todo

apuntaba hacia su extinción, tuvieron suerte: la situación política favoreció la reorganización de los herejes. Os recuerdo que ésa fue la época de luchas entre güelfos y gibelinos. Los primeros defendían que el Papa estaba investido de una autoridad superior a la de cualquier rey. Para ellos, el Santo Padre era el representante de Dios en la Tierra y, por tanto, tenía derecho a un ejército propio y a grandes recursos materiales. Los gibelinos, en cambio, con el capitán Matteo Visconti al frente, rechazaban esa idea y defendían la separación del poder temporal y el divino. Roma, decían, debía ocuparse sólo del espíritu. Lo demás era tarea de reyes. Por eso no extrañó a nadie que los gibelinos acogieran a los últimos cátaros en la Lombardía. Era otra forma de desafiar al Papa. Los Visconti los apoyaron en secreto, y más tarde los Sforza continuaron con esa política. Es casi seguro que Ludovico el Moro aún sigue esas directrices, y por eso esta casa que hoy descansa bajo su protección se ha convertido en refugio de esos malditos.

Nicola di Piadena se puso en pie para pedir la palabra.

—Entonces, padre Leyre, ¿acusáis a nuestro dux de ser gibelino?

—No puedo hacerlo formalmente, hermano —repliqué, esquivando su venenosa pregunta—. No sin pruebas. Aunque si sospecho que alguno de vosotros las oculta, no dudaré en recurrir a un tribunal de oficio, o al tormento si fuera necesario, para obtenerlas. Estoy decidido a llegar hasta las últimas consecuencias.

—¿Y cómo pensáis demostrar que existen «hombres puros»

en esta comunidad? —saltó fray Jorge, el limosnero, escudado tras sus envidiables ochenta años—. ¿Pensáis torturar vos mismo a todos estos hermanos, padre Leyre?

—Os explicaré cómo lo haré.

Hice un gesto para que Matteo, el sobrino del prior, acercara a la mesa una jaula de mimbre en la que había encerrado un pollo de corral. Se la había pedido minutos antes de empezar el capítulo. El animal, desconcertado, miraba a todas partes.

—Como sabéis, los cátaros no comen carne y rehúsan matar ningún ser vivo. Si vos fuerais un *bonhomme*, y yo os diera un pollo como éste y os pidiera que lo sacrificarais delante de mí, os negaríais a hacerlo.

Jorge se sonrojó al verme tomar un cuchillo y levantarlo sobre el ave.

—Si uno de vosotros se negara a matarlo, sabrá que lo habré reconocido. Los cátaros creen que en los animales habitan las almas de humanos que murieron en pecado y que regresan así a la vida para purgarlos. Temen que al sacrificarlos estén quitándole la vida a uno de los suyos.

Sujeté al pollo con fuerza sobre la mesa, estiré su cuello para que todos pudieran verlo, y cedí el cuchillo a Giuseppe Boltraffio, el monje que tenía más cerca. A un gesto mío, su filo segó en dos el cuello del animal, salpicando de sangre nuestros hábitos.

—Ya lo veis. Fray Giuseppe —sonreí con ironía— está libre de sospecha.

—¿Y no conocéis un método más sutil de detectar a un cátaro, padre Leyre? —protestó Jorge, horrorizado por el espectáculo.

—Claro que sí, hermano. Hay muchas formas de identificarlos, pero todas son menos concluyentes. Por ejemplo, si les mostráis una cruz, no la besarán. Creen que sólo una Iglesia satánica como la nuestra es capaz de adorar al instrumento de tortura en el que pereció Nuestro Señor. Tampoco les veréis venerar reliquias, ni mentir, ni tampoco temer a la muerte. Aunque, claro, eso es sólo en el caso de los *parfaits*.

—¿Los *parfaits*? —Algunos frailes repitieron el término francés con extrañeza.

—Los perfectos —aclaré—. Son quienes dirigen la vida espiritual de los cátaros. Creen que observan la vida de los apóstoles como no sabe hacerlo ninguno de nosotros; rechazan cualquier clase de propiedad, porque ni Cristo ni sus discípulos la tuvieron. Son los encargados de iniciar a los aspirantes en el *melioramentum*, una genuflexión que deberán realizar cada vez que se encuentren con un *parfait*. Sólo ellos dirigen los *apparellamentum*, confesiones generales en las que los pecados de cada hereje son expuestos, debatidos y perdonados públicamente. Y, por si fuera poco, sólo ellos pueden administrar el único sacramento que reconocen los cátaros: el *consolamentum*.

—¿*Consolamentum*? —volvieron a murmurar.

—Servía a la vez de bautismo, comunión y extremaunción —expliqué—. Se administraba mediante la colocación de un libro sagrado sobre la cabeza del neófito. Nunca era la Biblia.

A ese acto lo consideraban un «bautismo del espíritu» y quien merecía recibirlo dicen que se convertía en un «verdadero» cristiano. En un consolado.

—¿Y qué os ha hecho pensar que el sacristán y el bibliotecario fueron consolados? —preguntó fray Stefano Petri, el risueño tesorero de la comunidad, siempre satisfecho de llevar con éxito los asuntos materiales de Santa Maria—. Si me permitís la observación, jamás les vi abjurar de la cruz, ni creo que fueran bautizados mediante la imposición de un libro sobre sus cabezas.

Algunos frailes asintieron a su alrededor.

—En cambio, hermano Stefano, sí los visteis hacer ayunos extremos, ¿no es cierto?

—Todos los vimos. El ayuno eleva el espíritu.

—No en su caso. Para un cátaro, los ayunos extremos son una vía para ganar el *consolamentum*. En cuanto a lo de la cruz, conviene no confundirse. A los cátaros les basta con limar los extremos de cualquier crucifijo latino, haciéndolo más romo, para poder llevarlo al cuello sin problemas. Si su cruz es griega, o incluso paté, la toleran. Seguramente, hermano Petri, también los visteis rezar el *Pater Noster* con vosotros. Pues bien: ésa es la única oración que admiten.

—Sólo dais argumentos circunstanciales, padre Leyre —replicó Stefano antes de tomar asiento.

—Es posible. Estoy dispuesto a admitir que fray Alessandro y fray Giberto sólo eran simpatizantes a la espera del bautismo. Sin embargo, eso no los exime del pecado. No olvido tampoco que el hermano bibliotecario se prestó a colaborar con el maestro Leonardo en su Última Cena. Quiso ser retratado como Judas en el centro de una obra sospechosa, y creo saber por qué.

—Decidlo —murmuraron.

—Porque, para los cátaros, Judas Iscariote fue un siervo del plan de Dios. Creen que obró bien. Que delató a Jesús para que así se cumplieran las profecías y pudiera dar su vida por nosotros.

—Entonces, ¿sugerís acaso que Leonardo también es un hereje?

La nueva pregunta de fray Nicola de Piadena hizo sonreír de satisfacción al padre Benedetto, que poco después se ausentó de la mesa para vaciar su vejiga en el patio.

—Juzgad vos mismo, hermano: Leonardo viste de blanco, no come carne, es seguro que jamás daría muerte a un animal, no se le conoce relación carnal alguna y, por si fuera poco, en vuestro *Cenacolo* ha omitido el pan de la comunión y ha colocado una daga, un arma, en la mano de san Pedro, indicando dónde cree él que está la Iglesia de Satán. Para un cátaro, sólo un siervo del Maligno empuñaría un acero en la mesa pascual.

—Y, sin embargo, el maestro Da Vinci ha respetado el vino —observó el prior.

—¡Porque los cátaros beben vino! Pero fijaos bien, padre Bandello: en lugar del cordero pascual que según los Evangelios era el alimento que se consumió en aquella velada, el maestro ha pintado pescado. ¿Y sabéis por qué?

El prior negó con la cabeza. A él me dirigí:

—Recordad lo que vuestro sobrino escuchó de boca del sacristán antes de morir: los cátaros no aceptan ningún alimento que proceda del coito. Para ellos, los peces no copulan, así que pueden comerlos.

Un murmullo de admiración se extendió por la sala. Los monjes seguían boquiabiertos mis explicaciones, atónitos por no haber detectado antes aquellas herejías en el muro de su futuro refectorio.

—Ahora, hermanos, necesito que uno a uno respondáis a mi cuestión —dije mudando mi tono descriptivo por otro más severo—. Haced examen de conciencia y responded ante vuestra comunidad: ¿alguno de vosotros ha seguido, por voluntad propia o ajena, alguna de las pautas de comportamiento que os he descrito?

Vi a los frailes contener la respiración.

—La Santa Madre Iglesia será misericordiosa con quien abjure de sus prácticas antes de abandonar esta asamblea. Después, el peso de la justicia caerá sobre él.

37

El Agorero actuó con una precisión pasmosa.

Si alguien hubiera tenido la mala fortuna de cruzarse con él, habría concluido que se movía como si conociera hasta el último rincón del convento. Enfundado en una capa negra que lo cubría de pies a cabeza, atravesó las filas vacías de bancos de la iglesia, giró a su izquierda rumbo a la capilla de la Madonna delle Grazie y se internó sacristía adentro. Nadie le salió al paso. Los frailes estaban a esa hora reunidos en capítulo extraordinario, ajenos a la llegada del intruso.

Satisfecho, su sombra abandonó el oratorio atravesando el arco que da al pequeño claustro del prior; lo bordeó a paso ligero y una vez en el Claustro de los Muertos dejó atrás el refectorio para ascender de tres en tres los escalones que daban a la biblioteca.

El Agorero —hombre o espíritu; ángel o demonio, qué más daba— se desplazó con aplomo. Y así, tras inspeccionar con ojo profesional la sala del *scriptorium*, dirigió sus pasos hacia el pupitre de fray Alessandro. No tenía tiempo que perder.

Sabía que Marco d'Oggiono y un pintor cómplice del toscano al que llamaban Bernardino Luini acababan de abandonar la casa de Leonardo, justo enfrente del convento de Santa Maria delle Grazie, y que no tardarían en llegar al refectorio. Ignoraba qué los traía allí, y mucho más que los acompañaba una jovencita por expreso deseo del toscano.

Con cuidado, el Agorero depositó su capa sobre la mesa del bibliotecario y, tomando precauciones para no hacer demasiado ruido, tanteó el enlosado del suelo. Encajadas unas junto a otras, sólo dos losetas bailaron al golpearlas. Era justo lo que buscaba. La sombra se agachó a examinarlas y vio que no estaban unidas con argamasa, que tenían los bordes pulidos y el reverso limpio, señal inequívoca de un uso frecuente. Fue al izarlas cuando reconoció el conducto de la calefacción de vapor. Lo observó satisfecho. El Agorero sabía que ese minúsculo cauce de mampostería recorría de lado a lado la techumbre del refectorio y que, desde allí, un oído bien entrenado no perdería detalle de cualquier cosa que se hablara bajo ella.

Con precaución, se tumbó cuan largo era para poder pegar su oído al enlosado y cerró los ojos en busca de concentración.

Un minuto más tarde, se escuchó un fuerte crujido. Era el pestillo del refectorio. Los invitados de Leonardo estaban a punto de entrar en la sala de *La Última Cena*.

—¿Qué habrá querido decirnos el maestro con que él es la omega?

La pregunta de la hermosa Elena ascendió diáfana por el

canal hasta el piso de arriba. El Agorero se sorprendió al escuchar el timbre de una mujer.

—La primera vez que lo oí hablar de ello fue en presencia de sor Veronica, el día de su muerte —respondió Marco d'Oggiono, cuya voz reconoció de inmediato.

—¿Estuvisteis con sor Veronica da Binasco el día que se cumplió su profecía?

Elena no cabía en sí de admiración.

Había pasado la última noche en vela, boquiabierta ante las explicaciones de Leonardo y las bromas de sus discípulos, preparándose para su posado. Leonardo había accedido a retratarla como el discípulo Juan si antes demostraba, con la ayuda de sus acompañantes, que era capaz de comprender la importancia de aquel mural.

El maestro, seducido por la belleza de la primogénita de los Crivelli, no había podido quitársela de la cabeza desde que la conoció en el Palazzo Vecchio. Era un «Juan» perfecto. Pero no quería precipitarse. La había invitado en un par de ocasiones, siempre con el maestro Luini al lado, a sus célebres veladas de música, poesía y trovadores con las que obsequiaba a sus huéspedes. Quería vigilar de cerca la evolución de aquella inesperada pareja. La joven se sentía embriagada. Verse frecuentando un círculo que sólo conocía por su madre era como entrar en el mundo de los sueños. Y no quería despertar. Desde que Lucrezia Crivelli iluminara sus noches infantiles con cuentos de príncipes y juglares, de ceremonias caballerescas y de reuniones de magos, Elena había querido estar allí.

—¿Sor Veronica? ¡Uy! Esa monja se enojaba con mucha facilidad —recordó Marco, templando sus manos mientras soplaba en ellas. El refectorio estaba frío. La hora de aguzar el ingenio había llegado.

—¿De veras?

—Oh, sí. Siempre le reprochaba al maestro sus gustos excéntricos y le criticaba que conociera mejor las obras de los filósofos griegos que las Sagradas Escrituras. La verdad es que no solían hablar de arte, y mucho menos de los trabajos del maestro, pero el día que murió, la hermana Veronica le preguntó por este refectorio.

—¿Y eso qué tiene que ver con la omega? —protestó Elena.

—Dejadme que os lo cuente. Aquel día, Leonardo se sintió ofendido. Sor Veronica lo acusó de haber minimizado la importancia de Cristo en el *Cenacolo*. Y el maestro se enfadó. Le replicó que Jesús era la única Alfa de esta composición.

—¿Dijo eso? ¿Que Jesús era el alfa del mural?

—Jesús, dijo, es el principio. El centro. El eje de este trabajo.

—De hecho —observó Luini, esforzándose por adivinar la silueta de Cristo en la penumbra—, es cierto que Jesús ocupa el lugar dominante. Es más, sabemos que el punto de fuga de la perspectiva de toda la composición se encuentra exactamente sobre su oreja izquierda, bajo la melena. Ahí clavó Leonardo su compás el primer día. Yo mismo lo vi. Y desde ese punto sagrado trazó el resto.

Al Agorero le sorprendió escuchar a Luini. Era la primera vez que lo hacía. Sabía que compartía la trama herética de Leonardo por los temas de sus obras. También él pintaba obsesivamente escenas de la vida de Juan. Su encuentro de niño con Jesús camino de Egipto, su bautismo en el Jordán o su cabeza servida en bandeja de plata a Salomé, se repetían en sus telas y tablas una y otra vez. Todos los peregrinos que veneraban la *Maestà* de Leonardo lo conocían bien. «Los lobos —dedujo inquieto al confirmar su presencia en el sanctasanctórum del toscano— siempre van en manada.»

—Vuestra observación es correcta, meser Bernardino —dijo Marco sin perder de vista a su bella acompañante, que ya empezaba a distinguir las siluetas de los apóstoles iluminadas por la claridad del amanecer—. Si os fijáis en su cuerpo, así, con los brazos extendidos hacia delante, veréis que tiene la forma de una «A» enorme. Se trata de una enorme alfa que nace en el centro exacto de los Doce. ¿La distinguís?

—Claro que la veo, pero ¿y la omega? —insistió Elena.

—Bueno. Creo que el maestro dijo eso porque se considera el último de sus discípulos.

—¿Quién? ¿Leonardo?

—Sí, Elena. Alfa y omega, principio y fin. Tiene sentido, ¿no?

Luini y la condesita se encogieron de hombros. Su aventajado alumno intuía, como Marco, que aquel muro ocultaba un mensaje iniciático de gran envergadura. Era evidente que si el maestro los había dejado llegar hasta allá sin proporcionarles la clave para su lectura se debía a que, de algún modo, los estaba poniendo a prueba. Estaban, pues, solos frente al jeroglífico más grande jamás diseñado por el toscano, y de su habilidad por arañar su significado iba a depender su acceso a mayores secretos. Y, sobre todo, la salvación de su alma.

—Tal vez Marco esté en lo cierto y el *Cenacolo* esconda una especie de alfabeto visual.

Aquello sobresaltó al Agorero.

—¿Un alfabeto visual?

—Sé que el maestro estudió con los dominicos de Florencia el «arte de la memoria». Su maestro, Verocchio, también lo practicó y se lo enseñó a Leonardo cuando éste era sólo un niño.

—Nunca nos ha hablado de eso —dijo Marco, algo decepcionado.

—Tal vez no lo consideró importante para vuestra formación. A fin de cuentas, sólo se trata de artificios mentales para recordar gran cantidad de información o encerrarla en determinadas características de edificios u obras de arte. Esa información queda a la vista de todos pero es invisible a ojos de los no iniciados en su lectura.

—¿Y dónde veis aquí ese alfabeto? —insistió intrigado d'Oggiono.

—Habéis dicho que el cuerpo de Jesús tiene el aspecto de una «A» y que para Leonardo es el alfa de la composición. Si él dijo de sí mismo que es la omega, convendréis en que no es descabellado buscar en el retrato de Judas Tadeo algo que recuerde una «O».

Los tres se miraron con complicidad y, sin mediar palabra, se aproximaron a los pies de la mesa pascual. La figura del Tadeo era inconfundible. Miraba hacia el lado opuesto de donde estaba desarrollándose la acción. Inclinado hacia delante, tenía los brazos cruzados en aspa, con ambas palmas levantadas hacia el cielo. Vestía una túnica rojiza, sin broche, y no había nada en su figura que permitiera imaginar una omega.

—Alfa y omega también pueden tener que ver con san Juan y la Magdalena —murmuró Bernardino, enmascarando su decepción.

—¿Qué quieres decir?

—Es fácil, Marco. Tú y yo sabemos que el mural está secretamente consagrado a María Magdalena.

—¡El nudo! —recordó—. ¡Es cierto! ¡El nudo corredizo en el extremo del mantel!

—Creo que Leonardo ha querido despistarnos. El maestro lleva tiempo haciendo correr el rumor de que el nudo es su particular modo de firmar la obra. En lengua romance, Vinci procede de la palabra latina *vincoli*, esto es, lazo o cadena. Sin embargo, su significado oculto no puede ser tan burdo. Por fuerza está relacionado con la favorita de Jesús.

El Agorero se removió incómodo en su escondite.

—¡Un momento! —protestó Elena—. ¿Y eso qué tiene que ver con el alfa y la omega?

—Está en las Escrituras. Si lees los Evangelios, verás que Juan el Bautista desempeñó un papel fundamental en el inicio de la vida pública del Mesías. Juan bautizó a Jesús en el Jordán. De hecho, de algún modo sirvió de punto de partida, de alfa, a su misión en la Tierra. La Magdalena, en cambio, fue determinante en su ocaso. Estuvo presente cuando resucitó en su tumba. Y a su modo, también ella lo bautizó, ungiéndolo pocos días antes de esta Última Cena en presencia de los discípulos. ¿O no recordáis a María de Betania en el episodio en el que le lava los pies?* Ella actuó, en ese momento, como una verdadera omega.

—Magdalena, omega...

La explicación no terminó de convencer a la muchacha. En principio Juan y el Tadeo no estaban relacionados, salvo por el hecho de que ninguno de los dos miraba a Cristo. Elena llevaba un rato meditando una interpretación alternativa para aquella «O» tan fuera de lugar. Miraba a un lado y a otro del muro estucado, tratando de encontrar sentido a aquel enigma. Pronto amanecería y deberían darse prisa si querían completar su prueba antes de que llegaran los monjes. Si en el *Cenacolo* había algo que «leer», debían encontrarlo rápido.

—Creo que proponéis interpretaciones muy rebuscadas —dijo al fin—. Y el maestro, por lo poco que lo conozco, es un gran amante de la simplicidad.

Marco y Bernardino se giraron hacia la condesita.

—Si ha anudado de una forma tan evidente uno de los extremos del mantel, dejando el otro liso, es porque quiere llamar la atención del espectador hacia ese rincón de la mesa. Hay

* Marcos 14, 3-9. Hasta el siglo XIX, la Iglesia dio por buena la interpretación que identificaba a María de Betania con la Magdalena, y que por tanto la emparentaba con Marta y Lázaro, protagonista del episodio de la resurrección que narra Juan en su evangelio.

algo ahí, donde él mismo se ha representado, que quiere que veamos.

Luini levantó el brazo hacia el nudo, acariciándolo con las yemas de sus dedos. Aquel lazo estaba dibujado con gran maestría. Cada pliegue del tejido le confería una maravillosa sensación de realidad.

—Creo que Elena tiene razón —admitió.

—¿Razón? ¿Qué razón?

—Fijaos bien, Marco: la zona que marca el nudo es el área en la que la luz de la composición es más intensa. Observad aquí las sombras en el rostro de los apóstoles. ¿Las veis? Son más duras. Más fuertes que las del resto.

El perfil griego de d'Oggiono exploró longitudinalmente el muro, comparando el amplio abanico de claroscuros en las ropas y rostros de los Doce.

—Quizá tenga sentido —continuó Luini, como si pensara en voz alta—. Esa zona aparece más iluminada que las demás porque para Leonardo el conocimiento parte de Platón. Él es como el sol que ilumina la razón. Y el discípulo más brillante de todo el conjunto es san Simón, el que tiene el rostro del griego y el único manto blanco de la escena…

Aquel matiz devolvió a Luini un recuerdo importante:

—Y Mateo, el discípulo que está codo con codo con el maestro, no es otro que Marsilio Ficino… ¡Claro! —exclamó en voz alta, de repente—. Ficino confió al maestro los textos de Juan antes de que nos marcháramos de Florencia. ¡Ahí está la clave!

Elena lo miró perpleja.

—¿La clave? ¿Qué clave?

—Ahora lo entiendo. Los antiguos iniciaban a sus adeptos colocándoles un evangelio inédito de Juan sobre la cabeza. Creían que al hacerlo se transmitía por contacto la esencia espiritual de la obra a la mente y al corazón del candidato a verdadero cristiano. Ese libro de Juan contenía grandes revelaciones sobre la misión de Cristo en la Tierra y mostraba el camino que debíamos seguir para alcanzar un lugar en el cielo. Leonardo… —Luini tomó aire— … Leonardo ha sustituido ese texto por una obra pictórica que contuviera sus símbolos fundamentales. ¡Por eso nos ha enviado aquí a iniciarte, Elena! ¡Porque cree que su obra te investirá con el secreto místico de Juan!

—¿Y podéis iniciarme sin saber *exactamente* lo que el maestro ha inscrito aquí?

El tono de la joven sonó incrédulo.

—A falta de más pistas, sí. Antiguamente los novicios no llegaban a abrir siquiera el libro perdido de Juan. Es seguro que muchos no sabrían ni leer. ¿Por qué no habría de actuar este mural de igual manera con nosotros? Mirad, además, a Cristo. Está a una altura suficiente en la pared para que os podáis situar debajo, y recibir su mística imposición de manos, con una palma protegiendo vuestra cabeza y la otra invocando al cielo.

La condesita echó un nuevo vistazo al alfa. Bernardino tenía razón. La escena del banquete estaba colocada a suficiente altura como para recibir a una persona de cierta envergadura bajo el mantel. Era un buen lugar para situarse y recibir el espíritu de la obra, pero con todo, la mente pragmática de Elena la forzaba a buscar una interpretación más racional. Leonardo era un hombre práctico, poco dado a viejas elucubraciones místicas.

—Pues yo creo saber cómo podemos leer el mensaje del *Cenacolo*…

Elena titubeó. Una intuición súbita la iluminó al poco de ponerse bajo la protección del Alfa.

—¿Recordáis las atribuciones que el maestro os hizo memorizar para cuando os llegara el momento de retratar a los Doce?

Bernardino asintió perplejo. Las imágenes del día en el que la condesita le arrebató aquella lista aún seguían vivas en su memoria. Se sonrojó.

—¿Y sabríais decirme qué virtud era la que atribuía a Judas Tadeo? —insistió.

—¿Al Tadeo?

—Sí. Al Tadeo —exhortó Elena, mientras Luini buscaba el dato entre sus recuerdos.

—Es *Occultator*. El que oculta.

—Exacto —sonrió—. Una «O». ¿Lo veis? Ahí tenemos otra vez a nuestra omega. Y eso no puede ser casual.

38

—¡Por todos los diablos!

El júbilo de Bernardino Luini resonó en las cuatro paredes del refectorio.

—¡No puede ser tan fácil!

Ensimismado por el descubrimiento de la condesita, el maestro comenzó a repasar la disposición de los apóstoles. Tuvo que retroceder tres pasos para asegurarse una visión panorámica. Sólo situándose a unos metros de la pared septentrional era posible distinguirlos al completo, desde Bartolomé a Juan y de Tomás a Simón. Estaban agrupados de tres en tres, todos con el rostro vuelto hacia Cristo menos el discípulo amado, Mateo y el Tadeo, que cerraban los ojos o miraban a otra parte.

Luini rasgó uno de los cartones que Leonardo tenía esparcidos por el suelo, y con un carboncillo comenzó a garabatear los perfiles de la escena en su reverso. Marco y Elena siguieron sus movimientos con curiosidad. Mientras, el Agorero, un piso más arriba, se impacientaba al no escucharles pronunciar palabra.

—Ya sé cómo leer el mensaje del *Cenacolo* —anunció al fin—. Lo hemos tenido todo este tiempo delante de nuestras narices y no hemos sabido verlo.

El pintor se situó entonces en uno de los extremos del mural. Bartolomé, les recordó bajo su efigie encorvada y absorta, era *Mirabilis*, el prodigioso. Leonardo lo había retratado con el pelo rizado y bermejo, confirmando lo que Jacobo de la Vorágine había escrito sobre él en su *Leyenda dorada*: que era sirio y de carácter encendido, como corresponde a los pelirrojos. Luini anotó una «M» en el cartón, junto a su silueta. Después hizo lo mismo con Santiago el Menor, el lleno de gracia o *Venustus*, aquel al que a menudo confundían con el propio Cristo y que por sus obras mereció ese apelativo. Una «V» se sumó al papel. Andrés, *Temperator*, el que previene, retratado con las manos por delante como corresponde a tal atributo, pronto quedó reducido a una sencilla «T».

—¿Lo veis?

Marco, Elena y el joven maestro sonrieron. Aquello empezaba a cobrar sentido. «M-V-T» parecía el inicio de una palabra. El frenesí se disparó al comprobar que el siguiente grupo de apóstoles daba paso a otra sílaba pronunciable. Judas Iscariote se convirtió en «N» de *Nefandus*, el abominable traidor de Cristo. Su posición, sin embargo, era algo ambigua: si bien Judas era la cuarta cabeza que aparecía desde la izquierda, la peculiar posición de san Pedro —con su brazo armado a la espalda del traidor— podría dar lugar a un error de contabilidad. En cualquier caso, Luini explicó que la «N» seguiría siendo válida, ya que Simón Pedro fue el único de los Doce que negó tres veces a Cristo. «N», pues, de *Negatio*.

Elena protestó. Lo más lógico era guiarse por el orden de las cabezas de los personajes y por los atributos de la lección de Leonardo. Nada más.

Siguiendo ese orden, el siguiente era Pedro. Encorvado hacia el centro de la escena, merecía tanto la «E» de *Ecclesia* como la de *Exosus*, que el toscano le asignó. La primera hubiera satisfecho a Roma; la segunda, que significa «el que odia», reflejaba el carácter de aquel sujeto de pelo cano y mirada amenazante, dispuesto a ejecutar su venganza armado con un cuchillo de hoja gruesa. Y Juan, dormido, con la cabeza inclinada y las manos recogidas como las damas que retrataba Leonardo, hacía honor a su «M» de *Mysticus*. «N-E-M», pues, era el desconcertante resultado del trío.

—Jesús es la «A» —recordó Elena al llegar al centro del mural—. Prosigamos.

Tomás, con el dedo en alto, como si señalara cuál de los allí presentes era el primero en merecer el privilegio de la vida eterna, pasó al boceto de Luini como la «L» de *Litator*: el que aplaca a los dioses. Su atributo desató una breve discusión. En el Evangelio de Juan, fue Tomás quien metió su dedo en la lanzada de Cristo. Y también quien cayó de rodillas gritando «¡Señor mío y Dios mío!»,* aplacando así la posible ira del resucitado por no haber sido reconocido de inmediato.

* Juan 20, 28.

—Además —insistió Bernardino, enfatizando su teoría—, estamos ante el único retrato que confirma su letra en el perfil del apóstol.

—Olvidas el alfa de Jesús —puntualizó la condesita.

—Sólo que en esta ocasión la letra no se esconde en el cuerpo de Tomás, sino en ese dedo que alza al cielo. ¿Lo veis? El dedo índice estirado forma, junto a la base del puño y el pulgar saliente, una clara «L» mayúscula.

Los acompañantes de Luini asintieron maravillados. Contemplaron con cuidado a Santiago el Mayor, pero fueron incapaces de encontrar en él ningún rasgo que reprodujera la «O» que lo representaba.

—Y sin embargo —aclaró Bernardino—, quien haya estudiado la vida de este apóstol, concluirá que su «O» de *Oboediens*, el obediente, se le ajusta como un guante.

En efecto. Del Zebedeo escribió Jacobo de la Vorágine que fue hermano carnal de Juan y que «ambos pretendieron ocupar en el reino de los cielos los puestos más inmediatos al Señor y sentarse uno a su derecha y otro a su izquierda». Leonardo, por tanto, había recreado en el *Cenacolo* una mesa divina, extraída del mundo de la perfección en el que habitan las almas puras. Y Juan y Santiago ocupaban en ella los lugares que Cristo les prometió.

Así, junto a Felipe, *Sapiens* entre los Doce, el único que se señalaba a sí mismo, indicándonos dónde debemos buscar nuestra salvación, Luini consiguió armar una tercera y desconcertante sílaba: «L-O-S».

El grupo restante de apóstoles se resolvió con idéntica rapidez. Mateo, el discípulo cuyo nombre, según el obispo De la Vorágine, significaba «don de la prontitud», ya auguraba tan veloz desenlace. Luini sonrió al recordar cómo Leonardo lo bautizó como *Navus*, el diligente. Su letra secreta sumada a la omega del Tadeo formaban ya una sílaba legible «N-O». Al añadírsele la «C» de Simón, por *Confector* (el que lleva a término), el panorama resultante se les antojó evocador: cuatro grupos de tres letras, con una vocal siempre en el centro, y una enorme «A» presidiendo la escena, se dejaban leer como si fueran una extraña y olvidada fórmula mágica.

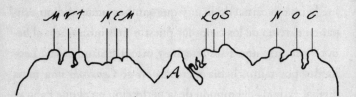

San Bartolomé	*Mirabilis*	El prodigioso
Santiago el Menor	*Venustus*	El lleno de gracia
Andrés	*Temperator*	El que previene
Judas Iscariote	*Nefandus*	El abominable
Pedro	*Exosus*	El que odia
Juan	*Mysticus*	El que conoce el misterio
Tomás	*Litator*	El que aplaca a los dioses
Santiago el Mayor	*Oboediens*	El que obedece
Felipe	*Sapiens*	El amante de las cosas elevadas
Mateo	*Navus*	El diligente
Judas Tadeo	*Occultator*	El que oculta
Simón	*Confector*	El que lleva a término

—¿Y ahora qué? —Elena se encogió de hombros—. ¿Significa algo?

Los dos varones repasaron de nuevo la frase sin encontrarle otro sentido que el de una sucesión de monosílabos pronunciables con aspecto de vieja letanía. Tampoco les extrañó. Era propio del maestro que un acertijo condujera a otro mayor. Leonardo se divertía diseñando esa clase de pasatiempos.

—Mut, Nem, A, Los, Noc…

Unos metros por encima de sus cabezas, aquellos sonidos recorrieron la garganta del Agorero. Los murmuró varias veces antes de abandonar eufórico su observatorio clandestino. «Qué burla tan astuta», pensó.

Y, satisfecho, barruntó cómo haría llegar su hallazgo a Roma.

39

Roma, días más tarde

—Debemos darnos prisa. Pronto serán las doce.

Giovanni Annio de Viterbo jamás abandonaba su palacete de la ribera oeste del Tíber sin su coche de caballos y su fiel secretario Guglielmo Ponte. Era uno más de los privilegios que la comadreja había merecido de Su Santidad Alejandro VI. Sin embargo, tanto boato le nublaba la razón. Annio de Viterbo era incapaz de sospechar que el joven Guglielmo, además de culto y refinado, era sobrino del padre Torriani. Y mucho menos que serían sus ojos los que iluminarían a Betania sobre las actividades de uno de los personajes más ambiguos y tramposos que recuerdan los siglos.

—¡Las doce! —repitió—. ¿Me has oído? ¡Las doce!

—No tenéis de que preocuparos —respondió Guglielmo, cortés—. Llegaremos a tiempo. Vuestro cochero es muy rápido.

Nunca había visto a la comadreja tan nerviosa. Las prisas eran raras en alguien como él. Desde que se afincara en las inmediaciones de las estancias Borgia por expreso deseo de Su Santidad, Annio campaba por Roma como si la ciudad fuera suya. No debía explicaciones a nadie. Sus horas de entrada y de salida no vulneraban ningún protocolo; todo lo que él hacía era dado por bueno. Las malas lenguas decían que sus prerrogativas las ganó gracias a las ansias del Pontífice por ilustrar su antiquísima, nobilísima y divinísima estirpe familiar con cuentos que justificaran su grandeza. Y era cierto que Annio había sabido contárselos como ningún otro. Del Papa valenciano llegó a predicar cosas increíbles. Se inventó que era descendiente del dios Osiris, que visitó Italia en la noche de los tiempos para enseñar a sus habitantes a roturar sus tierras, a fabricar cerveza e incluso a podar los árboles. Siempre apoyaba sus mentiras en textos clásicos, y a menudo recitaba pasajes enteros de Diodoro de Sicilia para justificar su extraña obsesión por la mitología de los faraones.

Ni Betania ni el Santo Oficio pudieron nunca atajar tales fantasías. El Papa adoraba a aquel charlatán. Incluso compartía con él su odio visceral contra el esplendor de las cultas cortes de Florencia o Milán, en cuyas bibliotecas la comadreja veía una seria amenaza a sus ideas descabelladas. Sabía que las traducciones de Marsilio Ficino de textos atribuidos al gran dios egipcio Hermes Trismegisto, también conocido como Toth, el dios de la Sabiduría, echaban por tierra la mayor parte de sus invenciones. Ni hablaban de la visita de Osiris a Italia, ni vinculaban los montes Apeninos a Apis, ni la ciudad de Osiricella a una remotísima visita de ese dios a los alrededores de Treviso.

Hasta aquel día, Guglielmo imaginaba que sólo el recuerdo de Ficino era capaz de sacar de quicio al maestro Annio. Pero era evidente que estaba equivocado.

—¿Has visto ya la decoración de los apartamentos del Papa?

Guglielmo negó con la cabeza. Llevaba un buen rato absorto en el repiqueteo de los cascos de los caballos contra los adoquines, tratando de imaginar adónde iba tan aprisa la comadreja.

—Yo te los mostraré —le dijo entusiasta—. Hoy, Guglielmo, conocerás al gran artífice de esas pinturas.

—¿De veras?

—¿Acaso te he mentido alguna vez? Si hubieras visto las escenas de las que te hablo, entenderías lo importantes que son. Muestran al dios Apis, el buey sagrado de los egipcios, como el icono profético de los tiempos que vivimos. ¿O no te has fijado que en el escudo de nuestro Papa también hay un buey?

—Un toro… diréis.

—¿Y qué más da? ¡Lo importante es el símbolo, Guglielmo! Junto a Apis también está representada la diosa Isis. Es solemne como la reina católica de España, y aparece sentada en su trono celeste con un libro abierto en el regazo, enseñando a Hermes y a Moisés las leyes y las ciencias. ¿Puedes imaginártelo?

Guglielmo cerró los ojos, como si se concentrara en las palabras de su maestro.

—Lo que quieren decir esos frescos, querido, es que Moisés recibió de Egipto todo su saber, y que de él lo hemos heredado los cristianos. ¿Comprendes la genialidad del arte? ¿Entiendes ahora la sublime enseñanza de lo que te estoy diciendo? Nuestra fe, querido Guglielmo, procede de allá, del remoto Egipto. Igual que la familia de nuestro Papa. Incluso los Evangelios dicen que Jesús huyó a ese país para librarse de Herodes. ¿No lo entiendes? ¡Todo procede del Nilo!

—¿También la persona con la que estáis citado, maestro?

—No. Ella no. Pero sabe mucho de ese lugar. Me ha conseguido muchas cosas de ese paraíso de sabiduría.

Annio enmudeció. Hablar de los orígenes egipcios del cristianismo le provocaba sensaciones contradictorias. Por un lado le reconfortaba saber que cada día había más sabios que, como aquel Leonardo de Milán, conocían el secreto y lo plasmaban en obras como la *Maestà*, que narraba un encuentro plausible entre Juan y Jesús durante su huida al país de los faraones; por otro, una divulgación imprudente de esas verdades podría poner en peligro la estabilidad moral de la Iglesia y hacerle perder algunos de sus privilegios. ¿Cómo iba a reaccionar el pueblo cuando supiera que Cristo no fue el único hombre-dios que volvió de entre los muertos? ¿Acaso no formularían preguntas incómodas al conocer los enormes paralelismos entre su vida y la de Osiris? ¿No interrogarían al Papa con acusaciones molestas, señalando a los Padres de la Iglesia como vulgares copistas de una historia sagrada que no les pertenecía?

Nanni se removió en su asiento.

—¿Sabes, Guglielmo? Toda la sabiduría oculta en los frescos de palacio no es nada comparado con la que hoy espero recibir.

El asistente bajó la mirada, temiendo que su maestro descubriera la curiosidad que sus palabras le producían.

—Si me entrega lo que de él espero, tendré la llave de cuanto os he contado. Lo sabré todo…

Annio calló al notar que el coche perdía velocidad. Echó un vistazo a través de las cortinas y vio que estaban fuera de Roma, muy cerca de su destino.

—Creo que estamos llegando, padre Annio —anunció su asistente.

—Magnífico. ¿Distingues a alguien que esté esperándonos?

Guglielmo sacó la cabeza del carro para curiosear la enorme fachada encalada de El Gigante Verde, una posada de las afueras famosa por ser punto de encuentro tanto de peregrinos como de fugitivos de la justicia. En efecto. Un caballero solitario enfundado en una capa marrón los saludaba desde la puerta del establecimiento.

—Hay un hombre que parece haberos reconocido —dijo.

—Entonces debe de ser él. Oliverio Jacaranda. Ha pasado mucho tiempo desde la última vez que nos vimos.

—¿Jacaranda? —El joven asistente titubeó—. ¿Lo conocéis, maestro?

—Oh, sí. Es un viejo amigo. No tienes de que preocuparte.

—Con el debido respeto, maestro: éste no es un lugar especialmente seguro para alguien como vos. Si os reconocieran, podríamos ser asaltados o quién sabe si secuestrados…

Annio sonrió divertido. Guglielmo ignoraba cuántas veces había estado cerrando negocios en ese mismo lugar. Y es que, desde mucho antes de ocupar su cargo protocolario junto a Alejandro VI, El Gigante Verde había sido uno de sus «despachos» favoritos. Los dueños lo conocían bien y lo respetaban. No tenía nada que temer. En sus mesas, estatuas, pinturas, estelas antiguas, escritos, ropas, perfumes y hasta ajuares funerarios completos se habían trocado por suculentas bolsas de oro de los tesoros pontificios. Jacaranda era uno de sus mejores proveedores. Las piezas que le había comprado lo habían hecho escalar más de un peldaño en su carrera. Por eso, si el español había regresado a Roma y había pedido verlo con urgencia, era porque tenía algo importante que ofrecerle.

Al poner pie en tierra, Annio tembló de emoción: ¿habría conseguido al fin el viejo tesoro? ¿Traería la pieza final que tanto había ambicionado?

La fértil imaginación del maestre se desbocó. Mientras Guglielmo abría la puerta del coche para que descendiera, la comadreja se regocijaba pensando en lo cerca que estaba el más grande de sus éxitos. ¿Para qué si no le habría hecho ir hasta allí su fiel «conseguidor»?

Jacaranda llegaba en un momento más que oportuno. La tarde anterior, Nanni había vuelto a reunirse con el general de los dominicos, el cascarrabias de Gioacchino Torriani, para escuchar de sus labios las últimas novedades sobre aquel asunto de *La Última Cena*. En audiencia privada con Su Santidad Alejandro VI, admitió haber encontrado el mensaje oculto tras

325

aquel impresionante mural. «Leonardo —dijo— ha escondido entre sus personajes una frase, una invocación escrita en una lengua extraña que ahora nos proponemos descifrar. Una carta recibida desde Milán nos ha resuelto el misterio.»

Torriani entonó aquella sentencia ante el Papa y la comadreja. Nadie entendió una palabra. Sin embargo, a Nanni la oración escondida en el *Cenacolo* le resultó inequívocamente egipcia.

—*Mut-nem-a-los-noc* —susurró.

¿Acaso no estaba claro su origen? ¿No citaba por ventura a la diosa Mut, esposa de Amón, reina de Tebas? ¿No resultaba providencial que Oliverio Jacaranda, un auténtico experto en jeroglíficos, llegara casi al tiempo que aquel mensaje? ¿Acaso no lo había mandado Dios mismo para ayudarle a resolver aquel acertijo y ganarse así el respeto eterno del Papa?

Sí. La providencia, pensó, estaba de su lado.

Frente a las caballerizas de El Gigante Verde, Jacaranda besó el anillo de Annio y lo invitó a pasar al interior del establecimiento. Hablarían del viejo tesoro y del jeroglífico.

Guiado hasta el vientre de la posada, la comadreja tomó asiento en uno de sus pequeños reservados. Fue una suerte inesperada para Betania que Guglielmo tuviera acceso a lo que se habló allá dentro.

—Mi querido Nanni —dijo el español, ya apoltronado en su asiento mientras se servía una generosa jarra de cerveza—, espero no haberos asustado con esta repentina visita.

—Todo lo contrario. Sabéis que siempre las aguardo con

impaciencia. Es una lástima que no os prodiguéis más por esta corte, en la que tanto se os valora.

—Es mejor así.

—¿Mejor?

Oliverio decidió no dar más rodeos:

—Esta vez traigo noticias que no os complacerán —dijo.

—Vuestra sola visita me complace. Qué más puedo pedir.

—El viejo tesoro, naturalmente.

—¿Y bien?

—Se resiste a caer en mis manos.

Annio torció el gesto. Sabía que conseguir aquella pieza no iba a ser fácil. A fin de cuentas, su tesoro había llegado a Italia hacía ya más de cien años y llevaba demasiado tiempo de mano en mano, esfumándose en los momentos más inesperados. No era una joya, ni una reliquia venerable, ni nada que satisficiera los costosos gustos de un rey. Su tesoro era un libro. Un viejo tratado oriental, encuadernado en tafilete y atado con correas de cuero, con el que esperaba encontrar la verdad sobre la resurrección del Mesías y su vínculo con la poderosa y ancestral magia egipcia.* Y Leonardo era, que supieran ambos, su último poseedor. De hecho, la mejor prueba estaba en la misteriosa frase que el padre Torriani había encontrado en su *Cenacolo*. Una invocación egipcia como no podía proceder de otra fuente.

---

* Javier Sierra lleva años investigando esta peculiar conexión entre las resurrecciones de Jesús y de Osiris. Parte de sus hallazgos fueron expuestos en su anterior novela *El secreto egipcio de Napoleón*. (N. del E.)

—Me decepcionáis, Oliverio —resopló la comadreja—. Si no lo traéis con vos, ¿para qué me habéis citado?

—Os lo explicaré: no sois el único que ambiciona ese tesoro, maestro Annio. Incluso la princesa d'Este lo deseó antes de perder la vida.

—¡Eso es agua pasada! —protestó—. Sé que la muy ingenua recurrió a vos, pero ahora está muerta. ¿Qué os detiene, entonces?

—Hay alguien más, maestro.

—¿Otro competidor? —La comadreja se encendió. El marchante parecía amedrentado—. ¿Qué es lo que queréis, Jacaranda? ¿Más dinero? ¿Es eso? ¿Os ha ofrecido más dinero y venís a subirme vuestros honorarios?

El español sacudió la cabeza. Su cara redonda y sus ojos amoratados denotaban una gravedad rara vez vista en él.

—No. No se trata de dinero.

—Entonces, ¿qué?

—Necesito saber a quién me enfrento. Quien busca vuestro tesoro está dispuesto a matar para conseguirlo.

—¿A matar, decís?

—Hace casi diez días acabó con la vida de uno de mis intermediarios: el bibliotecario del monasterio de Santa Maria delle Grazie. ¿Y sabéis? El muy bastardo ha seguido eliminando a cuantos han mostrado interés por vuestra obra. Por eso he venido a veros: para que me aclaréis a quién me enfrento.

—Un asesino… —La comadreja dio un respingo.

—No es un criminal cualquiera. Es un hombre que firma

sus crímenes; se burla de nosotros. En la iglesia de San Francesco ha terminado con la vida de varios peregrinos y siempre ha dejado con los cadáveres una baraja del tarot Visconti-Sforza a la que sólo le faltaba una carta.

—¿Una carta?

—La sacerdotisa. ¿Lo entendéis ya?

Annio enmudeció.

—Así es, Nanni. El mismo naipe que tanto *donna* Beatrice como vos me entregasteis para llegar hasta vuestro tesoro.

Oliverio apuró un nuevo trago de su cerveza, que descendió veloz por su garganta, humedeciéndola. Luego prosiguió:

—¿Sabéis lo que pienso? Que el asesino sabe de nuestro interés por el libro de la sacerdotisa. Creo que la elección de esa carta no es casual. Nos conoce, y nos eliminará también a nosotros si estorbamos en su camino.

—Está bien, está bien. —La comadreja parecía turbada—. Decidme, Oliverio, ¿esos peregrinos asesinados en San Francesco también buscaban mi tesoro?

—He hecho algunas averiguaciones entre la policía del Moro y puedo aseguraros que no eran unos peregrinos cualesquiera.

—¿Ah no?

—El último fue identificado como el hermano Giulio, un antiguo perfecto cátaro. Lo supe poco antes de partir a veros. La policía de Milán está desconcertada. Al parecer, ese Giulio fue rehabilitado por el Santo Oficio hace algunos años, después de que hubiera regentado una importante comunidad de perfectos en Concorezzo.

—¿Concorezzo? ¿Estáis seguro?

Jacaranda asintió.

El anticuario no percibió el escalofrío que recorrió la espina dorsal del viejo maestro. El mercader ignoraba que aquella aldea situada a las afueras de Milán, al nordeste de la capital, había sido uno de los principales reductos cátaros de la Lombardía y el lugar en el que, según todas las fuentes, se había custodiado durante más de doscientos años el libro que Annio ambicionaba conseguir. Todo encajaba: las sospechas de Torriani sobre la filiación cátara de Leonardo, los perfectos asesinados en Milán, la frase egipcia en el *Cenacolo*. Si no se engañaba, el origen de todo había que buscarlo en aquel tesoro: un texto de enorme valor teológico y mágico, preñado de referencias ocultas a las enseñanzas que Cristo entregó a la Magdalena tras su resurrección. Un legajo que evidenciaba los impresionantes paralelismos entre Jesús y Osiris, que resucitó gracias a la magia de su consorte Isis, la única que estuvo cerca de él en el momento de su regreso a la vida.

El Santo Oficio había invertido décadas en hacerse con semejante tratado. Lo más que pudieron determinar fue que una copia, tal vez incluso la única existente, debió salir de Concorezzo y acabar en las manos de Cosme el Viejo, durante el Concilio de Florencia de 1439. Y que jamás regresó. De hecho, sólo una oportuna indiscreción de Isabella d'Este, la hermana de *donna* Beatrice, durante los fastos de coronación del papa Alejandro en 1492 le hizo saber que el libro había estado en Florencia en poder de Marsilio Ficino, el traductor oficial de los Médicis, y que éste se lo regaló a Leonardo da Vinci poco antes de que partiera hacia Milán. No era, pues, improbable que los concorezzanos supieran también de esas noticias y quisieran recuperar su obra.

—Decidme entonces, padre Annio —preguntó Jacaranda sacando al prelado de sus reflexiones—, ¿por qué no me explicáis qué hace tan peligroso a ese libro?

Annio encontró la desesperación impresa en las arrugas de su viejo amigo y comprendió que no tenía elección.

—Es una obra extraordinaria —dijo al fin—. Recoge el diálogo que mantuvieron Juan y Cristo en los cielos acerca de los orígenes del mundo, la caída de los ángeles, la creación del hombre y las vías que tenemos los mortales para lograr la salvación de nuestra alma. Fue escrito justo después de la última visión que tuvo el discípulo amado antes de morir. Dicen que es una narración lúcida, intensa, que muestra detalles de la vida ultraterrena y el orden de lo creado a los que jamás accedió ningún otro mortal.

—¿Y por qué creéis que una obra así ha interesado a Leonardo? Ese hombre es muy poco amigo de la teología…

La comadreja levantó su índice para callar a Jacaranda:

—El verdadero título del «libro azul», querido Oliverio, os lo dirá todo. Sólo debéis escucharme. Hace doscientos años, Anselmo de Alejandría lo reveló en sus escritos: lo llamó *Interrogatio Johannis* o *La Cena Secreta*. Y por la información de que dispongo, Leonardo ha utilizado los misterios contenidos en sus primeras páginas para ilustrar la pared del refectorio de los dominicos. Ni más, ni menos.

—¿Y ése es el libro que aparece en el naipe de la sacerdotisa?

Nanni asintió.

—Y su secreto ha sido reducido por Leonardo a una sola frase que quiero que me traduzcáis.

—¿Una frase?

—En egipcio antiguo. Dice: *Mut-nem-a-los-noc*. ¿La conocéis?

Oliverio sacudió la cabeza.

—No. Pero os la traduciré. Descuidad.

40

De sol a sol.

Así fueron los interrogatorios del vigesimosegundo día de enero.

Recuerdo que el prior Bandello, fray Benedetto y yo nos entrevistamos con los frailes de Santa Maria delle Grazie uno por uno, esforzándonos por encontrar en sus palabras pistas que resolvieran nuestros enigmas. Vivimos momentos sorprendentes. Todos tenían algo que confesar. Temblando, suplicaban la absolución de sus faltas y juraban que jamás volverían a dudar de la naturaleza divina de Cristo. Pobrecillos. Casi todas sus revelaciones eran fruto de su paupérrima educación teológica; confundían hechos insustanciales con pecados gravísimos, y viceversa. Sin embargo, fue así, poco a poco, a fuerza de pacientes interrogatorios, como los *frates* Alessandro y Giberto fueron perfilándose como la punta de lanza de un peculiar intento por controlar desde dentro el lugar donde iba a descansar el *Cenacolo*. Los cuatro religiosos que resultaron más implicados nos confesaron por separado la poderosa razón que los movía: aquella gigantesca obra del toscano encerraba lo que definieron como una «imagen talismánica». Esto es, un trazado geométrico sutil, diseñado para seducir a las mentes desprevenidas y grabar en su memoria una información que, por desgracia, ninguno de ellos pudo precisarnos con palabras. «Es la tercera revelación de Dios», se atrevió a decir uno.

Aquello me llamó la atención.

Nuestros cuatro herejes procedían de pequeños pueblos del norte de Milán, de la región de los lagos y aún más arriba, que se habían unido a los dominicos al poco de fundarse el nuevo convento. Lo hicieron cuando supieron de las intenciones del Moro de convertirlo en su mausoleo familiar. Y es que, a diferencia del resto, éstos eran hombres de formación, admiradores de la célebre máxima de san Bernardo que dice «Dios es longitud, anchura, altura y profundidad». Conocían a Pitágoras, habían leído a Platón y lo tenían en más estima que a Aristóteles, el inspirador de nuestro sistema teológico. Pronto destacó entre ellos fray Guglielmo Arno, el cocinero. No sólo fue el único que se negó a confesar sus pecados ante nuestro tribunal, sino que nos trató con displicencia por militar en la «Iglesia falsa».

Lo poco que hasta entonces sabía de él era la gran amistad que le unía con Leonardo. Fray Alessandro fue el primero que me habló de ello. Y es que a ambos los tentaban los mismos placeres; despreciaban entre risotadas las comidas excesivas del Moro, oponiendo a los asados de carne los brotes de col, las ciruelas, las rodajas de zanahoria cruda o los pasteles fermentados. Supe también que Guglielmo y él alcanzaron su momento de gloria en la Navidad de 1495, cuando inventaron un bizcocho con el aspecto de la cúpula bramantina de Santa Maria y lo presentaron en el banquete ducal del 25 de diciembre.* Fue un acontecimiento tal, que hasta *donna* Beatrice les imploró que revelaran el secreto que habían aplicado a la masa para hacerla crecer de aquel modo. Fray Guglielmo le hizo caso omiso. La duquesa insistió. Y todavía muchos recuerdan el grosero desplante del fraile, que le valió cinco semanas de arresto entre sus propios pucheros y una severa amonestación de la casa Sforza.

Fray Guglielmo no había cambiado nada desde entonces. Sus aspavientos y su encono hacia nosotros demostraban que antes preferiría morir que retractarse de sus actos. Bandello ordenó que lo encerraran, mientras murmuraba entre dientes lo que pensaba de su cocinero:

—Es incapaz de controlar su genio —dijo—. No tiene remedio. Cuando posó como Santiago el Mayor para el *Cenacolo*, hasta Leonardo era incapaz de atemperarlo.

Sacudí la cabeza incrédulo.

—¡Oh! —exclamó—. ¿Tampoco os lo ha dicho nadie? Tal vez la larga cabellera del apóstol os haya distraído, padre Leyre, pero si os fijáis bien en los rasgos del cocinero, lo reconoceréis. Fui yo quien lo autoricé a ello. Leonardo me pidió que le pro-

---

* Hoy es célebre en todo el mundo el *panettone*, que algunos creen fue inventado por Leonardo da Vinci en las fechas referidas. *(N. del E.)*

porcionara a un varón de carácter que gesticulara como lo hace Santiago en la mesa, y pensé en él.

—¿Y por qué querría el maestro incluir a alguien así entre los Doce?

—Le pregunté eso mismo al maestro, ¿y sabéis qué me respondió? «¡Geometría! —dijo—. ¡Todo es geometría!» Me explicó que en un desnudo medía la belleza igualando la distancia que existe entre los pezones con la que separa el pecho del ombligo, y a su vez entre éste y las piernas. En cuanto a la ira, me aseguró que era capaz de plasmarla tan sólo bosquejando una mirada. Cuando regreséis al *Cenacolo*, contemplad la mirada de Santiago. Evita el rostro de Cristo, bajándola con horror hacia la mesa, como si allí hubiera descubierto algo terrible.

—Que uno de sus compañeros va a traicionar al Mesías —dije.

—¡No! —El tuerto rompió su silencio, como si hubiera dicho algo inadecuado—. Eso es lo que nos ha querido hacer creer. ¿Acaso no os han dicho nuestros frailes que estamos ante un talismán? En una pieza así los símbolos, o la ausencia de ellos, son fundamentales para su funcionamiento. Y en este caso, lo que Santiago mira horrorizado es el gesto de Judas y Jesús compitiendo por conseguir un mismo trozo de pan... O tal vez la ausencia del cáliz de Cristo. El Grial.

Su observación era aguda.

—Y pensad en algo más: Santiago, el iracundo, está en el lado del *Cenacolo* donde la luz es más brillante. Está a la vera de los justos.

Fray Benedetto nos explicó cómo había tenido la oportunidad de asistir a algunas clases que sobre la distribución del espacio y la luz impartió el maestro en el claustro del hospital. Sus discursos eran a la vez extraños y embriagadores. Enseñaba cómo la materia inerte, si era distribuida de un modo armónico, podía llegar a cobrar vida propia. A menudo comparaba ese prodigio con lo que les ocurría a las notas de una partitura: escritas sobre papel no eran más que una sucesión de borrones estáticos sin otro valor que el ideográfico. Sin embargo, tamizadas por la mente de un músico y trasladadas a sus dedos o pulmones, sus trazos vibraban, llenaban el aire de sensaciones nuevas e incluso podían llegar a alterar nuestro ánimo. ¿Podía existir algo más vivo que la música? Para Leonardo, no.

El *magister pictorum* veía sus obras de un modo parecido. En apariencia eran naturaleza muerta, poco más que estucos o tablas cubiertos de pigmentos y cola. Sin embargo, si eran interpretadas por un observador iniciado cobraban una fuerza desmedida.

—¿Y cómo creéis que Leonardo puede dar vida a algo que no la tiene? —pregunté.

—Mediante magia astral. Creo que ya sabéis que ese hereje de Leonardo estudió los textos de Ficino, ¿verdad?

La pregunta de fray Benedetto sonó a trampa. El tuerto debía conocer mis sospechas gracias al padre Bandello, así que, prudente, incliné la cabeza en señal de aprobación.

—Pues bien —continuó—, Ficino tradujo del griego antiguo el *Asclepios*, una obra atribuida a Hermes Trismegisto, en el que se enseñaba cómo los sacerdotes de los faraones daban vida a las estatuas de sus templos.

—¿De veras?

—Dominaban el *spiritus*, una ciencia oscura mediante la cual dibujaban sobre las imágenes signos cósmicos que las conectaban con las estrellas. Signos astrológicos, para entendernos. Y el maestro ha aplicado esas técnicas al *Cenacolo*.*

El prior y yo nos miramos desconcertados.

—¿Es que no lo veis, hermanos? Doce apóstoles, doce signos del zodiaco. Cada discípulo se corresponde con una constelación, y Jesús, en el centro, encarna el ideal de sol. ¡Es una obra talismánica!

—Calmaos, padre Benedetto. Eso no son más que suposiciones…

—¡Nada de eso! Fijaos bien en el *Cenacolo*, porque que sea un mural vivo no es lo peor que tiene. Visto desde nuestro co-

---

* El estudio más reciente y profundo sobre la correspondencia entre los signos del zodiaco y las figuras de los doce apóstoles es obra de Nicola Sementovsky-Kurilo. Él asegura que los discípulos del *Cenacolo* están distribuidos en cuatro grupos de a tres, para representar los cuatro elementos de la Naturaleza, e incluso asigna a cada uno de ellos un signo zodiacal específico. Así, a Simón —que está en el extremo derecho de la mesa— le corresponde el primer signo zodiacal, Aries. A Tadeo, Tauro. A Mateo, Géminis. El signo de Cáncer es para Felipe. Leo para Santiago el Mayor. Virgo para Tomás. Y la balanza de Libra para Juan, lo que según Sementovsky tiene una lectura simbólica importante, al considerar al joven Juan como el elemento equilibrador de la futura Iglesia. El resto de signos son Escorpio para Judas, Sagitario para Pedro, Capricornio para Andrés, Acuario para Santiago el Menor y Piscis para Bartolomé.

nocimiento de las ideas cátaras, esa obra recoge a la perfección la más profunda de las tesis de los herejes. Es una especie de «Biblia negra». ¡Y en nuestro refectorio!

—¿A qué idea os referís, Benedetto? —lo interpelé.

—Al dualismo, padre. Si no os entendí mal esta mañana, todo el sistema de creencias de los *bonhommes* se basa en la existencia de un enfrentamiento permanente entre un Dios bueno y uno malo.

—Así es.

—Entonces, cuando regreséis al refectorio, fijaos si la lucha entre el bien y el mal está o no recogida en el *Cenacolo*. Cristo está en el centro, como el fiel de una balanza a medio camino entre el mundo del espíritu y el de la carne. A su derecha, que es nuestra izquierda, está la zona de sombras, del mal. Id y mirad la pared de vuestra izquierda: está ensombrecida, sin luz. No es casualidad que en ese lado se encuentre Judas Iscariote, pero también Pedro con la daga. Con el arma que, según vos, le confiere un carácter satánico.

El anciano cascarrabias tomó aire antes de rematar su discurso:

—Por el contrario —añadió—, en el lado opuesto están aquellos a los que Leonardo considera la luz. Es la zona iluminada de la mesa, y en ella no sólo se ha retratado a sí mismo sino también a Platón, al antiguo inspirador de muchas de las doctrinas heréticas de los cátaros.

De repente recordé algo:

—Y también los hermanos Guglielmo y Giberto, los dos

339

cátaros confesos —añadí—. ¿O no fuisteis vos quien me dijisteis que Giberto posó para el perfil del apóstol Felipe?

El tuerto asintió.

—Por cierto —argumenté recordando la disposición geométrica de los apóstoles—, también vos estáis ahí. Dando vida a santo Tomás. ¿Verdad?

Benedetto rezongó algo, incómodo, y protestó con energía después.

—Dejémonos de historias. Está bien que nos esforcemos por interpretar el mural de Leonardo, pero lo que verdaderamente debería importarnos es decidir qué vamos a hacer con esa obra. Os lo diré una sola vez, hermanos: o atajamos de raíz este asunto y emparedamos esa pintura, o el contenido de ese mural va a ser un faro para los herejes que sólo nos traerá problemas.

41

—No lo entiendo. ¿Vais a quedaros ahí parado, esperando a que lo condenen?

El asombro de Bernardino Luini no conmovió en absoluto al maestro Leonardo. Llevaba un buen rato a la intemperie, en su huerta, concentrado en el desarrollo de su próxima máquina, y apenas había prestado atención al regreso de sus discípulos. ¿Para qué? En el fondo albergaba pocas esperanzas de que Elena, Marco y Luini regresaran del *Cenacolo* iluminados por la sabiduría que tan cuidadosamente había impreso en el lugar. El maestro estaba cansado de esperar. Le aburría contemplar aquel ir y venir de seguidores suyos incapaces de entender su particular modo de escribir en el arte.

Además, como de costumbre, sus pupilos sólo traían noticias desoladoras del convento. Decían que Santa Maria estaba en pie de guerra. Que el padre Bandello había decidido interrogar a sus frailes en busca de herejes, y que había ordenado aislar a su querido fray Guglielmo, el cocinero, acusándolo de conspiración contra la Iglesia.

El maestro escuchó aquellas explicaciones a su pesar, sin saber qué decir.

—Tampoco yo os entiendo, maestro —terció d'Oggiono—. ¿Acaso os complace lo sucedido? ¿Es que no teméis por la suerte de vuestro amigo? ¿Tan insensible os estáis volviendo, meser?

Leonardo alzó su mirada azul de la caja de herramientas, clavándose en su querido Marco:

—Fray Guglielmo aguantará —dijo al fin—. Nadie podrá romper el círculo que representa.

—¡Dejaos de alegorías! ¿Es que no veis el peligro? ¿No os dais cuenta de que no tardarán en venir a por vos?

—De lo único que me doy cuenta, Marco, es de que no me escucháis… —replicó con sequedad—. Nadie lo hace.

—¡Un momento! —La joven Elena, que hasta entonces había permanecido callada tras Luini y d'Oggiono, dio un paso al frente interponiéndose entre los tres varones—. ¡Ya sé lo que queréis enseñarnos, maestro! ¡Ahora lo entiendo! ¡Todo está en el *Cenacolo*!

Las pobladas cejas de Leonardo se arquearon ante aquella inesperada reacción. La condesita prosiguió:

—Utilizasteis a fray Guglielmo para representar a Santiago el Mayor. De eso no hay duda. Y en el *Cenacolo* él encarna la letra «O». La omega. Igual que vos.

Luini se encogió de hombros, mirando al maestro con sonrojo. A fin de cuentas, había sido él quien había enseñado aquello a la jovencita de los Crivelli.

—Eso sólo puede querer decir una cosa —añadió—: que fray Guglielmo y vos sois los únicos que os halláis en posesión del secreto que queréis que encontremos. Y también que estáis tan seguro de su discreción como él de la vuestra. A fin de cuentas, representáis el mismo plan.

—Admirable —aplaudió Leonardo—. Veo que sois tan sagaz como vuestra madre. ¿Y sabéis también por qué elegí la letra «O»?

—Sí… Eso creo —titubeó.

El toscano la miró intrigado. Sus compañeros, aún más.

—Porque la omega es el fin, lo opuesto al alfa, que es el principio —dijo—. De ese modo os situáis en el extremo final de un proyecto que empezó con Cristo, que es la única «A» del mural.

—Admirable —repitió el maestro—. Admirable.

—¡Claro! ¡Fray Guglielmo y vos sois quienes habéis de traernos la Iglesia de Juan! —saltó Luini—. ¡Ése es el secreto!

El sabio se inclinó de nuevo sobre la extraña máquina que acababa de diseñar para su parcela, negando con la cabeza.

—Hay más, Bernardino. Hay más.

Lo que Leonardo tenía frente a sí era un artilugio tremendo. Se había concentrado en él al poco de fracasar en su intento por automatizar la cocina de la fortaleza sforzesca. Sus asadores automáticos, su picadora de vacas, aquellos enormes fuelles que avivaban una olla ciclópea llena de agua hirviendo y la rebanadora de pan accionada por aire, se habían cobrado varios heridos y habían resultado del todo ineficaces para complacer los bárbaros gustos gastronómicos del Moro. Pero su nueva máquina iba a ser distinta. Si todo salía bien, el dux no volvería a burlarse de su recolectora de rábanos gigante y a proponerla como su futura arma de guerra contra los franceses. Era cierto que su primer ensayo en las fincas de Porta Vercellina se cobró tres víctimas, pero tras unos oportunos ajustes la máquina dejaría de ser letal.

—Maestro… —protestó Luini ante la dispersión del toscano—. Hemos dado un paso enorme en la comprensión de vuestro *Cenacolo*, y fijaos: no parecéis interesaros por ello en absoluto. ¿No veis que ha llegado ya la hora de transmitir vuestro secreto? La Inquisición cierra el cerco en torno a vos. Puede que mañana quieran deteneros e interrogaros. Si lo hacen, todo vuestro proyecto se perderá.

—Os he escuchado, Bernardino. Y con atención —dijo sin quitar la vista de su ingenio—. Y aunque valoro que hayáis encontrado las letras que oculté en el *Cenacolo*, también veo que no sois capaces de interpretarlas. Y si vosotros, que sabéis dónde buscar, parecéis niños que no saben leer, cuánto más perdidos estarán esos frailes que decís me persiguen.

—Un libro. Toda la clave está ahí, ¿verdad maestro? En un libro en el que vos lo habéis aprendido todo.

El nuevo comentario de Luini sonó a desafío.

—¿Qué queréis decir con eso?

—Vamos, meser. El tiempo de los acertijos ha pasado. Y vos lo sabéis. He visto en ese *Cenacolo* el rostro de vuestro viejo amigo Ficino, el traductor. ¿No fue con él con quien convinisteis que un retrato así marcaría la llegada de la Iglesia de Juan? ¿No os entregó él un libro destinado a ser la nueva Biblia de esa Iglesia?

Leonardo dejó caer sus herramientas junto a la recolectora de rábanos, levantando una polvareda en el jardín.

—¡Qué sabrás tú de eso! —protestó.

—Lo que vos me enseñasteis: que desde los tiempos de Jesús, dos Iglesias luchan por el control de nuestras almas. Una, la de Pedro, fue pensada como Iglesia temporal. Útil para enseñar a los hombres el camino del despertar de la conciencia, pero es sólo la precursora de otra construcción más gloriosa que alimentará nuestro espíritu cuando estemos abiertos a recibirla. Pedro es la Iglesia del pasado, la que ha allanado el camino a la que ha de venir: la Iglesia de Juan. La vuestra.

El toscano quiso intervenir pero su antiguo discípulo aún no había terminado de hablar:

—Ese hombre al que habéis pintado como Mateo en el *Cenacolo*, Ficino se llama, os confió un libro con textos de Juan para que lo estudiaseis. Lo recuerdo bien. Estuve presente el día que os lo entregó. Entonces, yo sólo era un niño. Y si ahora os esforzáis por retratarlo, incluso por brindar a otros como nosotros el acceso a vuestra obra, es porque creéis que ha llegado el momento del relevo, ¿verdad? Eso es lo que significa vuestro *Cenacolo*. Admitidlo. El anuncio de la nueva Iglesia.

Marco y Elena no se atrevieron a pestañear siquiera. Leonardo pidió silencio a Luini con un gesto que usaba a menudo:

le gustaba señalar al cielo con su índice levantado, como si le pidiera la venia a Dios para hablar.

—Mi querido Bernardino —dijo, tratando de aplacar el genio que estaba desatándose en su interior—. Es cierto que Ficino me hizo depositario de unos textos valiosísimos justo antes de que decidiera trasladarme a Milán. Y también son exactas tus apreciaciones sobre las dos Iglesias. Nada de eso te negaré. Llevo años pintando a Juan el Bautista en mis obras, esperando la llegada de un momento como éste. Y creo que, en efecto, ha llegado ya.

—¿Qué os lo hace creer, maestro?

—¿Qué? —respondió a Elena, mucho más tranquilo—. ¿Es que no lo ve todo el mundo? El Papa ha conducido a la Iglesia temporal a un grado de depravación difícil de igualar. Hasta sus propios clérigos, como ese Savonarola de Florencia, se han vuelto contra él. Ha llegado el momento de que la Iglesia del espíritu, la del Bautista, releve a la de Pedro y nos conduzca a la salvación verdadera.

—Pero en el *Cenacolo* no está el Bautista, maestro.

—El Bautista, no. —Sonrió a Marco d'Oggiono, siempre atento a los pequeños detalles—. Pero Juan, sí.

—No os entiendo…

—Casi todo está en las Escrituras. Si releéis los Evangelios con atención, veréis que Jesús no empezó su vida pública hasta que el Bautista lo bañó en las aguas del Jordán. Los cuatro evangelistas necesitaron justificar la misión de Jesús refiriéndose a él como parte de su preparación como Mesías. Por eso lo pinto siempre con el dedo levantado hacia el cielo: es mi modo de decir que él, el Bautista, llegó el primero.

—Entonces, ¿por qué adoramos a Jesús y no a Juan?

—Todo formó parte de un plan cuidadosamente calculado. Juan fue incapaz de transmitir a aquel puñado de hombres burdos e incultos sus enseñanzas espirituales. ¿Cómo hacer entender a unos pescadores que Dios está dentro de nosotros y no en un templo? Jesús le ayudaría a adoctrinar a esos salvajes. Diseñaron una Iglesia temporal a imitación de la judía, y otra espiritual, secreta, como jamás se había visto en la Tierra. Y esas enseñanzas se confiaron a una mujer inteligente, María Magdalena, y a un joven despierto al que también llamaban Juan… Y ese Juan, querido Marco, sí está en el *Cenacolo*.

—¡Y la Magdalena también!

El toscano no pudo ocultar su admiración por aquella joven impetuosa. Luini, sonrojado, se vio forzado a aclararle su reacción: fue él quien le enseñó que allá donde viera pintado un nudo grande y visible, sabría que hallaría una obra vinculada a la Magdalena. *La Última Cena* lo tenía.

—Dejadme que os explique algo más —añadió el maestro, ya algo fatigado—: Juan es mucho más que un nombre. Así conocieron en su tiempo tanto al Bautista como al Evangelista. Sin embargo, Juan es un título. Se trata del *nomen mysticum* que llevan todos aquellos depositarios de la Iglesia espiritual. Como la papisa Juana, la de las cartas de los Visconti.

—¿La papisa Juana? ¿No era eso un mito? ¿Una fábula para incautos?

—¿Y qué fábula no enmascara hechos reales, Bernardino?

—Entonces…

—Debéis saber que el hombre que dibujó esas cartas fue Bonifacio Bembo, de Cremona. Un perfecto. Y éste, viendo peligrar el destino de nuestros hermanos, decidió esconder en ese mazo de cartas para los Visconti algunos símbolos fundamentales de nuestra fe. Como la creencia en que somos descendencia mística de Jesucristo. ¿Y qué mejor símbolo de esa certeza que pintar a una papisa embarazada, sosteniendo en su mano la cruz del Bautista, indicando a quien sepa leerlo que de la vieja Iglesia nacerá pronto la nueva? Esa carta —añadió el maestro en tono reverencial— es la profecía precisa de lo que está por venir…

42

No sé por qué extraña razón el padre Bandello decidió enviarme a semejante misión. Si hubiera tenido el don de la profecía y hubiera visto lo que estaba a punto de ocurrirme, es seguro que me habría retenido a su lado. Pero el destino es impredecible, y Dios, en aquella jornada de enero, lanzó los dados de mi devenir fiel a su inescrutable proceder.

Al principio, lo confieso, me dio asco.

Desenterrar, junto con Benedetto el tuerto, Mauro el enterrador y fray Jorge, el fardo funerario del padre Trivulzio, me revolvió las entrañas. Hacía ya más de cincuenta años que el Santo Oficio no exhumaba el cadáver de un reo para proceder a su quema, y aunque le rogué al prior que dejara a los muertos en paz, no pude evitar que fray Alessandro volviera a ver la luz del día. Su cadáver, jabonoso y pálido, desprendía un hedor insoportable. Por mucho que mis compañeros y yo tomamos la precaución de envolverlo en un nuevo sudario y lo atamos como a una salchicha, su peste no dejó de acompañarnos durante todo el viaje. Por suerte, no todo fue tan negro. Me llamó la atención que si bien era imposible respirar junto al cuerpo de fray Alessandro, no ocurría lo mismo con el del sacristán. Fray Giberto no olía a nada. A nada en absoluto. El enterrador atribuyó el fenómeno a que el fuego que lo consumió en la plaza de la Mercadería había acabado con sus partes corruptibles, confiriéndole ese extraño don. Sin embargo, el tuerto defendió con vehemencia otra teoría. Para él, el hecho de haber permanecido a la intemperie en un patio del hospital de la orden, soportando temperaturas de varios grados bajo cero, había evaporado los peores efluvios del sacristán. Nunca supe a quién de los dos creer.

—Si os fijáis bien, con las bestias pasa lo mismo —trató de convencerme el tuerto—. ¿O es que huele a algo el cuerpo de un caballo abandonado en un camino nevado?

Llegamos al llano de Santo Stefano sin haber concluido nuestra discusión y cuando apenas faltaba una hora y media para las vísperas. Habíamos atravesado el control militar de la Porta della Corte all'Arcivescovado y dejado atrás la sede del Capitano di Giustizia sin haber tenido que dar demasiadas explicaciones a la guardia. La policía sabía de nuestras cuitas, y aprobaba que hubiéramos decidido llevar a los herejes bien lejos de la ciudad. El carromato que conducíamos, cargado de aperos y sogas, pasó todas las inspecciones. Y así llegamos a Santo Stefano, un claro en medio del bosque, solitario y silencioso, con suelo de roca firme, sobre el que no nos iba a ser difícil apilar los fardos de leña que habíamos acarreado y prender con ellos a nuestros difuntos.

Jorge, solícito, dirigió los trabajos.

Fue él quien organizó con señas la montaña de troncos que los reduciría a cenizas, y quien nos enseñó la mejor manera de alzar una pira sólida y calorífera. Para alguien como yo, que había presenciado tantos autos de fe sin levantar siquiera un leño, aquélla fue una sensación nueva. Jorge nos mostró cómo colocarlos siguiendo un orden inverso a su tamaño. Había visto ya demasiadas veces cómo se hacía. Fue él quien nos enseñó que la leña más fina debía colocarse en la base, para que al arder prendieran con eficacia las piezas más gruesas. Y una vez terminada la tarea, nos obligó a extender una gran cuerda alrededor de la montaña, afirmarla, e izar con uno de los extremos sobrantes los cuerpos de nuestros hermanos hasta la cumbre. Cumpliríamos así las órdenes de nuestro prior y regresaríamos antes de que fuera noche cerrada y los soldados del Moro atrancasen las puertas de entrada al burgo.

—¿Sabéis lo mejor de este trabajo? —jadeó fray Benedetto, al terminar de situar el cuerpo de Giberto en el techo de troncos. El tuerto se había encaramado junto al enterrador hasta la cima, para así poder tirar fuerte del fardo de fray Alessandro y depositarlo en su lugar.

—Ah, ¿pero tiene algo bueno?

—Lo bueno, hermano Mauro —oí gruñir a Benedetto—, es que con un poco de suerte las cenizas de estos desgraciados caerán sobre los cátaros que se esconden en estas montañas.

—¿Cátaros aquí? —protestó—. Los veis por todas partes, hermano.

—Y además les suponéis mucha perspicacia —tercié desde el suelo, mientras ajustaba la soga alrededor de fray Alessandro—. ¿De veras los creéis capaces de distinguir esas cenizas de las de sus propias hogueras? Permitidme que lo dude.

Esta vez el tuerto no replicó. Aguardé un instante a que la cuerda se tensara y comenzara a izar al bibliotecario, pero tampoco noté nada. Mauro Sforza no aprovechó la ocasión para rematar los siempre amargos comentarios del asistente del prior, y un incómodo y prolongado silencio se instaló de repente en el claro.

Extrañado, di un paso atrás para ver qué sucedía allá arriba. Fray Benedetto estaba inmóvil como una estatua de sal, el rostro vuelto hacia atrás y la mirada perdida en algún lugar de la linde del bosque; había soltado la soga. A Mauro no era capaz de verlo; lo más que acerté a discernir fue el ligero temblor de su barbita cana. Tragaba aire con angustia, como lo haría uno de esos místicos ante sus visiones extáticas del cielo. No pestañeaba, ni parecía capaz de articular ningún movimiento. Enseguida lo comprendí: el tuerto, paralizado por alguna impresión, parecía querer señalarme algo con la barbilla, levantándola con espasmos irregulares y dando golpecitos al aire con su nariz. Por eso, cuando me giré en redondo y enfilé el lugar hacia el que miraba, casi caí de espaldas de la impresión.

No exagero.

Justo a la entrada del bosque, a unos veinte metros de donde nos encontrábamos, un grupo de quince encapuchados observaba en silencio nuestros movimientos. Nadie los había visto antes. Vestían de negro de pies a cabeza, tenían las manos recogidas dentro de sus mangas y parecían llevar un buen rato allí, vigilando el claro de Santo Stefano. No es que nos parecieran hostiles —de hecho, no llevaban armas, ni palos, ni nada con lo que pudieran agredirnos—, pero he de reconocer que tampoco nos tranquilizó mucho su actitud: nos miraban por el filo de sus capuchas, sin articular palabra o hacer ademán alguno de acercársenos. ¿De dónde habían salido? Que supiéramos, no existía ningún convento o eremitorio en los alrededores, ni aquélla era una jornada litúrgica que justificara la presencia de unos monjes en campo abierto.

¿Y entonces? ¿Qué querían? ¿Acaso habían venido a presenciar la ejecución post mórtem de nuestros herejes?

Mauro Sforza fue el primero en descender de la pira y dirigirse hacia los encapuchados con los brazos abiertos, pero su gesto sólo recibió indiferencia por respuesta. Ninguno de los visitantes movió un músculo.

—Santo Dios —acertó a exclamar por fin el tuerto—. ¡Si son revestidos!

—¿Revestidos?

—¿Es que no lo veis, padre Leyre? —balbució entre la perplejidad y el enfado—. Os lo estaba diciendo. Van enfundados en hábitos negros, sin cuerdas ni ornamentos, igual que los cátaros que aspiran a la perfección.

—¿Cátaros?

—No van armados —añadió—. Su fe se lo prohíbe.

Mauro, que había escuchado aquello, dio un paso más hacia los desconocidos.

—Adelante, hermano —lo animó el tuerto—. No perderéis nada si los tocáis. Si no son capaces de matar a un pollo, ¿cómo van a pensar en haceros daño?

—*Laudetur Iesus Christus.* ¡Están aquí por sus muertos! —saltó Jorge, que se había pegado a mis hábitos temblando de miedo nada más darse cuenta de lo que pasaba—. ¡Quieren que se los devolvamos!

—¿Y eso os atemoriza? ¿Es que no habéis escuchado a fray Benedetto? —le susurré, rogándole que se calmara—. Estas gentes son incapaces de utilizar la violencia contra nosotros.

Nunca supe si el hermano Jorge llegó a responderme, porque cuando debió de hacerlo los intrusos entonaron un sentido *Pater Noster* que estremeció todo el claro. Sus timbres varoniles llenaron Santo Stefano, dejándonos sin palabras. Jorge, pues, se equivocó. Los *bonhommes* no habían venido a recuperar el cuerpo de sus correligionarios. Jamás harían algo así. Ellos odiaban los cuerpos. Los consideraban la prisión del alma, un obstáculo diabólico que les alejaba de la pureza del espíritu. Si se habían desplazado hasta allí, arriesgándose a ser detenidos y llevados a prisión, era porque habían decidido orar por las almas de sus correligionarios muertos.

—¡Malditos seáis todos! —los imprecó fray Benedetto, alzando sus puños desde lo alto de la pira—. ¡Malditos una y mil veces!

La reacción del tuerto nos sorprendió a todos. Fray Jorge y

el hermano Mauro se quedaron de una pieza al verlo saltar al suelo y salir corriendo hacia los revestidos como si estuviera fuera de sí. Estaba rojo de ira, con la cara a punto de estallarle y las venas del cuello hinchadas. Benedetto embistió con violencia al primer encapuchado que se cruzó en su camino. El hombre cayó de bruces contra el suelo. Y el tuerto, enloquecido, se hincó de rodillas sobre él empuñando un cuchillo que había sacado sabe Dios de dónde.

—¡Deberíais estar muertos! ¡Todos! ¡No tenéis derecho a estar aquí! —gritó.

Antes de que pudiéramos detenerlo, nuestro hermano había hundido su arma hasta el mango en la espalda del revestido. Un alarido de dolor estremeció el lugar.

—¡Idos al infierno! —bramó.

Lo que ocurrió a continuación todavía es confuso para mí.

Los encapuchados se miraron entre sí antes de abalanzarse sobre Benedetto. Lo apartaron de la espalda herida de su hermano, que echaba sangre a borbotones, y lo redujeron contra uno de los pinos. El tuerto, que seguía profiriendo maldiciones contra sus captores, tenía su único ojo inyectado de ira.

En cuanto a los demás, aún menos es lo que recuerdo. Jorge, el octogenario, huyó corriendo a la ciudad. Nunca pensé que pudiera hacerlo con esa agilidad. A Mauro, en cambio, lo perdí de vista en cuanto uno de aquellos hombres me echó un saco por la cabeza atándomelo al cuello con una correa. Algo debía de tener aquel talego, porque al poco de llevarlo encima, noté cómo fui perdiendo el sentido lentamente. En cuestión de segundos, dejé de oír los aullidos del encapuchado herido, y una extraordinaria sensación de ligereza se fue apoderando de mis extremidades de forma inexorable.

Antes de desfallecer, sin embargo, aún tuve tiempo de escuchar una voz que murmuró algo que no acerté a comprender:

—Ahora, padre, al fin podré responder a vuestras dudas.

Después, atolondrado y perplejo, me desmayé.

43

Desperté con náuseas y un fuerte dolor de cabeza, sin saber cuánto tiempo había permanecido inconsciente. Todo daba vueltas a mi alrededor, y mi mente estaba más confusa que nunca. La culpa la tenía aquella presión constante sobre las sienes. Era un dolor cíclico, circular, que cada cierto tiempo recorría mi cráneo de izquierda a derecha, perturbando mis sentidos. Tan fuertes eran sus punzadas, que durante un buen rato ni siquiera hice el intento de abrir los ojos. Recuerdo incluso que me palpé la cabeza buscando alguna herida, pero fui incapaz de encontrar nada. El daño era interno.

—No os preocupéis, padre. Estáis entero. Descansad. Pronto os recuperaréis.

Una voz amable, la misma que me habló antes de perder el conocimiento, me sobresaltó antes de que pudiera incorporarme. Volvió a dirigirse a mí en un tono sereno, familiar, como si me conociera desde hacía mucho tiempo.

—El efecto de nuestro aceite durará sólo unas horas más. Después volveréis a sentiros bien.

—¿Vuestro… aceite?

Desorientado, débil, con los brazos y las piernas agarrotadas y tendido sobre un suelo irregular, logré reunir fuerzas para comenzar a hablar. Deduje que me habían llevado a algún lugar a cubierto, porque sentía la ropa seca y el frío no era tan intenso como en el claro de Santo Stefano.

—La tela que os colocamos encima estaba impregnada con un aceite que provoca el sueño, padre. Es una vieja fórmula. Un secreto de los brujos de estos pagos.

—Veneno… —murmuré.

—No exactamente —respondió—. Se trata de un ungüento que se extrae de la cizaña, el beleño, la cicuta y la adormidera. No falla nunca. Basta absorberlo en pequeñas dosis a través de la piel para que su efecto letárgico sea inmediato. Pero se os pasará pronto. Descuidad.

—¿Dónde estoy?

—A salvo.

—Dadme de beber, os lo ruego.

—Enseguida, padre.

A tientas, así la jarra que el desconocido colocó entre mis manos. Era vino caliente. Un caldo amargo que ayudó a mi cuerpo maltrecho a sobreponerse. Me aferré al barro con ansia, haciendo acopio de fuerzas antes de entornar los ojos y echar un vistazo a mi alrededor.

Mi instinto no había errado. Ya no estaba en Santo Stefano. Y fueran quienes fuesen mis captores, me habían separado de Jorge, Mauro y Benedetto, y aislado en una estancia cerrada, sin ventanas, que debía de ser una suerte de celda improvisada en alguna remota casa de campo. Supuse que había pasado una eternidad tendido sobre aquella estera de paja. Mi barba había crecido, y alguien se había atrevido a despojarme de los hábitos de Santo Domingo; en su lugar vestía un tosco sayal de lana. Pero ¿cuánto tiempo llevaba allí? Imposible calcularlo. ¿Y adónde habían ido a parar mis hermanos? ¿Quién era el responsable de haberme llevado hasta ese lugar? ¿Y para qué?

Una sensación de angustia se apoderó de mi garganta.

—¿Dónde... estoy? —repetí.

—A salvo. Este lugar se llama Concorezzo, padre Leyre. Y me alegra veros recuperado. Tenemos mucho, mucho de que hablar. ¿Os acordáis de mí?

—¿Co... cómo? —titubeé.

Quise girarme para buscar a mi interlocutor, pero una nueva punzada me obligó a detenerme.

—¡Vamos, padre! Nuestro aceite os ha dormido, pero no os ha borrado la memoria. Soy el hombre que siempre dice la verdad, ¿no me recordáis? Aquel que juró resolveros cierto enigma que os atribulaba.

Un latigazo sacudió mi cerebro. Era cierto. Por Dios bendito. Cierto que había escuchado aquel timbre de voz en alguna parte. Pero ¿dónde? Tuve que hacer un gran esfuerzo para terminar de incorporarme y buscar el rostro de quien me hablaba. Y, Santo Cristo, al fin lo vi. Estaba justo a mis espaldas. Redondo y sonrojado como siempre. Con aquellos ojos de esmeralda, claros y despabilados. Era Mario Forzetta. No había duda.

—¿Me recordáis?

Asentí.

—Lamento haber recurrido a estos métodos para traeros aquí, padre. Pero, creedme, era la única opción que teníamos. Por las buenas no nos hubierais acompañado. —Sonrió.

Aquel plural me desconcertó.

—¿Que *teníais*? ¿Quiénes, Mario?

El rostro de Forzetta se iluminó al oírme pronunciar su nombre.

—Los hombres puros de Concorezzo, padre. Nuestra fe nos impide utilizar la violencia, pero no el ingenio.

—*Bonhommes...* ¿Tú?

—Estaréis horrorizado, lo sé. Liberasteis a un hereje de la prisión que se merecía. Pero antes de que hagáis vuestro juicio sobre este asunto, ruego que me escuchéis. Tengo mucho que contaros.

—¿Y mis hermanos?

—Los dejamos dormidos en Santo Stefano, como a vos. A estas horas, si no se han congelado, ya habrán regresado a Milán, y tendrán vuestra misma jaqueca.

Mario lucía un aspecto razonablemente bueno. Se le notaba aún la cicatriz que le había partido en dos la cara días atrás, pero se había dejado crecer barba y su tez estaba morena por el sol. Distaba ya mucho del espectro que conversó conmigo en la prisión del palacio de los Jacaranda. Había ganado peso y su rostro irradiaba felicidad. Saberse fuera del alcance de don Oliverio le había sentado bien. Lo que no acertaba a comprender era por qué había decidido retenerme. Y por qué precisamente a mí, que fui quien le brindó su libertad.

—Mis hermanos y yo hemos dudado mucho antes de dar este paso —se explicó Mario, que se sentó a mi lado, en el suelo—. Sé que vos, padre, sois inquisidor y que vuestra orden lleva más de doscientos años persiguiendo a familias que, como nosotros, tenemos otra manera diferente de aproximarnos a Dios.

—Pero…

—Pero al veros ayer en Santo Stefano, comprendí que erais una señal enviada por Dios. Aparecisteis allí justo cuando ya tenía las respuestas que juré daros. ¿Lo recordáis? ¿Acaso no es un milagro? Convencí a nuestro perfecto para que os trajéramos aquí y yo pudiera saldar mi deuda con vos.

—No hay tal deuda.

—La hay, padre. Dios ha cruzado nuestros caminos por alguna razón que sólo Él sabe. Tal vez no sea para que os ayude a resolver vuestros acertijos, sino para que juntos nos enfrentemos al enemigo que tenemos en común.

Aquella afirmación me desconcertó.

—¿Cómo dices?

—¿Recordáis el acertijo que me confiasteis el día que me pusisteis en libertad?

Asentí. *Oculos ejus dinumera* seguía desafiando mi inteligencia. Ya casi había olvidado que también Forzetta lo tenía en su poder.

—Después de despedirme de vos, me refugié en el taller de

Leonardo. Sabía que su casa era el único lugar de Milán que me daría cobijo, como así sucedió. Y naturalmente, hablé con el maestro. Le conté mi encuentro con vos, le hablé de vuestra infinita generosidad y le pedí que me auxiliara. No sólo quería que me protegiera de la ira del señor Jacaranda, sino que deseaba agradeceros lo mucho que habíais hecho por mí al sacarme de sus celdas.

—Pero ya no eras discípulo del maestro… ¿verdad?

—No. Aunque, en realidad, nunca se deja de serlo. Leonardo siempre trata a sus pupilos como a hijos, y pese a que algunos demostremos no tener altura para seguir en la pintura, siempre nos reserva su afecto. A fin de cuentas, sus enseñanzas trascienden el mero oficio de artista.

—Entiendo. Así que fuiste a refugiarte bajo el ala protectora de meser Leonardo. ¿Y qué te dijo?

—Le entregué vuestro acertijo. Le dije que encerraba el nombre de una persona a la que buscabais y el maestro lo resolvió para mí.

Aquello me resultó irónico. ¿Leonardo había descifrado la firma de quien había escrito a Betania para buscar su ruina? Lleno de curiosidad, traté de sobreponerme al mareo y tomé las manos de Mario para enfatizar mi pregunta:

—Y dime, ¿lo consiguió?

—En efecto, padre. Hasta puedo confirmaros qué nombre encierra.

Mario depositó entonces la carta de la sacerdotisa en el suelo, justo entre nuestras piernas.

—Meser se extrañó mucho cuando le pregunté por vuestro enigma —continuó—. De hecho, me dijo que lo conocía muy bien. Que un hermano de Santa Maria se lo había llevado un tiempo antes, y que ya entonces lo había resuelto para él.

—¡Fray Alessandro!

El recuerdo de *Oculos ejus dinumera* escrito en el reverso de un naipe como aquel hallado junto al cadáver del bibliotecario me hizo dar un respingo. De repente todo cobraba sentido: el Agorero debió de asesinar a fray Alessandro al saberse desenmascarado por éste, y hubo de urdir entonces un plan para desacreditar a Leonardo. Asesinar a un oscuro religioso debió de resultarle fácil, pero no así acabar con el pintor favorito de la corte. Así que optó por intentar incriminarlo por hereje. De ahí sus cartas a Betania.

Antes de que mi imaginación se disparara, Mario prosiguió.

—Sí, padre. Fray Alessandro. Lo que recuerdo muy bien son las palabras del maestro: que ambos acertijos, naipe y versos, estaban íntimamente unidos. Vuestros versos eran incomprensibles sin el naipe de la sacerdotisa y sin él no era posible encontrar la clave del nombre que buscáis. Son como la cara y la cruz de una misma moneda.

Rogué a Mario que se explicara mejor. El joven tomó entonces la frase latina que llevaba apuntada en el mismo papel que le había entregado en Milán, y la situó junto al arcano del juego de los Visconti-Sforza. Una vez más, volvía a tener aquellas dichosas siete líneas ante mí:

Oculos éjus dinumera
sed noli voltum ádspiecere.
In latere nominis
mei notam rinvenies.
Contemplari et contemplata
aliis tradere.

Veritas

—En realidad, es un sencillo acertijo en tres niveles —dijo—. El primero busca la identificación del naipe que os ayudará a resolver el enigma. «Cuéntale los ojos, pero no le mires a la cara.» Tiene un significado muy sencillo. Si os fijáis bien, en esta carta sólo existe un ojo posible fuera del rostro de la mujer.

—¿Un ojo? ¿Dónde?

Mario parecía divertirse.

—Está en el ceñidor, padre. ¿No lo veis? Es el ojo del

Detalle del «ojo» en el ceñidor.

nudo por el que pasa la cuerda que ata la cintura de la mujer. Se trata de una metáfora utilizada con gran habilidad por vuestro hombre.

—Pero eso no es todo —prosiguió—. Si os fijáis mejor, no sabemos en qué costado buscar la cifra del nombre que buscáis. «La cifra de mi nombre hallarás en su costado» deja abierta una gran incógnita. ¿Es el lado derecho o el izquierdo en el que debemos buscar esa cifra? Yo os lo diré: debéis mirar en la diestra de la mujer.

—¿Cómo puedes estar tan seguro?

—El maestro tropezó con la respuesta gracias a un detalle esteganográfico.

—¿Esteganográfico?

—Los griegos, padre, fueron maestros en el arte de ocultar mensajes secretos en escritos u obras que estaban a la vista de todo el mundo. En su idioma, *steganos* significa «escritura oculta», y aquí salta a la vista que la hay. Una errata nos da la clave: *rinvenies* se escribe sin «r». Un hombre tan meticuloso como el encriptador de este mensaje no pudo pasar por alto semejante detalle, así que revisé con cuidado vuestros versos y descubrí que además de la «r» existían otras cinco letras marcadas. Esta vez con un punto. Puede que os pasaran desapercibidas, pero ahí están: *ejus, dinumera, sed, adspicere* y *tradere*. Y me extraña que nadie se haya fijado antes en ellas.

Me incliné incrédulo sobre la firma del Agorero para ver lo que Mario me estaba mostrando y descubrí, en efecto, que las letras «e», «d», «s», «a» y «t» tenían ese punto fuera de lugar.

—¿Lo veis ya? —insistió—. Con ellas, más la «r» fuera de lugar, puede componerse la palabra «destra». Derecha. Es la aclaración que nos faltaba.

Era admirable. Leonardo había hecho lo que a nadie se nos había ocurrido antes: poner en relación el naipe de la sacerdotisa con el acertijo de sus cartas a Roma. Intuición o visión genial, lo cierto es que sentí vértigo al saberme tan cerca de la solución.

—Lo demás es ya muy sencillo, padre. Según las lecciones del *Ars Memoriae*, son las manos las que dan siempre las cifras en cualquier composición. Y en esta carta, como veréis, hay dos manos que muestran diferente número de dedos. Si vuestro hombre nos dice que debemos escoger la mano diestra es porque la cifra de su nombre es un cinco.

—¿*Ars Memoriae*? ¿También tú lo conoces?

—Es una de las asignaturas favoritas de Leonardo.

—Así que supongo que es ahora cuando debería buscar un fraile cuyas letras sumen ese número, ¿no es cierto?

—No es necesario —dijo Mario más orgulloso que nunca—. Meser Leonardo lo encontró ya. Se llama Benedetto.* Es el único en todo Santa Maria cuyo nombre tiene ese valor.

---

* La numerología de ese nombre se obtiene al sumar entre sí los valores numéricos de las letras del alfabeto latino con las que está compuesto. Debe tenerse en cuenta la peculiaridad de que el alfabeto latino carece de ciertas letras como J, U, W o Z, por lo que la tabla de correspondencia queda como sigue:

¿Benedetto? Supongo que la revelación me cambió la cara, porque Mario se me quedó mirando absorto. ¿Benedetto? ¿El hombre de un solo ojo, como el óculo del ceñidor de la sacerdotisa?

La ironía me desarmó.

¿Cómo no había sido capaz de verlo antes? ¿Cómo no me había dado cuenta de que el tuerto, como hombre de confianza del prior, había tenido acceso a todos los secretos del convento y era el único lo suficientemente violento como para arremeter contra Leonardo? ¿Acaso esa revelación no se ajustaba como un guante al perfil que yo tenía del Agorero, al que intuía como un discípulo renegado del toscano? ¿O no estaba acaso su rostro dibujado en el *Cenacolo*, encarnando al apóstol Tomás, como prueba irrefutable de su antigua filiación a la organización del maestro?

Abracé a Mario sin saber muy bien a quién perseguiría primero: si al asesino de fray Alessandro o a aquel reducto de cristianos desviados.

A	B	C	D	E	F	G	H	I	K	L	M	N	O	P	Q	R	S	T	V	X
1	2	3	4	5	6	7	8	9	10	11	12	13	14	15	16	17	18	19	20	21

De esta forma, Benedetto suma 86, cifra que a su vez se reduce sumando sus números entre sí: 8 + 6 = 14. Y a su vez 1 + 4 = 5. Por si esto fuera poco, existe otro 14 (otro 5, por tanto) en el naipe de la Papisa. Está en las 14 vueltas que suman los cuatro nudos que luce en su ceñidor. Un número atípico, pues en estos casos lo lógico hubiera sido 13, en justa correspondencia con las trece heridas que según la tradición recibió el Salvador en la cruz.

44

Fray Benedetto estornudó otra vez sobre el bacín, escupiendo un nuevo grumo de sangre.

Tenía mal aspecto. Muy malo.

Desde que permaneciera seis horas a la intemperie en el llano de Santo Stefano, tumbado, sin sentido y descalzo sobre la nieve, el tuerto no había vuelto a respirar con normalidad. Tosía. Sus pulmones estaban encharcados y le resultaba cada vez más difícil moverse.

Fue el prior quien dispuso que lo enviaran al hospital. Allí lo encamaron y aislaron del resto de los enfermos, le recetaron vapores aromáticos, sangrías diarias, y rezaron fervorosamente por su recuperación. Pero Benedetto dormía mal. La fiebre le subía de modo inexorable y hacía temer a todos por su vida.

El último día de enero, exhausto, el más hosco de los frailes de Santa Maria rogó que se le administrara la extremaunción. Había pasado la tarde delirando, profiriendo frases ininteligibles en lenguas extrañas e increpando a sus hermanos para que prendieran fuego al refectorio si aún querían salvar su alma.

Fray Nicola Zessatti, deán con cincuenta años de servicio en la comunidad, viejo amigo de Benedetto, fue quien le impuso los santos óleos. Antes le había pedido que se confesara, pero el tuerto se negó. Nó quería decir ni palabra de lo que había ocurrido en Santo Stefano. Todos sus intentos resultaron inútiles. Ni él ni el prior pudieron arrancarle una sola palabra sobre mi paradero, y menos aún sobre los hombres que nos asaltaron.

Sé que fueron días de desconcierto. Por raro que parezca, tampoco fray Jorge les sirvió de gran ayuda. El limosnero apenas recordaba a aquellos extraños monjes de negro que nos salieron al paso. Era corto de vista y la edad lo traicionaba. Por eso, cuando narró que el tuerto la había emprendido a cuchilladas con uno de ellos, lo tomaron por loco. Jorge fue ingresado en el hospital de Santa Maria, en la misma ala que Benedetto, con las manos quemadas por el hielo y un resfriado del que, por milagro, tardó poco en recuperarse.

En cuanto a mi tercer hermano, fray Mauro, llevaba días mudo de la impresión. Su juventud aguantó bien el embate del frío, pero desde su regreso a Santa Maria nadie lo había visto fuera de su celda. Los que lo visitaron, se horrorizaron ante su mirada perdida. El fraile apenas ingería alimento alguno y era incapaz de mantener la atención cuando se le hablaba. Había perdido el juicio.

Fue, pues, fray Jorge quien alertó al prior del empeoramiento del padre Benedetto. Ocurrió el 31 de enero, martes. El limosnero encontró a Bandello en el refectorio, revisando con Leonardo los últimos avances en el *Cenacolo*.

Después del entierro de *donna* Beatrice y de mi desaparición, el toscano había retomado con un ímpetu desacostumbrado sus trabajos. De repente, parecía tener prisa por ultimar su obra. Sin ir más lejos, aquella jornada acababa de dar las postreras pinceladas al rostro adolescente de san Juan, y se lo mostraba orgulloso a un prior que lo miraba todo con desconfianza.

El apóstol había quedado magnífico. Lucía una larga cabellera rubia que le caía sobre los hombros, una mirada lánguida, ojos entornados, y cabeza desplomada hacia su derecha, en actitud de sumisión. Su cara desprendía luz. Un brillo sobrenatural, mágico, que invitaba a la contemplación y a la vida mística.

—Me han dicho que habéis utilizado a una muchacha como modelo para ese rostro.

El reproche del prior fue lo primero que oyó Jorge al entrar en el refectorio. Desde su posición no vio sonreír al maestro.

—Los rumores vuelan —ironizó.

—Y llegan más lejos que vuestros pájaros de madera.

—Está bien, prior. No os lo negaré. Pero antes de que os enojéis conmigo, debéis saber que sólo he empleado a la muchacha para darle ciertos retoques al discípulo amado.

Jorge reconoció el humor ácido del maestro en el acto.

—Luego es cierto.

—Juan fue una criatura dulce, padre Bandello —prosiguió—. Vos sabéis que era el menor de los discípulos, y Jesús lo quería como a un hermano. O aún más: como a un hijo. Y también sabréis que no he sido capaz de hallar entre vuestros frailes ninguno que me inspirara ese candor con el que es descrito en los Evangelios. ¿Qué importancia tiene haber recurrido a una jovencita inocente para completar su retrato? ¿Qué veis de malo en ello, a la vista del resultado que os presento?

—¿Y quién es esa doncella, si puede saberse?

—Claro que puede saberse. —Se inclinó Leonardo cortés hacia su patrón—. Pero dudo que la conozcáis. Se llama Elena Crivelli. Es de noble familia lombarda. Visitó mi *bottega*, acompañada del maestro Luini, no hará muchos días. En cuanto la vi por primera vez, supe que me había sido enviada por Dios para ayudarme a concluir el *Cenacolo*.

El prior lo miró de soslayo.

—¡Ah, si la vierais! —prosiguió—. Su belleza es cautivadora, pura, perfecta para el rostro de Juan. Ella me regaló esa aura de beatitud que ahora desprende nuestro Juan.

—Pero no hubo doncellas en la cena pascual, maestro.

—¿Y quién puede estar seguro de eso, padre? Además, de Elena sólo he tomado las manos, la mirada, la mueca entregada de sus labios y sus pómulos. Sus atributos más inocentes.

—Reverendo padre…

La irrupción de fray Jorge, que esperaba impaciente una pausa en la conversación, no dio posibilidad de réplica a Bandello. Tras una genuflexión apresurada, el monje se le acercó al oído y le transmitió las malas nuevas sobre la salud del tuerto.

—Debéis acompañarme —susurró—. Los médicos dicen que no le queda ya mucho tiempo de vida.

—¿Qué le ocurre?

—Apenas puede respirar, y su piel pierde color por momentos, prior.

Leonardo observó con curiosidad las manos vendadas de Jorge, y dedujo que debía de tratarse de uno de los frailes que fueron asaltados días atrás extramuros de Milán.

—Si os interesa mi opinión —terció en su confidencia—, creo que lo que aqueja a vuestro hermano es tuberculosis. Una enfermedad mortal, sin cura.

—¿Cómo decís?

—Los síntomas que habéis descrito son los de una tuberculosis. Si lo tienen a bien, hermanos, pueden disponer de mis conocimientos médicos para aliviar su sufrimiento. Conozco lo suficiente el cuerpo humano como para proponeros un tratamiento eficaz.

—¿Vos? —terció Bandello—. Pensé que odiabais a…

—Vamos, prior. ¿Cómo voy a desear el mal a alguien con quien estoy en deuda? Recordad que fray Benedetto posó como santo Tomás en el *Cenacolo*. ¿Odiaría yo a Elena, que me iluminó al pintar a Juan? ¿Al bibliotecario que prestó su rostro a Judas? No. A vuestro hermano le debo el rostro de uno de los apóstoles más importantes del *Cenacolo*.

El prior agradeció su cortesía inclinando la cabeza, sin

apercibirse de la ironía que encerraban aquellas palabras. Era seguro que santo Tomás reunía todas las características de un fray Benedetto rejuvenecido. Incluso el toscano se había tomado la molestia de pintarlo de perfil para enmascarar su grave deformidad. Pero no era menos cierto que hacía tiempo que Benedetto y el maestro no se llevaban bien.

Con la bendición de Bandello, Leonardo recogió a toda prisa sus pinceles, cerró los frascos con las últimas mezclas de colores, y salió a paso ligero hacia el vecino hospital. En el camino recogieron a fray Nicola, que llevaba ya en un hatillo el recipiente con agua bendita, un tarro con los santos óleos y un hisopo de plata.

Hallaron a fray Benedetto tumbado en un camastro del segundo piso, en una de las escasas habitaciones independientes del recinto, a solas, con el catre cubierto con un gran paño de lino que colgaba del techo. Al llegar a su puerta, el maestro pidió a los frailes que lo aguardaran en el jardín. Les explicó que la primera fase de su tratamiento requería cierta intimidad, y que eran muy pocos los hombres que, como él, estaban a salvo de los mortales efluvios de la tuberculosis.

Cuando Leonardo se quedó a solas frente a la cama del tuerto, apartó la tela que los separaba y contempló al viejo gruñón. «¿Por qué no habría inventado aún una máquina que lo librara de sus enemigos?», pensó. Haciendo de tripas corazón, el gigante de Vinci lo zarandeó para despertarlo.

—¿Vos?

Fray Benedetto se incorporó de la impresión.

—Pero ¿qué demonios hacéis aquí?

Leonardo observó al moribundo con curiosidad. Tenía peor aspecto del que esperaba. La sombra azulada que se había instalado en sus mejillas no presagiaba nada bueno.

—Me han dicho que os atacaron en el monte, hermano. Lo lamento de veras.

—¡No seáis fariseo, meser Leonardo! —Tosió, expulsando una nueva flema—. Sabéis tan bien como yo lo que ha ocurrido.

—Si eso es lo que creéis...

—Fueron vuestros hermanos de Concorezzo, ¿verdad? Esos bastardos que niegan a Dios y rechazan la naturaleza divina del Hijo del Hombre... ¡Largaos de aquí! ¡Dejadme morir en paz!

—He venido a hablaros nada más saber de vuestro mal, Benedetto. Creo que precipitáis vuestro juicio. Siempre lo habéis hecho. Esas gentes a las que os referís no niegan a Dios. Son cristianos puros, que veneran al Salvador del mismo modo que lo hicieron los primeros apóstoles.

—¡Basta! ¡No quiero escucharos! ¡No me habléis de eso! ¡Idos!

El tuerto estaba rojo de ira.

—Si lo meditáis por un momento, padre, perdonándoos la vida esos «bastardos» han demostrado una infinita misericordia hacia vos. Sobre todo sabiendo que habéis matado a sangre fría a varios de los suyos.

374

La ira del fraile se transformó en asombro en un abrir y cerrar de ojos.

—¿Cómo os atrevéis, Leonardo?

—Porque sé en qué os habéis convertido. Y sé también que habéis hecho todo lo posible por arrancarme de este lugar, y dejar a oscuras la fe de toda esa gente. Primero matasteis a fray Alessandro. Luego le atravesasteis el corazón al hermano Giulio. Aturdisteis con vuestras historias a los hermanos que estaban camino de la pureza…

—De la herejía, más bien —matizó con su único ojo abierto como una luna.

—Y mandasteis mensajes apocalípticos a Roma, anónimos firmados como *Augur dixit*, únicamente para provocar una investigación secreta contra mí, que os dejara a vos al margen. ¿No es cierto?

—¡Maldito seáis, Leonardo! —El pecho del monje crujió en un nuevo estertor—. Maldito por siempre.

El pintor, impasible, se desató del cinto su inseparable escarcela de lona blanca y la depositó sobre la cama. Parecía más llena que de costumbre. El maestro la desabrochó ceremonioso y extrajo de ella un pequeño libro de pastas azules que dejó caer sobre el colchón.

—¿Lo reconocéis? —Sonrió ladino—. Aunque ahora me maldigáis, padre, he venido a perdonaros. Y a brindaros la salvación. Todos somos almas de Dios y la merecemos.

La pupila del tuerto se agrandó de excitación al ver aquel volumen a dos palmos de él.

—Era esto lo que buscabais, ¿verdad?

—«Inte… rrogatio Johan… nis» —descifró Benedetto el título grabado en el lomo—. ¡El testamento final de Juan! El libro con las respuestas que el Señor dio a su discípulo amado en su cena secreta, ya en el reino de los cielos.

—*La Cena Secreta*, así es. Justo el libro que he decidido abrir al mundo.

Benedetto alargó uno de sus flacos brazos para tocar la cubierta.

—Vais a acabar con la cristiandad si lo hacéis —dijo, deteniéndose a respirar hondo—. Ese libro está maldito. Nadie en este mundo merece leerlo… Y en el otro, a la vera del Padre Eterno, nadie lo necesita. ¡Quemadlo!

—Y, sin embargo, hubo un tiempo en el que quisisteis haceros con él.

—Lo hubo, sí —gruñó—. Pero me di cuenta del pecado de soberbia que ello implicaba. Por eso abandoné vuestra empresa. Por eso dejé de trabajar para vos. Me llenasteis la cabeza de pájaros, como a los hermanos Alessandro y Giberto, pero me di cuenta a tiempo de vuestra estratagema… —boqueó agónico—… y logré zafarme de vos.

El tuerto, pálido, se llevó la mano al pecho antes de proseguir con voz ronca:

—Sé lo que queréis, Leonardo. Vinisteis a la católica Milán lleno de ideas extravagantes… Vuestros amigos, Botticelli, Rafael, Ficino, os llenaron la cabeza de ideas vanas sobre Dios. Y ahora queréis dar al mundo la fórmula para comunicarse directamente con Dios, sin necesidad de intermediarios ni de Iglesia.

—Como hizo Juan.

—Si el pueblo creyera en este libro, si supiera que Juan habló con el Señor en el Reino de los Cielos y regresó de él para escribirlo, ¿para qué necesitaría nadie a los ministros de Pedro?

—Veo que habéis comprendido.

—Y entiendo que el Moro os ha apoyado todo este tiempo porque... —tosió—, porque debilitando a Roma él se hará más fuerte. Queréis cambiar la fe de los buenos cristianos con vuestra obra. Sois un diablo. Un hijo de Lucifer.

El maestro sonrió. Aquel fraile moribundo apenas alcanzaba a imaginar la meticulosidad de su plan: Leonardo llevaba meses permitiendo que artistas de Francia e Italia se acercaran al *Cenacolo* para copiarlo. Maravillados por su técnica y por la disposición inédita de las figuras, maestros como Andrea Solario, Giampietrino, Bonsignori, Buganza y tantos otros, habían duplicado ya su diseño y comenzaban a difundirlo por media Europa. Además, su discutible técnica de pintura *a secco*, perecedera, convertía el proyecto de copiar su obra en algo urgente. La maravilla del *Cenacolo* estaba destinada a desaparecer por expreso deseo del maestro, y sólo un esfuerzo continuado, meticuloso y planificado para reproducirlo y difundirlo por doquier lograría salvar su verdadero proyecto... Y de paso diseminar su secreto más allá de lo conseguido por ninguna otra obra de arte en la Historia.

Leonardo no replicó. ¿Para qué iba a hacerlo?

Sus manos aún olían a barniz y a disolvente, el mismo que acababa de aplicar a los pinceles con los que había rematado el rostro de Juan; el hombre que había escrito el Evangelio que ahora yacía abierto sobre el lecho del tuerto. El mismo texto que los Visconti-Sforza, duques de Milán, habían representado cerrado en manos de la sacerdotisa de su baraja, o que aparece en el regazo de santa Maria dei Fiore justo sobre la entrada de la catedral de Florencia. En suma, un libro hermético que ahora Leonardo pretendía desvelar al mundo.

Sin mediar palabra, Leonardo tomó aquel volumen y lo abrió por la primera página. Pidió a Benedetto que recordara la escena de la cena del Señor en el refectorio, y que se dispusiera a comprender su plan. Después, solemne, colocó el volumen bajo sus barbas y leyó:

> Yo, Juan, que soy hermano vuestro y que tengo parte en la aflicción para tener acceso al reino de los cielos, mientras reposaba sobre el pecho de nuestro Señor Jesucristo, le dije: «Señor, ¿quién es el que te traicionará?». Y él me respondió: «El que mete la mano conmigo en el plato. Entonces Satán entró en él, y él buscaba ya la manera de entregarme».

Benedetto se sobrecogió:

—Eso es lo que habéis pintado en el *Cenacolo*... Dios bendito.

Leonardo asintió.

—¡Maldita víbora! —tosió Benedetto.

—No os engañéis, padre. Mi obra es mucho más que una

escena de este Evangelio. Juan formuló nueve preguntas al Señor. Dos eran sobre Satán, tres sobre la creación de la materia y el espíritu, tres más sobre el Bautismo de Juan y una última sobre los signos que precederán al regreso de Cristo. Preguntas de luz y de sombras, del bien y del mal, de los polos opuestos que mueven al mundo...

—Y todo eso encierra un sortilegio; lo sé.

—¿Lo sabéis?

La sorpresa brilló en el rostro del maestro. Aquel anciano que se resistía a morir, aún tenía su inteligencia despierta.

—Sí... —jadeó—: *Mut-nem-a-los-noc*... Y en Roma también lo saben. Yo se lo transmití. Pronto, Leonardo, caerán sobre vos y destruirán lo que habéis armado con tanta paciencia. Ese día, maestro, moriré satisfecho.

45

Doce días más tarde
Milán, 22 de febrero de 1497

—*Mut-nem-a-los-noc...*

Escuché por primera vez aquella extraña frase el día de la Cátedra de San Pedro. Habían pasado casi dos semanas desde que fray Benedetto entregara su alma a Dios en el hospital de Santa Maria, en medio de uno de aquellos terribles ataques de tos. Dios castigó su soberbia. El Agorero no tuvo tiempo de ver a Roma descargando su ira contra el maestro Leonardo y demoliendo su proyecto. Tuvo una decadencia rápida. Los galenos que lo atendían día y noche se rindieron en cuanto el anciano perdió la voz y las pústulas se adueñaron de su cuerpo.

Benedetto falleció al atardecer del miércoles de ceniza, solo, febril y murmurando obsesivamente mi nombre en un desesperado intento por atraerme a su vera y lanzarme contra el toscano. Por desgracia para él, todavía tardaría muchos días en regresar de mi reclusión entre los «hombres puros».

Ahora creo que Mario Forzetta aguardó a aquel preciso momento antes de devolverme a Milán. Nunca, en las semanas que permanecí en Concorezzo, Mario me habló de la enfermedad del tuerto; ni siquiera me predispuso a que actuara contra él o a que informara al Santo Oficio de sus pecados contra el quinto mandamiento, y mucho menos avivó el fuego del odio contra él. Su actitud me maravilló. Su instrucción en los secretos de la escritura oculta habían logrado desenmascarar al padre Benedetto y su compleja firma, pero su extraña moral le impedía cobrarse venganza por el asesinato de sus correligionarios. Qué extraña fe era ésa.

Llegué a creer que los concorezzanos me retendrían para siempre. Comprendí que su respeto extremo por la vida les impedía acabar conmigo, pero no ignoraba que todos en aquel poblado eran conscientes de que si me liberaban, eran sus vidas las que peligrarían.

Ese debate se prolongó durante jornadas enteras. Un tiempo que aproveché para mezclarme entre ellos y aprender de sus hábitos de vida. Me sorprendió saber que jamás pisaban una iglesia para sus oraciones. Preferían una cueva, o el campo abierto. Confirmé muchas de las cosas que ya sabía de ellos, como que renegaban de la cruz o repudiaban las reliquias, por considerarlas recuerdos impuros del cuerpo material, satánico por tanto, que un día albergó el alma de grandes santos. Pero descubrí cosas que me maravillaron. Por ejemplo, su alegría ante la muerte. Cada día que pasaba celebraban que ya estaban más cerca del momento en que se desprenderían de su envoltura carnal y se acercarían al espíritu luminoso de Dios. Ellos, que entre sí se llamaban «verdaderos cristianos», me miraban misericordes, y hacían grandes esfuerzos por integrarme en sus ritos.

Un buen día, Mario acudió a mi estancia y me despertó muy agitado; me pidió que me vistiera deprisa y me condujo montaña abajo, hasta el camino empedrado que llevaba a Porta Vercellina. Yo estaba atónito. El joven prefecto había tomado una decisión que comprometía a toda su comunidad: iba a devolver al mundo a un inquisidor que había visto por dentro una comunidad de cátaros, que había presenciado sus oraciones y que conocía a la perfección los puntos débiles de los últimos «hombres puros» de la cristiandad. Y pese a todo, se arriesgaba a liberarme. ¿Por qué? ¿Y por qué ese día, y tan deprisa?

No iba a tardar mucho en descubrirlo.

Al acercarnos a la vía que me llevaría a los dominios del dux, Mario cambió el tono de su conversación por primera y última vez. Se había vestido de blanco inmaculado, con un sayal que lo cubría hasta las rodillas y una cinta en la cabeza que sujetaba su pelo hirsuto. Parecía que me llevaba a un último y extraño ritual.

—Padre Leyre —dijo solemne—, ya habéis conocido a los verdaderos discípulos de Cristo. Habéis visto con vuestros propios ojos que no empuñamos armas ni ofendemos a la naturaleza. Por esa misma razón, y porque los seguidores originales de Jesús jamás hubieran aceptado que os priváramos de libertad, no podemos reteneros por más tiempo. Pertenecéis a un mundo distinto a éste. Un lugar de hierro y oro en el que los hombres viven de espaldas a Dios...

Quise replicar, pero Mario no me dejó. Me miraba con tristeza, como si despidiera a un amigo.

—A partir de ahora —prosiguió—, nuestro destino está en vuestras manos. Vuestros cruzados no lo hubieran dicho mejor: *Deus lo volt!*, así lo ha dispuesto el Padre. O nos indultáis y os sumáis a nuestras filas convirtiéndoos vos mismo en un *parfait*, o nos delatáis y buscáis nuestra muerte y la ruina de nuestros hijos. Pero seréis vos, en libertad, quien elegiréis el camino. Nosotros, por desgracia, estamos acostumbrados a ser perseguidos. Es nuestro destino.

—¿Me liberas?

—En realidad, padre, nunca estuvisteis prisionero.

Le miré sin saber qué decir.

—Sólo os pido que reflexionéis sobre una cosa antes de entregarnos al Santo Oficio: recordad que Jesús fue también un fugitivo de la justicia.

Mario se lanzó entonces a mis brazos y me apretó contra él. Después, vigilando la tibia claridad que presagiaba el amanecer, me entregó un saquito con pan y algo de fruta, y me dejó a solas junto al camino de Milán.

—Id al refectorio —ordenó antes de perderse bosque arriba—. A vuestro refectorio. En el tiempo que habéis estado fuera han sucedido muchas cosas que os afectan. Meditadlas y decidid entonces vuestro camino. Ojalá volvamos a vernos algún día y podamos mirarnos a los ojos, como hermanos de la única fe.

Caminé durante cuatro horas antes de distinguir en el horizonte la silueta fortificada de Milán. ¿Qué extraña prueba era aquella a la que me sometía la Divina Providencia? ¿Me devolvía Mario a la corte del dux para que eliminara a su enemigo, fray Benedetto, o por alguna otra oscura razón?

Fue al acercarme al puesto de guardia cuando me di cuenta de lo mucho que me había cambiado la estancia en Concorezzo. De entrada, la guardia del dux no me saludó siquiera. A sus ojos ya no era el respetable dominico que se había tragado el bosque de Santo Stefano casi un mes atrás. No pude reprochárselo. La ciudad creía que ese varón había muerto en una emboscada. Nadie me esperaba. Mi aspecto era vulgar, sucio, y vestía como un campesino. Llevaba calzas negras y un tosco pellote de oveja que me hacía parecer un pastor. Mi rostro estaba cubierto por una barba espesa y negra. Y hasta mi tonsura se había poblado de nuevo, oscureciendo definitivamente mi filiación sacerdotal.

Crucé el puesto de guardia sin mirar a nadie y enfilé las callejuelas que habrían de llevarme hasta el convento de Santa Maria. Pese a no hacer un día de sol y ser sábado, se respiraba cierto ambiente festivo. El entorno del monasterio había sido engalanado con banderines, centros de flores y cintas de tela, y había mucha gente en la calle charlando. Al parecer, el dux acababa de pasar por allí camino de alguna celebración importante.

Fue entonces cuando escuché de labios de una mujer la razón de tanto alboroto: Leonardo había terminado el *Cenacolo* y Su Excelencia Ludovico el Moro se había apresurado a visitarlo para admirarlo en todo su esplendor.

—¿El *Cenacolo*?

La mujer me miró divertida.

—Pero ¿en qué mundo vivís? —rió—. ¡Toda la ciudad va a desfilar para verlo! ¡Toda! Dicen que es un milagro. Que parece real. Los frailes abrirán su convento durante un mes para que todos puedan admirarlo.

Una extraña desazón se apoderó de mi estómago. El toscano había concluido una empresa en la que llevaba más de tres años trabajando, pero ¿habría completado también el terrible programa iconográfico que el Agorero pretendía detener a toda costa? ¿Y el prior? ¿Había sucumbido también al hechizo de aquella obra? ¿No debía advertirle de inmediato de la verdadera identidad de su secretario personal? ¿Y cómo me presentaría ante él? ¿Qué le diría de mis captores?

Cuando culminé el ascenso hasta el corso Magenta y logré sortear la enorme cola que rodeaba el convento, me quedé de una pieza. La casa del dux había dispuesto una enorme tarima en la que un espléndido duque de Milán, ataviado con una sobrevesta negra de terciopelo y un sombrero de ala baja con cinta de oro, conversaba con algunos prohombres de la ciudad. Entre ellos distinguí a Luca Pacioli, el matemático, que lucía un gesto relajado. Alguien dijo que hacía sólo unos días que había entregado al Moro su libro *De divina proportione*, en el que desvelaba los misterios matemáticos de la Creación. O Antonio Billi, cronista de la corte, que parecía deslumbrado por la belleza que acababan de ver sus ojos.

Hallé también al maestro Leonardo, retirado a un segundo plano, comentando algo con un pequeño grupo de admiradores. Todos iban elegantemente ataviados, pero parecían algo nerviosos. Miraban a uno y otro lado, como si aguardaran la llegada de alguien o supieran que alguna cosa en aquella ceremonia no marchaba según lo previsto.

Tan distraído estaba tratando de leer en los labios de aquella comitiva lo que sucedía, que no me percaté de que alguien se había ido abriendo paso entre el gentío y se dirigía directamente hacia mí.

—¡Válgame el cielo! —exclamó cuando estuvo a mi altura y logró tocarme el hombro—. ¡Si todos os daban por muerto, padre Leyre!

Aquel hombre fornido, cubierto por un birrete violeta con pluma de ganso, espada al cinto y botas de montar, era Oliverio Jacaranda. Su acento extranjero lo delataba entre tanto lombardo.

—Nunca olvido una cara. ¡Y mucho menos la vuestra!

—Don Oliverio...

El español me miró de arriba abajo, sin terminar de comprender por qué no lucía los hábitos blanquinegros de santo Domingo. Por su porte, había acudido a la plaza de Santa Maria a visitar la obra de Leonardo. Su condición de mercader de objetos preciosos le garantizaba un acceso privilegiado al recinto y le procuraba estar en el centro del mayor acto social de la ciudad desde el entierro de *donna* Beatrice.

—Padre... —titubeó—. ¿Me explicaréis qué os ha sucedido? Estáis muy desmejorado. ¿Qué hacéis vestido así?

Traté de componer una excusa creíble que no delatara mi singular situación. No podía decirle que había estado más de dos semanas bajo el techo de quien fuera su prisionero. Lo hubiera considerado una deslealtad, y sólo Dios sabía cómo reaccionaría el español ante una revelación así.

—¿Recordáis mi afición a resolver enigmas en latín?

Jacaranda asintió.

—Vine a Milán para resolver uno de ellos, por encargo de mi superior de la orden. Y para lograrlo, me vi obligado a desaparecer durante un tiempo. Ahora regreso de incógnito para proseguir con mis indagaciones. Por eso os ruego discreción.

—¡Ah, los frailes! ¡Siempre con vuestros secretos! —sonrió—. Así que fingisteis evaporaros para seguir investigando los crímenes de San Francesco il Grande, ¿no es eso?

—¿Y qué os hace pensar semejante cosa? —dije asombrado.

—Vuestro aspecto, naturalmente. Ya os dije un día que son pocas las cosas que se me escapan de esta ciudad. Esa indumentaria vuestra me recuerda a la de los desgraciados que aparecieron muertos bajo la *Maestà* de los franciscanos.

—Pero…

—¡Nada de peros! —atajó—. Admiro ese método vuestro, padre. Nunca se me hubiera ocurrido hacerme pasar por víctima para llegar al asesino…

Callé.

Había imaginado tantas veces que si alguna vez me reencontraba con él no íbamos a tener una charla agradable, que me sorprendió verlo, de repente, preocuparse por mí. A fin de cuentas me había inmiscuido en sus negocios, había liberado a un prisionero suyo y no había prestado la debida atención a sus intentos por inculpar a Leonardo da Vinci del asesinato de fray Alessandro. Era obvio que don Oliverio tenía cosas más importantes en las que pensar. El anticuario me pareció preocupado. Casi ni comentó la fuga de Forzetta, que se apresuró a disculpar creyéndola parte de mi estrategia para investigar las muertes de fray Alessandro y de los peregrinos de San Francesco. Era como si mi atuendo de *parfait* le hubiera llamado más la atención que todo lo demás.

—¿Regresasteis a Milán hace mucho? —Quise desviar nuestra conversación.

—Hará unos diez días. Y, la verdad, he estado buscándoos desde entonces. Dijeron que habíais muerto en una emboscada…

—Me alegra que no sea cierto.

—A mí también, padre.

—Decidme entonces, ¿para qué me necesitabais?

—Preciso de vuestra ayuda —dejó escapar lastimero—.

¿Recordáis lo que os dije del maestro Leonardo el día que nos conocimos?

—¿De Leonardo?

Eché un vistazo a mis espaldas, allá donde había visto al toscano por última vez. No me hubiera gustado que escuchara una falsa acusación de asesinato como la que Jacaranda estaba a punto de pronunciar. Luego asentí.

—Bien. Ya sabéis que estuve en Roma, y allí un confidente cercano al Papa me hizo entrega del secreto final que meser Da Vinci ha querido esconder en su *Cenacolo*.

—¿El secreto final?

La frente despejada del español se arrugó ante mi suspicacia.

—El mismo que se llevó a la tumba vuestro bibliotecario, padre Leyre. Ese que debió de extraer del «libro azul» que *donna* Beatrice d'Este me encargó que obtuviera para ella, y que nunca pude depositar en sus manos. ¿Lo recordáis?

—Sí.

—Ese secreto, padre, obra en mi poder. Y es otro de esos dichosos acertijos del toscano. Como quiera que vos sois experto en resolver enigmas, y que por vuestra posición no sois sospechoso de ser cómplice de nadie, pensé que me ayudaríais a descifrarlo.

Oliverio dijo aquello con rabia contenida. Aún podía adivinar en su voz el deseo de vengar a su amigo Alessandro. Y aunque se equivocaba de objetivo, no dejaba de intrigarme qué revelación habría recibido de su confidente. Poco podía imaginar que Betania también disponía de aquel secreto y que también llevaba días haciendo lo imposible por encontrarme y hacérmelo llegar.

—¿Me mostraréis el secreto, entonces?

—Sólo ante el *Cenacolo*, padre.

46

Qué extraña sensación.

Vestido con los harapos que me había entregado Mario Forzetta antes de devolverme a Milán, crucé el umbral de la iglesia de Santa Maria sin que ninguno de los frailes que nos encontramos me reconociese. El olor a incienso me hizo dudar. Me sentí como si pusiera por primera vez los pies en una iglesia. Aquella profusión de motivos florales, rombos rojiazules y diseños geométricos que adornaban el techo se me antojó un exceso impropio de la casa de Dios. Jamás hasta ese día me había fijado en ellos, pero ahora, de repente, me estorbaban.

Oliverio no se percató de mi desazón y tiró de mí hacia el ábside, obligándome a girar después a la izquierda y adelantarme a la enorme hilera de fieles que rezaban y cantaban a la espera de que se les permitiera el acceso al refectorio.

Fray Adriano de Treviglio, con quien no me había cruzado más de dos veces durante mi estancia en el convento, saludó al español y se guardó satisfecho la moneda que éste depositó en su mano. Aunque me lanzó una mirada prepotente, tampoco me reconoció. Mejor así. Aquel refectorio que yo recordaba frío e inerte hervía ahora de actividad. Seguía tan desprovisto de muebles como siempre, pero los frailes lo habían adecentado, ventilado y limpiado en profundidad. No quedaba ya ni rastro de olor a pintura, y el muro recién terminado por el maestro lucía en todo su esplendor.

—*La Cena Secreta…* —murmuré.

Oliverio no me escuchó. Me empujó hasta el centro de la sala y, una vez se hizo un hueco entre la multitud, dijo algo, medio en español, medio en lombardo, que entonces no supe valorar:

—El misterio de este lugar tiene que ver con los antiguos egipcios. Los discípulos se distribuyen de tres en tres como las tríadas de dioses del Nilo. ¿Lo veis? Pero su auténtico secreto es que cada personaje de esta escena representa una letra.

—¿Una letra? —Las viejas lecciones del *Ars Memoriae* regresaron a mi mente—. ¿Qué clase de letras?

—Sólo una de ellas es clara, padre. Fijaos bien en la gran «A» que forma la figura de Nuestro Señor. Ésa es la primera pista. Junto a las demás, ocultas en atributos de los Doce recogidos por fray Jacobo de la Vorágine, forman un himno extraño, escrito en egipcio antiguo, que espero sepáis descifrar…

—¿Un himno?

Oliverio asintió, complacido de mi asombro.

—Así es. Juntando las letras que Leonardo ha asignado a cada discípulo, y que me mostraron en Roma, se forma una frase: *Mut-nem-a-los-noc.*

Mut.

Nem.

A.

Los.

Noc.

Repetí una por una aquellas sílabas, tratando de memorizarlas.

—¿Y decís que es un texto egipcio?

—¿Qué si no? Mut es una divinidad de esa civilización, esposa de Amón «el Oculto», el gran dios de los faraones. Seguramente Leonardo oyó hablar de ella a Marsilio Ficino. ¿O no recordáis ya que el maestro tenía sus libros en su *bottega*?

Cómo iba a olvidarlo. Ficino, Platón, fray Alessandro, el tuerto, ¡todos estaban ahí mismo! ¡Delante de mis ojos! Mirándose entre ellos, como si se confabularan para preservar su misterio a aquellos que no merecieran penetrarlo. Todos habían sido representados como verdaderos discípulos de Cristo. *Bonhommes*, en suma.

—¿Y si no es egipcio el idioma de esa frase?

Mi duda exasperó al español. Se acercó a mi oído y, tratando de hacerse entender entre la turbamulta de curiosos y el rumor de las oraciones, se esforzó por explicarme cuánto había aprendido de aquellos hombres reducidos a letras de la mano de Annio de Viterbo. Contemplé uno por uno aquellos discípulos tan vivos. Bartolomé, con las manos apoyadas sobre la mesa, observaba la escena como un centinela. Santiago el Menor trataba de calmar los ánimos a Pedro. Andrés, impresionado por la revelación de que un traidor se escondía entre ellos, mostraba sus palmas en señal de inocencia. Y Judas. Juan. Tomás señalando al cielo. El mayor de los Santiagos, con los brazos en cruz anunciando el futuro suplicio del Mesías. Felipe. Mateo. El Tadeo dando la espalda a Cristo. Y Simón, con las manos extendidas, como invitando a contemplar la escena una vez más, desde su rincón en la mesa.

Contemplarla una vez más.

¡Cristo!

Fue como un relámpago en la noche.

Como si de repente una de aquellas lenguas de fuego que iluminaron a los discípulos el día de Pentecostés hubiera caído sobre mí.

¡Santo Dios! Allí no había enigma alguno. Leonardo no había encriptado nada en el *Cenacolo*. Nada en absoluto.

Una emoción singular, como la que pocas veces había sentido en mis años en Betania, golpeó con fuerza mis entrañas.

—¿Recordáis lo que me dijisteis un día sobre los peculiares hábitos de escritura de Leonardo?

Oliverio me miró sin saber qué tenía que ver mi pregunta con su revelación.

—¿Os referís a su manía de escribirlo todo al revés? Es otra de sus excentricidades. Sus discípulos necesitan de un espejo para poder leer lo que su maestro les escribe. Lo hace así con todo: sus notas, los inventarios, los recibos, las cartas personales, ¡hasta las listas de la compra!… Es un demente.

—Tal vez.

La ingenuidad de Oliverio me hizo sonreír. Ni él, ni Annio de Viterbo se habían dado cuenta de nada, pese a haber tenido tan cerca la respuesta.

—Decidme, Oliverio: ¿por dónde habéis comenzado a leer vuestra letanía egipcia?

—Por la izquierda. La «M» es Bartolomé, la «U» Santiago el menor, la «T»…

De repente enmudeció.

Giró su cabeza todo lo que pudo hacia el extremo derecho del cuadro y tropezó con Simón, que con sus brazos estirados parecía invitarle a adentrarse en la escena. Por si fuera poco, también allí estaba el nudo del mantel, señalando cuál era el lado de la mesa por el que debía empezar a «leer».

—Santo Dios. ¡Se lee al revés!

—¿Y qué leéis, Oliverio?

El español, dudando de lo que estaba viendo y sin acertar a comprenderlo, pronunció por primera vez el verdadero secreto del *Cenacolo*. Le bastó con silabear su letanía, aquel misterioso *Mut-nem-a-los-noc*, tal y como llevaba tres años haciéndolo el maestro Da Vinci:

Con-sol-a-men-tum.

Post Scriptum:
Nota final del padre Leyre

Aquella revelación cambió mi vida.

No fue algo brusco, sino una alteración pausada e imparable, semejante a la que vive un bosque cuando se acerca la primavera. Al principio no me di cuenta, y cuando quise reaccionar era ya demasiado tarde. Supongo que mis charlas sosegadas en Concorezzo y la confusión en la que navegué durante esas primeras jornadas en Milán obraron el milagro.

Aguardé a que pasaran aquellos días de puertas abiertas en Santa Maria delle Grazie para retornar al *Cenacolo* y colocarme bajo las manos de Cristo. Deseaba recibir la bendición de esa obra viva, que palpitaba, y que había visto crecer casi imperceptiblemente. Aún no sé muy bien por qué lo hice. Ni por qué no me presenté al prior y le conté dónde había estado y qué cosas había descubierto durante mi cautiverio. Pero, como digo, algo había cambiado muy dentro de mí. Algo que terminaría enterrando para siempre a aquel Agustín Leyre, predicador y hermano de la Secretaría de Claves de los Estados pontificios, oficial del Santo Oficio y teólogo.

¿Iluminación? ¿Llamada divina? ¿O tal vez locura? Es probable que muera en este risco de Yabal al-Tarif sin saber qué nombre poner a aquella actitud.

Poco importa ya.

Lo cierto es que el hallazgo del sacramento de los cátaros expuesto a contemplación y veneración en el centro mismo de la casa de los dominicos, patrones de la Inquisición y guardianes de la ortodoxia de la fe, tuvo un efecto deslumbrante sobre mi alma. Descubrí que la verdad evangélica se había abierto paso entre las tinieblas de nuestra orden, anclándose en el refectorio como un poderoso faro en la noche. Era una verdad bien distinta a la que había creído durante cuarenta y cinco años: Jesús nunca, jamás, instauró la eucaristía como única vía para comunicarnos con Él. Más bien al contrario. Su enseñanza a Juan y a María Magdalena fue la de mostrarnos cómo encontrar a Dios en nuestro interior, sin necesidad de recurrir a artificios exteriores. Él fue judío. Vivió el control que los sacerdotes del templo hacían de Dios al encerrarlo en el tabernáculo. Y luchó contra ello. Quince siglos más tarde, Leonardo se había convertido en el secreto responsable de esa revelación, y la había confiado a su *Cenacolo*.

Tal vez me volví loco en ese instante, lo admito. Pero todo ocurrió tal y como aquí lo he relatado.

Han pasado ya tres décadas de aquellos hechos y Abdul, que ha subido la cena hasta mi cueva como de costumbre, me ha traído también una extraña noticia: un grupo de ermitaños seguidores de san Antonio ha llegado a su aldea con la intención de afincarse cerca de aquí. He escrutado las riberas del Nilo tratando de localizarlos, pero mis castigados ojos no han logrado distinguir su campamento. Ellos, lo sé, podrían ser mi última esperanza. Si alguno mereciera mis confidencias en esta recta final de la vida, depositaría en sus manos estos pliegos y le haría comprender la importancia de conservarlos en lugar adecuado hasta que llegara el tiempo de darlos a conocer. Pero mis fuerzas flaquean y no sé si seré siquiera capaz de descender este risco y acercarme hasta ellos.

Además, aunque lo hiciera, tampoco sería fácil que me entendieran.

Oliverio Jacaranda, por ejemplo, jamás comprendió el secreto del *Cenacolo* pese a haberlo tenido delante de sus narices. Que sus trece protagonistas encarnaran las trece letras del *Consolamentum*, el único sacramento admitido por los hombres puros de Concorezzo —un sacramento espiritual, invisible, íntimo— no le dijo gran cosa. Ignoraba lo ligado que estaba aquel símbolo a su anhelado «libro azul», que jamás llegaría a tener entre sus manos. Y por supuesto nunca sospechó que su sirviente Mario Forzetta lo traicionó por culpa de aquel volumen. Un libro que durante generaciones se había utilizado en ceremonias cátaras para sumergir a los neófitos en la Iglesia del espíritu, la de Juan, e iniciarlos en la búsqueda del Padre por su propia cuenta.

Sé que Oliverio regresó a España, que se instaló cerca de las ruinas de Tarraco, y que siguió explotando sus negocios con el papa Alejandro. En ese tiempo Leonardo confió *La Cena Se-*

creta a su discípulo Bernardino Luini, quien a su vez la entregó a un artista del Languedoc que terminó por llevársela a Carcasona, donde fue interceptada por el Santo Oficio galo, que nunca supo interpretarla. Luini jamás pintó una hostia. Como tampoco lo haría Marco d'Oggiono, ni ninguno de sus queridos discípulos.

Otro destino curioso fue el de Elena, a la que nunca conocí en persona. Después de posar para el maestro, la inteligente condesita comprendió que tal vez la Iglesia de Juan no llegaría a instaurarse nunca. Por eso se alejó de la *bottega*, dejó de perseguir al infortunado Bernardino, e ingresó en un convento de hermanas clarisas cerca de la frontera con Francia. Leonardo, sorprendido por su inteligencia despierta, terminó revelándole el gran secreto al que estaba vinculada su estirpe: María Magdalena, su remota antepasada, vio a Jesús resucitado, hecho luz, fuera de la tumba que José de Arimatea había preparado para Él. Durante siglos, la Iglesia se negó a escuchar su relato completo, cosa que Leonardo hizo. A fin de cuentas, en aquella remota jornada de hace quince siglos Magdalena vio a Jesús vivo, pero no en cuerpo mortal. Su cadáver —inerte y frío—, descansaba aún en su tumba cuando ella se tropezó con su «cuerpo de luz». Impresionada, decidió robar los restos del Galileo, los ocultó en su casa, donde los embalsamó con esmero, y se los llevó a Francia cuando comenzaron las persecuciones del sanedrín.

Ése y no otro era el secreto: Cristo no resucitó en cuerpo mortal. Lo hizo en la luz, mostrándonos el camino hacia nuestra propia transmutación cuando nos llegue el día.

Supe que Elena, impresionada por esta revelación, permaneció con las clarisas sólo cinco años más, hasta que un buen día desapareció de su celda sin que nadie volviera a verla. Dicen que acompañó a Leonardo a su exilio en Francia, que se instaló en la corte de Francisco I como dama de compañía de la reina y que ocasionalmente siguió posando para el maestro. Parece que el toscano la requirió a su vera hasta el día de su muerte y que le pidió prestados su rostro y sus manos para retocar el retrato inacabado de una doncella a la que todos conocían por *Gioconda*. De hecho, quienes la han visto dicen que las similitudes entre el Juan del *Cenacolo* y la mujer de ese pequeño lienzo son más que elocuentes. Yo, por desgracia, no puedo juzgarlo.

Pero si Elena accedió o no a más secretos de esa Iglesia de Juan y Magdalena que Leonardo planeó restaurar, lo cierto es que se los llevó a la tumba. Pues antes de que decidiera venirme a Egipto a rendir mis últimos días en este lugar, Elena falleció de fiebres.

Sólo, pues, me resta explicar por qué recalé aquí, en Egipto, para escribir estas líneas. Y por qué no denuncié jamás la existencia de una comunidad de perfectos en Concorezzo, vinculada al maestro Leonardo.

La culpa, una vez más, la tuvo ese gigante de ojos azules y hábitos albos.

No volví a verlo después de la presentación del *Cenacolo*. Es más, tras descubrir su significado oculto regresé a Roma y llamé a las puertas de la Casa de la Verdad, en Betania, donde me incorporé a mi trabajo sin que nadie hiciera demasiadas preguntas. Así fue como supe que Leonardo huyó de Milán al año siguiente, en cuanto las tropas francesas atravesaron las defensas del dux y se hicieron con el control de la ciudad. Se refugió en Mantua, luego en Venecia y finalmente en Roma, donde trabajó al servicio de César Borgia, el hijo del papa Alejandro VI. Para Borgia fue *architecto e ingegnere generale*, desaprovechando sus otras virtudes. Tampoco ese destino le duró mucho, aunque sí el tiempo suficiente como para terminar encontrándose con el responsable del Palazzo Sacro, Annio de Viterbo.

Annio quedó muy afectado por aquel encuentro. Su secretario, Guglielmo Ponte, informó puntualmente a Betania de la reunión que mantuvieron en la primavera de 1502. Hablaron de la función suprema del arte, de sus aplicaciones para preservar la memoria y de su todopoderosa influencia en la mente del pueblo. Pero fueron dos frases del toscano las que, según fray Guglielmo, más lo impresionaron:

—Todo lo que yo he averiguado sobre el verdadero mensaje de Jesús no es nada en comparación con lo que queda por ser revelado —respondió muy solemne a una pregunta de la comadreja—. Y al igual que para mi arte he bebido de fuentes egipcias, y he accedido a los secretos geométricos que tradujeran Ficino o Pacioli, os auguro que a la Iglesia le queda mucho por beber de los Evangelios que aún reposan en las orillas del Nilo.

Giovanni Annio de Viterbo murió cinco días más tarde, probablemente envenenado por César Borgia.

Un mes después, conmocionado y sospechando que pronto sufriría represalias de quienes temían el regreso de esa Iglesia de Juan, abandoné Betania para siempre en busca de esos Evangelios.

Sé que están cerca, pero todavía no los he encontrado. Juro que los buscaré hasta el final de mis días.

En 1945, en un pago cercano a la aldea egipcia de Nag Hammadi, en el Alto Nilo, aparecieron trece Evangelios perdidos encuadernados en cuero. Estaban escritos en copto y mostraban unas enseñanzas de Jesús inéditas para Occidente. Su descubrimiento, mucho más importante que el de los célebres Rollos del mar Muerto en Qumrán, demuestra la existencia de una importante corriente de primitivos cristianos que esperaban el advenimiento de una Iglesia basada en la comunicación directa con Dios y en los valores del espíritu. Hoy se los conoce como Evangelios Gnósticos, y es seguro que copias de los mismos llegaron a Europa a finales de la Alta Edad Media, influyendo en ciertos ambientes intelectuales.

La cueva de Yabal el-Tarif donde murió el padre Leyre en agosto de 1526 estaba a sólo treinta metros del nicho donde se encontraron esos libros.

Quién es quién en *La cena secreta*

Para facilitar la tarea del lector, describimos en éstas a los personajes más interesantes que aparecen en *La cena secreta*. Aquellos cuyo nombre va seguido de sus fechas de nacimiento y muerte existieron realmente y forman parte de la Historia por derecho propio.

Alejandro VI, Papa (1431-1503). De origen español, fue uno de los hombres más complejos de su tiempo. Compró su acceso al trono de Pedro y su vida disoluta y corrupta le granjeó numerosos enemigos. Tuvo cinco hijos. Y sorprendentemente se creía descendiente del dios egipcio Osiris.

Alberti, padre León Battista (1404-1472). Además de sacerdote, fue pintor, arquitecto, poeta, anticuario, filósofo e inventor. Pero destacó también en el arte de encriptar mensajes, diseñando la primera máquina criptográfica de la Historia: un «disco de cifras» que permitía codificar y descifrar mensajes secretos.

Arno, hermano Guglielmo. Responsable de las cocinas del convento de Santa Maria delle Grazie, «infectado» por la herejía cátara.

Bacon, hermano Roger (1214-1294). Religioso franciscano, inventor, teólogo y filósofo. Autor del tratado *De secretis artis et naturae operibus*, que explica doce formas distintas de esconder un mensaje en una obra de arte. De hecho, éste fue el primer libro europeo que describió el uso de la criptografía. Muchos consideran a Bacon una especie de «Leonardo» del siglo XIII.

Bandello, Matteo (1484-1561). Cuando Leonardo pintó *La Última Cena*, él apenas tenía doce años de edad. Fue sobrino del Prior Bandello y llegó a convertirse en el más célebre novelista del Renacimiento italiano. En sus escritos habló de su infancia cerca de Leonardo.

Bandello, padre Vicenzo (1435-1506). Prior del convento de Santa Maria delle Grazie de Milán entre 1495 y 1501. Tras su paso por ese lugar y la muerte del padre Gioacchino Torriani, sería nombrado Maestro General de la Orden de Santo Domingo.

Benedetto, hermano. Dominico de Santa Maria delle Grazie, confesor y secretario del Prior Bandello. Perdió su ojo izquierdo a los diecisiete años, durante una refriega en su Castelnuovo natal. Tras la destrucción de su primer convento, fue trasladado a Santa Maria delle Grazie.

Botticelli, Sandro (1444-1510). Fue, como Leonardo, discípulo de Verocchio, aunque también de fray Filippo Lippi.

Se le considera uno de los grandes genios del Renacimiento italiano. Gracias a los Médicis, se adentró en temas paganos y aplicó su conocimiento a obras como *La primavera* o *El nacimiento de Venus*. Durante un tiempo, usó su pintura como una herramienta mágica al servicio de sus mecenas. Dejó de pintar por influencia del monje hereje Savonarola.

Crivelli, Lucrezia (1452-1519). Fue la modelo que utilizó Leonardo para la *Bella Ferronière* (hoy en el Museo del Louvre de París). Fue una de las amantes de Ludovico Sforza, a quien dio al menos una hija natural.

Crivelli, Elena. Hija de Lucrezia y Carlo Crivelli, célebre pintor italiano del siglo XV. *La cena secreta* la presenta como la heredera de una estirpe de mujeres iniciadas en los secretos de María Magdalena.

Da Binasco, sor Veronica (1445-1497). Beata agustina del convento milanés de Santa Marta. Su vida estuvo rodeada de visiones y éxtasis, y sus vaticinios causaron sensación en su época. Llegó a amonestar al propio papa Alejandro VI por su vida licenciosa. Y profetizó su propia muerte para el viernes 13 de enero de 1497.

Da Vinci, Leonardo (1452-1519). Encarna al ideal de hombre del Renacimiento. Pintor, escultor, científico, ingeniero, cocinero y músico, legó a la posteridad más de trece mil páginas de notas, unos pocos cuadros y un mural completo y enigmático conocido como *La Última Cena*. Sus contemporáneos ya lo consideraron un mal cristiano, y el Papa jamás lo llamó para decorar ninguna estancia vaticana. Sin embargo, hasta la publicación de *La cena secreta*, nunca se supo muy bien en qué creía realmente Leonardo.

Della Mirandola, Pico (1463-1494). Es uno de los más fervientes seguidores de Platón del Renacimiento. Su maestro fue Marsilio Ficino, y de su mano aprendió hebreo y se introdujo en la Cábala. Aunque el Papa prohibió la lectura de sus libros, le absolvió en 1493.

D'Este, Beatrice (1475-1497). Duquesa de Milán, hija del duque de Ferrara y esposa de Ludovico Sforza de Milán. Su obsesión fue siempre convertir Milán en una nueva Atenas que devolviera a la humanidad a la «Edad de Oro» de la que hablaban los antiguos filósofos. Vivió rodeada de lujo y moda hasta su muerte de parto, en enero de 1497. Encarnó el ideal italiano de la princesa renacentista.

De Médicis, Cosimo (1389-1464), también conocido como Cosimo el Viejo. Gobernante de Florencia y notable comerciante, fue el gran protector de sabios y artistas de su tiempo. Tras el Concilio de Florencia de 1431 que quiso unir a cristianos de Oriente y Occidente, fundó la Academia platónica que pronto confiaría a un jovencísimo Marsilio Ficino.

De Médicis, Lorenzo (1449-1492), también conocido como Lorenzo el Magnífico. Nieto de Cosimo el Viejo, fue otro apasionado protector de las Artes. Mantuvo a Marsilio Ficino al frente de la Academia y fue mecenas de Miguel

Ángel. Su obsesión fueron los manuscritos antiguos, las piedras grabadas y la numismática.

D'Oggiono, Marco (1470-1549). Llegó a ser uno de los discípulos predilectos de Leonardo da Vinci, destacando por su pericia en pintar frescos. Tras presenciar la ejecución de *La Última Cena* en Santa Maria delle Grazie, fue uno de los artistas que más veces la copió.

De Portugal, Amadeo (1430-1482). De nombre seglar Joâo Mendes de Silva, este franciscano nacido en Ceuta (España) fue hermano de Santa Beatriz de Silva y murió bajo sospecha de herejía. Escribió *Apocalipsis Nova*, un tratado que inspiró a Leonardo su célebre *Virgen de las Rocas*. En ese texto también profetizaba la llegada de un papa angélico.

De Viterbo, Maestro Giovanni Annio (1432-1502). Fraile dominico, profesor de teología y experto en lenguas orientales. Alejandro VI lo nombró Maestre del Santo Palacio y murió probablemente envenenado. Autor de varios libros, fue el primer «arqueólogo» de la Historia, aunque también uno de los grandes falsificadores de su tiempo. Fabricó piezas egipcias a las que añadió inscripciones espurias para justificar sus teorías. Hoy es un personaje histórico casi olvidado.

De la Vorágine, padre Jacobo (1230-1298). Escritor y religioso dominico, que fue provincial de Lombardía y arzobispo de Génova. Su libro *La leyenda dorada* (*Legendi di Sancti Vulgari Storiado*) recoge vidas de santos y apóstoles. Su texto influyó en pintores de todas las épocas, que recurrieron a sus minuciosas descripciones para pintar a los grandes virtuosos del cristianismo.

Ficino, Marsilio (1433-1499). Destacado intelectual, doctor, músico y predicador de su tiempo. Tradujo al latín, por primera vez, los textos de Platón y los tratados mágicos egipcios conocidos como *Corpus Hermeticum*. Fundó la Academia de Florencia en la que «nació» el Renacimiento.

Forzetta, Mario. Aprendiz de pintor nacido, como Beatrice d'Este, en Ferrara. Al cumplir los diecisiete viaja a Milán para trabajar en la *bottega* de Leonardo. Sin embargo, pronto termina comerciando con manuscritos antiguos al servicio de Oliverio Jacaranda. Fue en su Ferrara natal donde entró en contacto con la herejía cátara.

Giberto, hermano. Sacristán de Santa Maria delle Grazie. Nació en la frontera con el Imperio germánico. Su pelo color calabaza le hizo merecedor de no pocas chanzas en su comunidad.

Jacaranda, Oliverio. Anticuario oriundo de Valencia (España), como el papa Alejandro VI. De hecho, fue uno de los primeros anticuarios que suministró piezas antiguas tanto a los palacios pontificios como a la familia Sforza. Experto en textos antiguos, es también padre de una hija, María.

Leyre, padre Agustín. Inquisidor romano y miembro destacado de la Secretaría de Claves de los Estados Pontificios. Experto en criptografía y teólogo. Suya es la voz que narra la intriga de *La cena secreta*. Lo hace ya anciano, desde su retiro en Egipto, país al que huyó tras los descubrimientos que efectuó en Milán durante su misión de espionaje a Leonardo da Vinci en el invierno de 1497.

Luini, Bernardino (1470-1532). Destacado discípulo de Leonardo da Vinci del que se conservan obras en varios importantes museos europeos. De oscura biografía, parece que nunca salió de la región de la Lombardía italiana.

Pinturicchio (1454-1513). De nombre real Bernardino di Betto, se formó intelectualmente en la Academia de Marsilio Ficino. En 1493 fue llamado a Roma para decorar los apartamentos Borgia, por orden del papa Alejandro VI. Bajo las órdenes de Giovanni Annio de Viterbo, Pinturicchio recreó el mito de los dioses egipcios Osiris, Isis y Apis, representando por primera vez bueyes sagrados, pirámides y divinidades paganas en el corazón del papado.

Platón (428-347 a.C.). Este padre de la filosofía occidental permaneció casi en el olvido hasta el siglo XV, cuando sus obras fueron traducidas por Marsilio Ficino, e impresas por primera vez en Italia en 1483. Se sabe que Platón fundó una Academia para transmitir su saber, una institución que Ficino trataría de imitar diecinueve siglos más tarde con el apoyo de la familia Médicis.

Ponte, Fabio. Secretario personal de Giovanni Annio de Viterbo y sobrino del Maestro General de los dominicos, Gioacchino Torriani.

Savonarola, Girolamo (1452-1498). Este dominico nacido en Ferrara es uno de los personajes más polémicos de su tiempo. Predicó contra las riquezas del Papado y llegó incluso a convencer a artistas como Botticelli para que quemaran sus cuadros con motivos paganos. Sus importantes enemigos terminarían ahorcándolo y quemándolo por hereje.

Sforza, Ludovico (1452-1508), también conocido como Ludovico el Moro (the Moorish) por su piel oscura. Duque de Milán, protector de Leonardo y responsable del proyecto de *La Última Cena* en el convento de Santa Maria delle Grazie. Encargó esa pintura dentro de su proyecto de convertir el convento en su mausoleo familiar.

Sforza, hermano Mauro. Primo del Duque de Milán, ingresó en el convento de Santa Maria delle Grazie tras la muerte de su otro tío Gian Galeazzo Sforza en 1494. Trabajó como enterrador.

Torriani, Maestro General Gioacchino (1417-1500). Máxima autoridad de la Orden de Santo Domingo, fue un varón de gran cultura y uno de los primeros humanistas del Renacimiento. Hablaba cinco idiomas.

Toscanelli, Paolo (1398-1482). Científico, cartógrafo y geógrafo italiano que inspiró los viajes de Colón a América. Sus estudios contribuyeron a mejorar los conocimientos astronómicos de su época, y construyó un gnomon en la catedral de Florencia que describe *La cena secreta*.

Trivulzio, padre Alessandro. Natural de Riccio, fue bibliotecario de Santa Maria delle Grazie. Amante de los manuscritos antiguos, reunió una importante colección para su convento.